CINQ

Paru dans Le Livre de Poche :

Avec les illustrations originales de la collection Hetzel :

LE TOUR DU MONDE EN 80 JOURS
DE LA TERRE À LA LUNE
ROBUR LE CONQUÉRANT
VOYAGE AU CENTRE DE LA TERRE
LES TRIBULATIONS D'UN CHINOIS EN CHINE
LE CHÂTEAU DES CARPATHES
LES 500 MILLIONS DE LA BÉGUM
VINGT MILLE LIEUES SOUS LES MERS
MICHEL STROGOFF
AUTOUR DE LA LUNE
LES ENFANTS DU CAPITAINE GRANT
L'ÎLE MYSTÉRIEUSE
LES INDES NOIRES
DEUX ANS DE VACANCES
LE SPHINX DES GLACES
PARIS AU XXe SIÈCLE

JULES VERNE

CINQ SEMAINES

EN

BALLON

VOYAGE DE DÉCOUVERTES EN AFRIQUE

PAR TROIS ANGLAIS

ILLUSTRATIONS PAR MM. RIOU ET DE MONTAUT

BIBLIOTHÈQUE
D'ÉDUCATION ET DE RÉCRÉATION
J. HETZEL ET Cⁱᵉ, 18, RUE JACOB

PARIS

—

I

Il y avait une grande affluence d'auditeurs, le 14 janvier 1862, à la séance de la Société royale géographique de Londres, Waterloo place, 3. Le président, Sir Francis M..., faisait à ses honorables collègues une importante communication dans un discours fréquemment interrompu par les applaudissements.

Ce rare morceau d'éloquence se terminait enfin par quelques phrases ronflantes dans lesquelles le patriotisme se déversait à pleines périodes :

« L'Angleterre a toujours marché à la tête des nations (car, on l'a remarqué, les nations marchent universellement à la tête les unes des autres), par l'intrépidité de ses voyageurs dans la voie des découvertes géographiques. *(Assentiments nombreux.)* Le docteur Samuel Fergusson, l'un de ses glorieux enfants, ne faillira pas à son origine. *(De toutes parts :* Non ! non !) Cette tentative, si elle réussit *(elle réussira !),* reliera, en les complétant, les notions éparses de la cartologie africaine *(véhémente approbation),* et si elle échoue *(jamais ! jamais !),* elle restera du moins comme l'une des plus audacieuses conceptions du génie humain ! *(Trépignements frénétiques.)*

— Hourra ! hourra ! fit l'assemblée électrisée par ces émouvantes paroles.

— Hourra pour l'intrépide Fergusson ! » s'écria l'un des membres les plus expansifs de l'auditoire.

Des cris enthousiastes retentirent. Le nom de Fergusson éclata dans toutes les bouches, et nous sommes fondés à croire qu'il gagna singulièrement à passer par des gosiers anglais. La salle des séances en fut ébranlée.

Ils étaient là pourtant, nombreux, vieillis, fatigués, ces intrépides voyageurs que leur tempérament mobile promena dans les cinq parties du monde ! Tous, plus ou moins, physiquement ou moralement, ils avaient échappé aux naufrages, aux incendies, aux tomahawks de l'Indien, aux casse-tête du sauvage, au poteau du supplice, aux estomacs de la Polynésie ! Mais rien ne put comprimer les battements de leurs cœurs pendant le discours de Sir Francis M..., et, de mémoire humaine, ce fut là certainement le plus beau succès oratoire de la Société royale géographique de Londres.

Mais, en Angleterre, l'enthousiasme ne s'en tient pas seulement aux paroles. Il bat monnaie plus rapidement encore que le balancier de « the Royal Mint[1] ». Une indemnité d'encouragement fut votée, séance tenante, en faveur du docteur Fergusson, et s'éleva au chiffre de deux mille cinq cents livres[2]. L'importance de la somme se proportionnait à l'importance de l'entreprise.

L'un des membres de la Société interpella le président

---

1. La monnaie à Londres.   **2.** Soixante-deux mille cinq cents francs.

sur la question de savoir si le docteur Fergusson ne serait pas officiellement présenté.

« Le docteur se tient à la disposition de l'assemblée, répondit Sir Francis M..,

— Qu'il entre ! s'écria-t-on, qu'il entre ! Il est bon de voir par ses propres yeux un homme d'une audace aussi extraordinaire !

— Peut-être cette incroyable proposition, dit un vieux commodore apoplectique, n'a-t-elle eu d'autre but que de nous mystifier !

— Et si le docteur Fergusson n'existait pas ! cria une voix malicieuse.

— Il faudrait l'inventer, répondit un membre plaisant de cette grave Société.

— Faites entrer le docteur Fergusson », dit simplement Sir Francis M...

Et le docteur entra au milieu d'un tonnerre d'applaudissements, pas le moins du monde ému d'ailleurs.

C'était un homme d'une quarantaine d'années, de taille et de constitution ordinaires ; son tempérament sanguin se trahissait par une coloration forcée du visage ; il avait une figure froide, aux traits réguliers, avec un nez fort, le nez en proue de vaisseau de l'homme prédestiné aux découvertes ; ses yeux fort doux, plus intelligents que hardis, donnaient un grand charme à sa physionomie ; ses bras étaient longs, et ses pieds se posaient à terre avec l'aplomb du grand marcheur.

La gravité calme respirait dans toute la personne du docteur, et l'idée ne venait pas à l'esprit qu'il pût être l'instrument de la plus innocente mystification.

Aussi, les hourras et les applaudissements ne cessèrent qu'au moment où le docteur Fergusson réclama le silence par un geste aimable. Il se dirigea vers le fauteuil préparé pour sa présentation ; puis, debout, fixe, le regard énergique, il leva vers le ciel l'index de la main droite, ouvrit la bouche et prononça ce seul mot :

« Excelsior ! »

Non ! jamais interpellation inattendue de MM. Bright et Cobden, jamais demande de fonds extraordinaires de

Lord Palmerston pour cuirasser les rochers de l'Angleterre, n'obtinrent un pareil succès. Le discours de
Sir Francis M... était dépassé, et de haut. Le docteur se
montrait à la fois sublime, grand, sobre et mesuré ; il avait
dit le mot de la situation :

« Excelsior ! »

Le vieux commodore, complètement rallié à cet
homme étrange, réclama l'insertion « intégrale » du discours Fergusson dans *the Proceedings of the Royal Geo-
graphical Society of London* [1].

Qu'était donc ce docteur, et à quelle entreprise allait-il
se dévouer ?

Le père du jeune Fergusson, un brave capitaine de la
marine anglaise, avait associé son fils, dès son plus jeune
âge, aux dangers et aux aventures de sa profession. Ce
digne enfant, qui paraît n'avoir jamais connu la crainte,
annonça promptement un esprit vif, une intelligence de
chercheur, une propension remarquable vers les travaux
scientifiques ; il montrait, en outre, une adresse peu
commune à se tirer d'affaire ; il ne fut jamais embarrassé
de rien, pas même de se servir de sa première fourchette,
à quoi les enfants réussissent si peu en général.

Bientôt son imagination s'enflamma à la lecture des
entreprises hardies, des explorations maritimes ; il suivit
avec passion les découvertes qui signalèrent la première
partie du xixᵉ siècle ; il rêva la gloire des Mungo-Park,
des Bruce, des Caillié, des Levaillant, et même un peu,
je crois, celle de Selkirk, le Robinson Crusoé, qui ne lui
paraissait pas inférieure. Que d'heures bien occupées il
passa avec lui dans son île de Juan Fernandez ! Il
approuva souvent les idées du matelot abandonné ; parfois il discuta ses plans et ses projets ; il eût fait autrement, mieux peut-être, tout aussi bien, à coup sûr ! Mais,
chose certaine, il n'eût jamais fui cette bienheureuse île,
où il était heureux comme un roi sans sujets... ; non,
quand il se fût agi de devenir premier lord de l'amirauté !

Je vous laisse à penser si ces tendances se développè-

---

1. *Bulletins de la Société royale géographique de Londres.*

rent pendant sa jeunesse aventureuse jetée aux quatre coins du monde. Son père, en homme instruit, ne manquait pas d'ailleurs de consolider cette vive intelligence par des études sérieuses en hydrographie, en physique et en mécanique, avec une légère teinture de botanique, de médecine et d'astronomie.

À la mort du digne capitaine, Samuel Fergusson, âgé de vingt-deux ans, avait déjà fait son tour du monde ; il s'enrôla dans le corps des ingénieurs bengalais, et se distingua en plusieurs affaires ; mais cette existence de soldat ne lui convenait pas ; se souciant peu de commander, il n'aimait pas à obéir. Il donna sa démission, et, moitié chassant, moitié herborisant, il remonta vers le nord de la péninsule indienne et la traversa de Calcutta à Surate. Une simple promenade d'amateur.

De Surate, nous le voyons passer en Australie, et prendre part en 1845 à l'expédition du capitaine Sturt, chargé de découvrir cette mer Caspienne que l'on suppose exister au centre de la Nouvelle-Hollande.

Samuel Fergusson revint en Angleterre vers 1850, et plus que jamais possédé du démon des découvertes, il accompagna jusqu'en 1853 le capitaine Mac Clure dans l'expédition qui contourna le continent américain du détroit de Behring au cap Farewel.

En dépit des fatigues de tous genres, et sous tous les climats, la constitution de Fergusson résistait merveilleusement ; il vivait à son aise au milieu des plus complètes privations ; c'était le type du parfait voyageur, dont l'estomac se resserre ou se dilate à volonté, dont les jambes s'allongent ou se raccourcissent suivant la couche improvisée, qui s'endort à toute heure du jour et se réveille à toute heure de la nuit.

Rien de moins étonnant, dès lors, que de retrouver notre infatigable voyageur visitant de 1855 à 1857 tout l'ouest du Tibet en compagnie des frères Schlagintweit, et rapportant de cette exploration de curieuses observations d'ethnographie.

Pendant ces divers voyages, Samuel Fergusson fut le correspondant le plus actif et le plus intéressant du *Daily Tele-*

graph, ce journal à un penny, dont le tirage monte jusqu'à cent quarante mille exemplaires par jour, et suffit à peine à plusieurs millions de lecteurs. Aussi le connaissait-on bien, ce docteur, quoiqu'il ne fût membre d'aucune institution savante, ni des Sociétés royales géographiques de Londres, de Paris, de Berlin, de Vienne ou de Saint-Pétersbourg, ni du Club des Voyageurs, ni même de *Royal Polytechnic Institution*, où trônait son ami le statisticien Kokburn.

Ce savant lui proposa même un jour de résoudre le problème suivant, dans le but de lui être agréable : Étant donné le nombre de milles parcourus par le docteur autour du monde, combien sa tête en a-t-elle fait de plus que ses pieds, par suite de la différence des rayons ? Ou bien, étant connu ce nombre de milles parcourus par les pieds et par la tête du docteur, calculer sa taille exacte à une ligne près ?

Mais Fergusson se tenait toujours éloigné des corps savants, étant de l'église militante et non bavardante ; il trouvait le temps mieux employé à chercher qu'à discuter, à découvrir qu'à discourir.

On raconte qu'un Anglais vint un jour à Genève avec l'intention de visiter le lac ; on le fit monter dans l'une de ces vieilles voitures où l'on s'asseyait de côté comme dans les omnibus : or il advint que, par hasard, notre Anglais fut placé de manière à présenter le dos au lac ; la voiture accomplit paisiblement son voyage circulaire, sans qu'il songeât à se retourner une seule fois, et il revint à Londres, enchanté du lac de Genève.

Le docteur Fergusson s'était retourné, lui, et plus d'une fois pendant ses voyages, et si bien retourné qu'il avait beaucoup vu. En cela, d'ailleurs, il obéissait à sa nature, et nous avons de bonnes raisons de croire qu'il était un peu fataliste, mais d'un fatalisme très orthodoxe, comptant sur lui, et même sur la Providence ; il se disait poussé plutôt qu'attiré dans ses voyages, et parcourait le monde, semblable à une locomotive, qui ne se dirige pas, mais que la route dirige.

« Je ne poursuis pas mon chemin, disait-il souvent, c'est mon chemin qui me poursuit. »

On ne s'étonnera donc pas du sang-froid avec lequel il accueillit les applaudissements de la Société royale ; il était au-dessus de ces misères, n'ayant pas d'orgueil et encore moins de vanité ; il trouvait toute simple la proposition qu'il avait adressée au président Sir Francis M... et ne s'aperçut même pas de l'effet immense qu'elle produisit.

Après la séance, le docteur fut conduit au *Traveller's club*, dans Pall Mall ; un superbe festin s'y trouvait dressé à son intention ; la dimension des pièces servies fut en rapport avec l'importance du personnage, et l'esturgeon qui figura dans ce splendide repas n'avait pas trois pouces de moins en longueur que Samuel Fergusson lui-même.

Des toasts nombreux furent portés avec les vins de France aux célèbres voyageurs qui s'étaient illustrés sur la terre d'Afrique. On but à leur santé ou à leur mémoire, et par ordre alphabétique, ce qui est très anglais : à Abbadie, Adams, Adamson, Anderson, Arnaud, Baikie, Baldwin, Barth, Batouda, Beke, Beltrame, du Berba, Bimbachi, Bolognesi, Bolwik, Bolzoni, Bonnemain, Brisson, Browne, Bruce, Brun-Rollet, Burchell, Burckhardt, Burton, Caillaud, Caillié, Campbell, Chapman, Clapperton, Clot-Bey, Colomieu, Courval, Cumming, Cuny, Debono, Decken, Denham, Desavanchers, Dicksen, Dickson, Dochard, Duchaillu, Duncan, Durand, Duroulé, Duveyrier, Erhardt, d'Escayrac de Lauture, Ferret, Fresnel, Galinier, Galton, Geoffroy, Golberry, Hahn, Halm, Harnier, Hecquart, Heuglin, Hornemann, Houghton, Imbert, Kaufmann, Knoblecher, Krapf, Kummer, Lafargue, Laing, Lajaille, Lambert, Lamiral, Lamprière, John Lander, Richard Lander, Lefebvre, Lejean, Levaillant, Livingstone, Maccarthie, Maggiar, Maizan, Malzac, Moffat, Mollien, Monteiro, Morrisson, Mungo-Park, Neimans, Overwev, Panet, Partarrieau, Pascal, Pearse, Peddie, Peney, Petherick, Poncet, Prax, Raffenel, Rath, Rebmann, Richardson, Riley, Ritchie, Rochet d'Héricourt, Rongawi, Roscher, Ruppel, Saugnier, Speke, Steidner, Thibaud, Thompson, Thornton, Toole, Tousny, Trotter, Tuckey, Tyrwitt, Vaudey, Veyssière, Vincent, Vinco, Vogel, Wahlberg, Warington, Washington, Werne, Wild, et enfin au docteur Samuel

Festin dans Pall Mall.

Fergusson qui, par son incroyable tentative, devait relier les travaux de ces voyageurs et compléter la série des découvertes africaines.

II

UN ARTICLE DU « DAILY TELEGRAPH ». — GUERRE DE JOURNAUX SAVANTS. — M. PETERMANN SOUTIENT SON AMI LE DOCTEUR FERGUSSON. — RÉPONSE DU SAVANT KONER. — PARIS ENGAGÉS. — DIVERSES PROPOSITIONS FAITES AU DOCTEUR.

Le lendemain, dans son numéro du 15 janvier, le *Daily Telegraph* publiait un article ainsi conçu :

« L'Afrique va livrer enfin le secret de ses vastes solitudes ; un Œdipe moderne nous donnera le mot de cette énigme que les savants de soixante siècles n'ont pu déchiffrer. Autrefois, rechercher les sources du Nil, *fontes Nili quærere*, était regardé comme une tentative insensée, une irréalisable chimère.

« Le docteur Barth, en suivant jusqu'au Soudan la route tracée par Denham et Clapperton ; le docteur Livingstone, en multipliant ses intrépides investigations depuis le cap de Bonne-Espérance jusqu'au bassin du Zambezi ; les capitaines Burton et Speke, par la découverte des Grands Lacs intérieurs, ont ouvert trois chemins à la civilisation moderne ; leur point d'intersection, où nul voyageur n'a encore pu parvenir, est le cœur même de l'Afrique. C'est là que doivent tendre tous les efforts.

« Or, les travaux de ces hardis pionniers de la science vont être renoués par l'audacieuse tentative du docteur Samuel Fergusson, dont nos lecteurs ont souvent apprécié les belles explorations.

« Cet intrépide découvreur *(discoverer)* se propose de traverser en ballon toute l'Afrique de l'est à l'ouest. Si nous sommes bien informés, le point de départ de ce surprenant voyage serait l'île de Zanzibar sur la côte orientale. Quant au point d'arrivée, à la Providence seule il est réservé de le connaître.

« La proposition de cette exploration scientifique a été faite hier officiellement à la Société royale de géographie ; une somme de deux mille cinq cents livres est votée pour subvenir aux frais de l'entreprise.

« Nous tiendrons nos lecteurs au courant de cette tentative, qui est sans précédents dans les fastes géographiques. »

Comme on le pense, cet article eut un énorme retentissement ; il souleva d'abord les tempêtes de l'incrédulité ; le docteur Fergusson passa pour un être purement chimérique, de l'invention de M. Barnum, qui, après avoir travaillé aux États-Unis, s'apprêtait à « faire » les Îles Britanniques.

Une réponse plaisante parut à Genève dans le numéro de février des *Bulletins de la Société géographique* ; elle raillait spirituellement la Société royale de Londres, le Traveller's club et l'esturgeon phénoménal.

Mais M. Petermann, dans ses *Mittheilungen*, publiés à Gotha, réduisit au silence le plus absolu le journal de Genève, M. Petermann connaissait personnellement le docteur Fergusson, et se rendait garant de l'intrépidité de son audacieux ami.

Bientôt d'ailleurs le doute ne fut plus possible ; les préparatifs du voyage se faisaient à Londres ; les fabriques de Lyon avaient reçu une commande importante de taffetas pour la construction de l'aérostat ; enfin le gouvernement britannique mettait à la disposition du docteur le transport *Le Resolute*, capitaine Pennet.

Aussitôt mille encouragements se firent jour, mille félicitations éclatèrent. Les détails de l'entreprise parurent tout au long dans les Bulletins de la Société géographique de Paris ; un article remarquable fut imprimé dans les *Nouvelles Annales des voyages, de la géographie, de l'histoire et de l'archéologie* de M. V.-A. Malte-Brun ; un travail minutieux publié dans *Zeitschrift für Allgemeine Erdkunde*, par le docteur W. Koner, démontra victorieusement la possibilité du voyage, ses chances de succès, la nature des obstacles, les immenses avantages du mode de locomotion par la voie aérienne ; il blâma seulement le point de départ ; il indiquait plutôt Masuah, petit port de l'Abyssinie, d'où James Bruce, en 1768, s'était élancé à la recherche des sources du Nil. D'ailleurs il admirait sans réserve cet esprit énergique du docteur Fergusson, et ce cœur couvert d'un triple airain qui concevait et tentait un pareil voyage.

Le *North American Review* ne vit pas sans déplaisir une telle gloire réservée à l'Angleterre ; il tourna la proposition du docteur en plaisanterie, et l'engagea à pousser jusqu'en Amérique, pendant qu'il serait en si bon chemin.

Bref, sans compter les journaux du monde entier, il n'y eut pas de recueil scientifique, depuis le *Journal des Missions évangéliques* jusqu'à la *Revue algérienne et coloniale*, depuis les *Annales de la Propagation de la foi* jusqu'au *Church Missionnary Intelligencer*, qui ne relatât le fait sous toutes ses formes.

Des paris considérables s'établirent à Londres et dans l'Angleterre, 1° sur l'existence réelle ou supposée du docteur Fergusson ; 2° sur le voyage lui-même, qui ne serait pas tenté suivant les uns, qui serait entrepris suivant les autres ; 3° sur la question de savoir s'il réussirait ou s'il ne réussirait pas ; 4° sur les probabilités ou les improbabilités du retour du docteur Fergusson. On engagea des sommes énormes au livre des paris, comme s'il se fût agi des courses d'Epsom.

Ainsi donc, croyants, incrédules, ignorants et savants, tous eurent les yeux fixés sur le docteur ; il devint le lion du jour sans se douter qu'il portât une crinière. Il donna volontiers des renseignements précis sur son expédition. Il fut aisément abordable et l'homme le plus naturel du monde. Plus d'un aventurier hardi se présenta, qui voulait partager la gloire et les dangers de sa tentative ; mais il refusa sans donner de raisons de son refus.

De nombreux inventeurs de mécanismes applicables à la direction des ballons vinrent lui proposer leur système. Il n'en voulut accepter aucun. À qui lui demanda s'il avait

découvert quelque chose à cet égard, il refusa constamment de s'expliquer, et s'occupa plus activement que jamais des préparatifs de son voyage.

III

L'AMI DU DOCTEUR. – D'OÙ DATAIT LEUR AMITIÉ. – DICK KENNEDY À LONDRES. – PROPOSITION INATTENDUE, MAIS POINT RASSURANTE. – PROVERBE PEU CONSOLANT. – QUELQUES MOTS DU MARTYROLOGE AFRICAIN. – AVANTAGES D'UN AÉROSTAT. – LE SECRET DU DOCTEUR FERGUSSON.

Le docteur Fergusson avait un ami. Non pas un autre lui-même, un *alter ego* ; l'amitié ne saurait exister entre deux êtres parfaitement identiques.

Mais s'ils possédaient des qualités, des aptitudes, un tempérament distincts, Dick Kennedy et Samuel Fergusson vivaient d'un seul et même cœur, et cela ne les gênait pas trop. Au contraire.

Ce Dick Kennedy était un Écossais dans toute l'acception du mot, ouvert, résolu, entêté. Il habitait la petite ville

de Leith, près d'Édimbourg, une véritable banlieue de la
« Vieille Enfumée [1] ». C'était quelquefois un pêcheur, mais
partout et toujours un chasseur déterminé : rien de moins
étonnant de la part d'un enfant de la Calédonie, quelque
peu coureur des montagnes des Highlands. On le citait
comme un merveilleux tireur à la carabine ; non seulement
il tranchait des balles sur une lame de couteau, mais il les
coupait en deux moitiés si égales, qu'en les pesant ensuite
on ne pouvait y trouver de différence appréciable.

La physionomie de Kennedy rappelait beaucoup celle
de Halbert Glendinning, telle que l'a peinte Walter Scott
dans *Le Monastère* ; sa taille dépassait six pieds anglais [2] ;
plein de grâce et d'aisance, il paraissait doué d'une force
herculéenne ; une figure fortement hâlée par le soleil, des
yeux vifs et noirs, une hardiesse naturelle très décidée,
enfin quelque chose de bon et de solide dans toute sa
personne prévenait en faveur de l'Écossais.

La connaissance des deux amis se fit dans l'Inde, à
l'époque où tous deux appartenaient au même régiment ;
pendant que Dick chassait au tigre et à l'éléphant, Samuel
chassait à la plante et à l'insecte ; chacun pouvait se dire
adroit dans sa partie, et plus d'une plante rare devint la
proie du docteur, qui valut à conquérir autant qu'une paire
de défenses en ivoire.

Ces deux jeunes gens n'eurent jamais l'occasion de se
sauver la vie, ni de se rendre un service quelconque. De
là une amitié inaltérable. La destinée les éloigna parfois,
mais la sympathie les réunit toujours.

Depuis leur rentrée en Angleterre, ils furent souvent
séparés par les lointaines expéditions du docteur ; mais,
de retour, celui-ci ne manqua jamais d'aller, non pas
demander, mais donner quelques semaines de lui-même
à son ami l'Écossais.

Dick causait du passé, Samuel préparait l'avenir : l'un
regardait en avant, l'autre en arrière. De là un esprit

---

1. Sobriquet d'Édimbourg, *Auld Reekie.*   **2.** Environ cinq pieds
huit pouces.

Dick Kennedy.

inquiet, celui de Fergusson, une placidité parfaite, celle de Kennedy.

Après son voyage au Tibet, le docteur resta près de deux ans sans parler d'explorations nouvelles ; Dick supposa que ses instincts de voyage, ses appétits d'aventures se calmaient. Il en fut ravi. Cela, pensait-il, devait finir mal un jour ou l'autre ; quelque habitude que l'on ait des hommes, on ne voyage pas impunément au milieu des anthropophages et des bêtes féroces ; Kennedy engageait donc Samuel à enrayer, ayant assez fait d'ailleurs pour la science, et trop pour la gratitude humaine.

À cela, le docteur se contentait de ne rien répondre ; il demeurait pensif, puis il se livrait à de secrets calculs, passant ses nuits dans des travaux de chiffres, expérimentant même des engins singuliers dont personne ne pouvait se rendre compte. On sentait qu'une grande pensée fermentait dans son cerveau.

« Qu'a-t-il pu ruminer ainsi ? » se demanda Kennedy, quand son ami l'eut quitté pour retourner à Londres, au mois de janvier.

Il l'apprit un matin par l'article du *Daily Telegraph.*

« Miséricorde ! s'écria-t-il. Le fou ! l'insensé ! traverser l'Afrique en ballon ! Il ne manquait plus que cela ! Voilà donc ce qu'il méditait depuis deux ans ! »

À la place de tous ces points d'exclamation, mettez des coups de poing solidement appliqués sur la tête, et vous aurez une idée de l'exercice auquel se livrait le brave Dick en parlant ainsi.

Lorsque sa femme de confiance, la vieille Elspeth, voulut insinuer que ce pourrait bien être une mystification :

« Allons donc ! répondit-il, est-ce que je ne reconnais pas mon homme ? Est-ce que ce n'est pas de lui ? Voyager à travers les airs ! Le voilà jaloux des aigles maintenant ! Non, certes, cela ne sera pas ! je saurai bien l'empêcher ! Eh ! si on le laissait faire, il partirait un beau jour pour la lune ! »

Le soir même, Kennedy, moitié inquiet, moitié exaspéré, prenait le chemin de fer à General Railway station, et le lendemain il arrivait à Londres.

Trois quarts d'heure après un cab le déposait à la petite maison du docteur, Soho square, Greek street ; il en franchit le perron, et s'annonça en frappant à la porte cinq coups solidement appuyés.

Fergusson lui ouvrit en personne.

« Dick ? fit-il sans trop d'étonnement.

— Dick lui-même, riposta Kennedy.

— Comment, mon cher Dick, toi à Londres, pendant les chasses d'hiver ?

— Moi, à Londres.

— Et qu'y viens-tu faire ?

— Empêcher une folie sans nom !

— Une folie ? dit le docteur.

— Est-ce vrai ce que raconte ce journal, répondit Kennedy en tendant le numéro du *Daily Telegraph*.

— Ah ! c'est de cela que tu parles ! Ces journaux sont bien indiscrets ! Mais assois-toi donc, mon cher Dick.

— Je ne m'assoirai pas. Tu as parfaitement l'intention d'entreprendre ce voyage ?

— Parfaitement ; mes préparatifs vont bon train, et je...

— Où sont-ils que je les mette en pièces, tes préparatifs ? Où sont-ils que j'en fasse des morceaux. »

Le digne Écossais se mettait très sérieusement en colère.

« Du calme, mon cher Dick, reprit le docteur. Je conçois ton irritation. Tu m'en veux de ce que je ne t'ai pas encore appris mes nouveaux projets.

— Il appelle cela de nouveaux projets !

— J'ai été fort occupé, reprit Samuel sans admettre l'interruption, j'ai eu fort à faire ! Mais sois tranquille, je ne serais pas parti sans t'écrire...

— Eh ! je me moque bien...

— Parce que j'ai l'intention de t'emmener avec moi. »

L'Écossais fit un bond qu'un chamois n'eût pas désavoué.

« Ah çà ! dit-il, tu veux donc que l'on nous renferme tous les deux à l'hôpital de Betlehem [1] !

— J'ai positivement compté sur toi, mon cher Dick, et je t'ai choisi à l'exclusion de bien d'autres. »

Kennedy demeurait en pleine stupéfaction.

« Quand tu m'auras écouté pendant dix minutes, répondit tranquillement le docteur, tu me remercieras.

— Tu parles sérieusement ?

— Très sérieusement.

— Et si je refuse de t'accompagner ?

— Tu ne refuseras pas.

— Mais enfin, si je refuse ?

— Je partirai seul.

— Asseyons-nous, dit le chasseur, et parlons sans passion. Du moment que tu ne plaisantes pas, cela vaut la peine que l'on discute.

— Discutons en déjeunant, si tu n'y vois pas d'obstacle, mon cher Dick. »

Les deux amis se placèrent l'un en face de l'autre devant une petite table, entre une pile de sandwiches et une théière énorme.

« Mon cher Samuel, dit le chasseur, ton projet est insensé ! il est impossible ! il ne ressemble à rien de sérieux ni de praticable !

---

1. Hôpital de fous à Londres.

— C'est ce que nous verrons bien après l'avoir essayé.

— Mais ce que précisément il ne faut pas faire, c'est d'essayer.

— Pourquoi cela, s'il te plaît ?

— Et les dangers, et les obstacles de toute nature !

— Les obstacles, répondit sérieusement Fergusson, sont inventés pour être vaincus ; quant aux dangers, qui peut se flatter de les fuir ? Tout est danger dans la vie ; il peut être très dangereux de s'asseoir devant sa table ou de mettre son chapeau sur sa tête ; il faut d'ailleurs considérer ce qui doit arriver comme arrivé déjà, et ne voir que le présent dans l'avenir, car l'avenir n'est qu'un présent un peu plus éloigné.

— Que cela ! fit Kennedy en levant les épaules. Tu es toujours fataliste !

— Toujours, mais dans le bon sens du mot. Ne nous préoccupons donc pas de ce que le sort nous réserve et n'oublions jamais notre bon proverbe d'Angleterre :

"L'homme né pour être pendu ne sera jamais noyé !" »

Il n'y avait rien à répondre, ce qui n'empêcha pas Kennedy de reprendre une série d'arguments faciles à imaginer, mais trop longs à rapporter ici.

« Mais enfin, dit-il après une heure de discussion, si tu veux absolument traverser l'Afrique, si cela est nécessaire à ton bonheur, pourquoi ne pas prendre les routes ordinaires ?

— Pourquoi ? répondit le docteur en s'animant ; parce que jusqu'ici toutes les tentatives ont échoué ! Parce que depuis Mungo-Park assassiné sur le Niger jusqu'à Vogel disparu dans le Wadaï, depuis Oudney mort à Murmur, Clapperton mort à Sackatou, jusqu'au Français Maizan coupé en morceaux, depuis le major Laing tué par les Touareg jusqu'à Roscher de Hambourg massacré au commencement de 1860, de nombreuses victimes ont été inscrites au martyrologe africain ! Parce que lutter contre les éléments, contre la faim, la soif, la fièvre, contre les animaux féroces et contre des peuplades plus féroces encore, est impossible ! Parce que ce qui ne peut être fait d'une façon doit être entrepris d'une autre ! Enfin parce que, là où l'on ne peut passer au milieu, il faut passer à côté ou passer dessus !

— S'il ne s'agissait que de passer dessus ! répliqua Kennedy ; mais passer par-dessus !

— Eh bien, reprit le docteur avec le plus grand sang-froid du monde, qu'ai-je à redouter ? Tu admettras bien que j'ai pris mes précautions de manière à ne pas craindre une chute de mon ballon ; si donc il vient à me faire défaut, je me retrouverai sur terre dans les conditions normales des explorateurs ; mais mon ballon ne me manquera pas, il n'y faut pas compter.

— Il faut y compter, au contraire.

— Non pas, mon cher Dick. J'entends bien ne pas m'en séparer avant mon arrivée à la côte occidentale d'Afrique. Avec lui, tout est possible ; sans lui, je retombe dans les dangers et les obstacles naturels d'une pareille expédition ; avec lui, ni la chaleur, ni les torrents, ni les tempêtes, ni le simoun, ni les climats insalubres, ni les animaux sauvages, ni les hommes ne sont à craindre ! Si j'ai trop chaud, je monte ; si j'ai froid, je descends ; une montagne, je la dépasse ; un précipice, je le franchis ; un fleuve, je le traverse ; un orage, je le domine ; un torrent, je le rase comme un oiseau ! Je marche sans fatigue, je m'arrête sans avoir besoin de repos ! Je plane sur les cités nouvelles ! Je vole avec la rapidité de l'ouragan, tantôt au plus haut des airs, tantôt à cent pieds du sol, et la carte africaine se déroule sous mes yeux dans le grand atlas du monde ! »

Le brave Kennedy commençait à se sentir ému, et cependant le spectacle évoqué devant ses yeux lui donnait le vertige. Il contemplait Samuel avec admiration, mais avec crainte aussi ; il se sentait déjà balancé dans l'espace.

« Voyons, fit-il, voyons un peu, mon cher Samuel, tu as donc trouvé le moyen de diriger les ballons ?

— Pas le moins du monde. C'est une utopie.

— Mais alors tu iras...

— Où voudra la Providence ; mais cependant de l'est à l'ouest.

— Pourquoi cela ?

— Parce que je compte me servir des vents alizés, dont la direction est constante.

— Oh ! vraiment ! fit Kennedy en réfléchissant : les vents alizés... certainement... on peut à la rigueur... il y a quelque chose...

— S'il y a quelque chose ! non, mon brave ami, il y a tout. Le gouvernement anglais a mis un transport à ma disposition ; il a été convenu également que trois ou quatre navires iraient croiser sur la côte occidentale vers l'époque présumée de mon arrivée. Dans trois mois au plus, je serai à Zanzibar, où j'opérerai le gonflement de mon ballon, et de là nous nous élancerons...

— Nous ! fit Dick.

— Aurais-tu encore l'apparence d'une objection à me faire ? Parle, ami Kennedy.

— Une objection ! j'en aurais mille ; mais, entre autres, dis-moi : si tu comptes voir le pays, si tu comptes monter et descendre à ta volonté, tu ne le pourras faire sans perdre ton gaz ; il n'y a pas eu jusqu'ici d'autres moyens de procéder, et c'est ce qui a toujours empêché les longues pérégrinations dans l'atmosphère.

— Mon cher Dick, je ne te dirai qu'une seule chose : je ne perdrai pas un atome de gaz, pas une molécule.

— Et tu descendras à volonté ?

— Je descendrai à volonté.

— Et comment feras-tu ?

— Ceci est mon secret, ami Dick. Aie confiance, et que ma devise soit la tienne : "Excelsior !"

— Va pour "Excelsior !" » répondit le chasseur, qui ne savait pas un mot de latin.

Mais il était bien décidé à s'opposer, par tous les moyens possibles, au départ de son ami. Il fit donc mine d'être de son avis et se contenta d'observer. Quant à Samuel, il alla surveiller ses apprêts.

IV

EXPLORATIONS AFRICAINES. — BARTH, RICHARDSON,
OVERWEG, WERNE, BRUN-ROLLET, PENEY, ANDREA
DEBONO, MIANI, GUILLAUME LEJEAN, BRUCE, KRAPF ET
REBMANN, MAIZAN, ROSCHER, BURTON ET SPEKE.

La ligne aérienne que le docteur Fergusson comptait
suivre n'avait pas été choisie au hasard ; son point de
départ fut sérieusement étudié, et ce ne fut pas sans raison
qu'il résolut de s'élever de l'île de Zanzibar. Cette île,
située près de la côte orientale d'Afrique, se trouve par
6° de latitude australe, c'est-à-dire à quatre cent trente
milles géographiques au-dessous de l'équateur[1].

De cette île venait de partir la dernière expédition
envoyée par les Grands Lacs à la découverte des sources
du Nil.

Mais il est bon d'indiquer quelles explorations le docteur Fergusson espérait rattacher entre elles. Il y en a deux
principales : celle du docteur Barth en 1849, celle des
lieutenants Burton et Speke en 1858.

---

1. Cent soixante-douze lieues.

Le docteur Barth est un Hambourgeois qui obtint pour son compatriote Overweg et pour lui la permission de se joindre à l'expédition de l'Anglais Richardson ; celui-ci était chargé d'une mission dans le Soudan.

Ce vaste pays est situé entre 15° et 10° de latitude nord, c'est-à-dire que, pour y parvenir, il faut s'avancer de plus de quinze cent milles [1] dans l'intérieur de l'Afrique.

Jusque-là, cette contrée n'était connue que par le voyage de Denham, de Clapperton et d'Oudney, de 1822 à 1824. Richardson, Barth et Overweg, jaloux de pousser plus loin leurs investigations, arrivent à Tunis et à Tripoli, comme leurs devanciers, et parviennent à Mourzouk, capitale du Fezzan.

Ils abandonnent alors la ligne perpendiculaire et font un crochet dans l'ouest vers Ghât, guidés, non sans difficultés, par les Touareg. Après mille scènes de pillage, de vexations, d'attaques à main armée, leur caravane arrive en octobre dans la vaste oasis de l'Asben. Le docteur Barth se détache de ses compagnons, fait une excursion à la ville d'Aghadès, et rejoint l'expédition, qui se remet en marche le 12 décembre. Elle arrive dans la province du Damerghou ; là, les trois voyageurs se séparent, et Barth prend la route de Kano, où il parvient à force de patience et en payant des tributs considérables.

Malgré une fièvre intense, il quitte cette ville le 7 mars, suivi d'un seul domestique. Le principal but de son voyage est de reconnaître le lac Tchad, dont il est encore séparé par trois cent cinquante milles. Il s'avance donc vers l'est et atteint la ville de Zouricolo, dans le Bornou, qui est le noyau du grand empire central de l'Afrique. Là il apprend la mort de Richardson, tué par la fatigue et les privations. Il arrive à Kouka, capitale du Bornou, sur les bords du lac. Enfin, au bout de trois semaines, le 14 avril, douze mois et demi après avoir quitté Tripoli, il atteint la ville de Ngornou.

Nous le retrouvons partant le 29 mars 1851, avec Overweg, pour visiter le royaume d'Adamaoua, au sud du lac ;

---

1. Six cent vingt-cinq lieues.

il parvient jusqu'à la ville d'Yola, un peu au-dessous du 9e degré de latitude nord. C'est la limite extrême atteinte au sud par ce hardi voyageur.

Il revient au mois d'août à Kouka, de là parcourt successivement le Mandara, le Barghimi, le Kanem, et atteint comme limite extrême dans l'est la ville de Masena, située par 17° 20' de longitude ouest[1].

Le 25 novembre 1852, après la mort d'Overweg, son dernier compagnon, il s'enfonce dans l'ouest, visite Sockoto, traverse le Niger, et arrive enfin à Tembouctou, où il doit languir huit longs mois, au milieu des vexations du cheik, des mauvais traitements et de la misère. Mais la présence d'un chrétien dans la ville ne peut être plus longtemps tolérée ; les Foullannes menacent de l'assiéger. Le docteur la quitte donc le 17 mars 1854, se réfugie sur la frontière, où il demeure trente-trois jours dans le dénuement le plus complet, revient à Kano en novembre, rentre à Kouka, d'où il reprend la route de Denham, après quatre mois d'attente ; il revoit Tripoli vers la fin d'août 1855, et rentre à Londres le 6 septembre, seul de ses compagnons.

Voilà ce que fut ce hardi voyage de Barth.

Le docteur Fergusson nota soigneusement qu'il s'était arrêté à 4° de latitude nord et à 17° de longitude ouest.

Voyons maintenant ce que firent les lieutenants Burton et Speke dans l'Afrique orientale.

Les diverses expéditions qui remontèrent le Nil ne purent jamais parvenir aux sources mystérieuses de ce fleuve. D'après la relation du médecin allemand Ferdinand Werne, l'expédition tentée en 1840, sous les auspices de Mehemet-Ali, s'arrêta à Gondokoro, entre les 4e et 5e parallèles nord.

En 1855, Brun-Rollet, un Savoisien, nommé consul de Sardaigne dans le Soudan oriental, en remplacement de Vaudey, mort à la peine, partit de Karthoum, et sous le nom de marchand Yacoub, trafiquant de gomme et

---

1. Il s'agit du méridien anglais, qui passe par l'observatoire de Greenwich.

d'ivoire, il parvint à Belenia, au-delà du 4e degré, et retourna malade à Karthoum, où il mourut en 1857.

Ni le docteur Peney, chef du service médical égyptien, qui sur un petit steamer atteignit un degré au-dessous de Gondokoro, et revint mourir d'épuisement à Karthoum — ni le Vénitien Miani, qui, contournant les cataractes situées au-dessous de Gondokoro, atteignit le 2e parallèle —, ni le négociant maltais Andrea Debono, qui poussa plus loin encore son excursion sur le Nil — ne purent franchir l'infranchissable limite.

En 1859, M. Guillaume Lejean, chargé d'une mission par le gouvernement français, se rendit à Karthoum par la mer Rouge, s'embarqua sur le Nil avec vingt et un hommes d'équipage et vingt soldats ; mais il ne put dépasser Gondokoro, et courut les plus grands dangers au milieu des Nègres en pleine révolte. L'expédition dirigée par M. d'Escayrac de Lauture tenta également d'arriver aux fameuses sources.

Mais ce terme fatal arrêta toujours les voyageurs ; les envoyés de Néron avaient atteint autrefois le 9e degré de latitude ; on ne gagna donc en dix-huit siècles que 5 ou 6 degrés, soit de trois cents à trois cent soixante milles géographiques.

Plusieurs voyageurs tentèrent de parvenir aux sources du Nil, en prenant un point de départ sur la côte orientale de l'Afrique.

De 1768 à 1772, l'Écossais Bruce partit de Masuah, port de l'Abyssinie, parcourut le Tigré, visita les ruines d'Axum, vit les sources du Nil où elles n'étaient pas, et n'obtint aucun résultat sérieux.

En 1844, le docteur Krapf, missionnaire anglican, fondait un établissement à Monbaz sur la côte de Zanguebar, et découvrait, en compagnie du révérend Rebmann, deux montagnes à trois cents milles de la côte ; ce sont les monts Kilimandjaro et Kenia, que MM. de Heuglin et Thornton viennent de gravir en partie.

En 1845, le Français Maizan débarquait seul à Bagamayo, en face de Zanzibar, et parvenait à Deje-la-Mhora, où le chef le faisait périr dans de cruels supplices.

En 1859, au mois d'août, le jeune voyageur Roscher, de Hambourg, parti avec une caravane de marchands arabes, atteignait le lac Nyassa, où il fut assassiné pendant son sommeil.

Enfin, en 1857, les lieutenants Burton et Speke, tous deux officiers à l'armée du Bengale, furent envoyés par la Société de Géographie de Londres pour explorer les Grands Lacs africains ; le 17 juin ils quittèrent Zanzibar et s'enfoncèrent directement dans l'ouest.

Après quatre mois de souffrances inouïes, leurs bagages pillés, leurs porteurs assommés, ils arrivèrent à Kazeh, centre de réunion des trafiquants et des caravanes ; ils étaient en pleine terre de la Lune ; là ils recueillirent des documents précieux sur les mœurs, le gouvernement, la religion, la faune et la flore du pays ; puis ils se dirigèrent vers le premier des Grands Lacs, le Tanganayika, situé entre 3° et 8° de latitude australe ; ils y parvinrent le 14 février 1858, et visitèrent les diverses peuplades des rives, pour la plupart cannibales.

Ils repartirent le 26 mai, et rentrèrent à Kazeh le 20 juin. Là, Burton épuisé resta plusieurs mois malade ; pendant ce temps, Speke fit au nord une pointe de plus de trois cents milles, jusqu'au lac Oukéréoué, qu'il aperçut le 3 août ; mais il n'en put voir que l'ouverture par 2° 30' de latitude.

Il était de retour à Kazeh le 25 août, et reprenait avec Burton le chemin de Zanzibar, qu'ils revirent au mois de mars l'année suivante. Ces deux hardis explorateurs revinrent alors en Angleterre, et la Société de Géographie de Paris leur décerna son prix annuel.

Le docteur Fergusson remarqua avec soin qu'ils n'avaient franchi ni le 2e degré de latitude australe, ni le 29e degré de longitude est.

Il s'agissait donc de réunir les explorations de Burton et Speke à celles du docteur Barth ; c'était s'engager à franchir une étendue de pays de plus de douze degrés.

V

RÊVES DE KENNEDY. — ARTICLES ET PRONOMS AU PLU-
RIEL. — INSINUATIONS DE DICK. — PROMENADE SUR LA
CARTE D'AFRIQUE. — CE QUI RESTE ENTRE LES DEUX
POINTES DU COMPAS. — EXPÉDITIONS ACTUELLES. —
SPEKE ET GRANT. — KRAPF, DE DECKEN, DE HEUGLIN.

Le docteur Fergusson pressait activement les préparatifs de son départ ; il dirigeait lui-même la construction
de son aérostat, suivant certaines modifications sur lesquelles il gardait un silence absolu.

Depuis longtemps déjà, il s'était appliqué à l'étude de
la langue arabe et de divers idiomes mandingues ; grâce
à ses dispositions de polyglotte, il fit de rapides progrès.

En attendant, son ami le chasseur ne le quittait pas
d'une semelle ; il craignait sans doute que le docteur ne
prît son vol sans rien dire ; il lui tenait encore à ce sujet
les discours les plus persuasifs, qui ne persuadaient pas
Samuel Fergusson, et s'échappait en supplications pathé-
tiques, dont celui-ci se montrait peu touché. Dick le sentait glisser entre ses doigts.

Le pauvre Écossais était réellement à plaindre ; il ne
considérait plus la voûte azurée sans de sombres terreurs ;
il éprouvait, en dormant, des balancements vertigineux,
et chaque nuit il se sentait choir d'incommensurables hauteurs.

Nous devons ajouter que, pendant ces terribles cauche-
mars, il tomba de son lit une fois ou deux. Son premier
soin fut de montrer à Fergusson une forte contusion qu'il
se fit à la tête.

« Et pourtant, ajouta-t-il avec bonhomie, trois pieds de
hauteur ! pas plus ! et une bosse pareille ! Juge donc ! »

Cette insinuation, pleine de mélancolie, n'émut pas le
docteur.

« Nous ne tomberons pas, fit-il.

— Mais enfin, si nous tombons ?

— Nous ne tomberons pas. »

Ce fut net, et Kennedy n'eut rien à répondre.

Ce qui exaspérait particulièrement Dick, c'est que le docteur semblait faire une abnégation parfaite de sa personnalité, à lui Kennedy ; il le considérait comme irrévocablement destiné à devenir son compagnon aérien. Cela n'était plus l'objet d'un doute. Samuel faisait un intolérable abus du pronom pluriel de la première personne.

« Nous » avançons... « nous » serons prêts le..., « nous » partirons le...

Et de l'adjectif possessif au singulier :

« Notre » ballon..., « notre » nacelle..., « notre » exploration...

Et du pluriel donc !

« Nos » préparatifs..., « nos » découvertes..., « nos » ascensions...

Dick en frissonnait, quoique décidé à ne point partir ; mais il ne voulait pas trop contrarier son ami. Avouons même que, sans s'en rendre bien compte, il avait fait venir tout doucement d'Édimbourg quelques vêtements assortis et ses meilleurs fusils de chasse.

Un jour, après avoir reconnu qu'avec un bonheur insolent, on pouvait avoir une chance sur mille de réussir, il feignit de se rendre aux désirs du docteur ; mais, pour reculer le voyage, il entama la série des échappatoires les plus variées. Il se rejeta sur l'utilité de l'expédition et sur son opportunité... Cette découverte des sources du Nil était-elle vraiment nécessaire ?... Aurait-on réellement travaillé pour le bonheur de l'humanité ?... Quand, au bout du compte, les peuplades de l'Afrique seraient civilisées, en seraient-elles plus heureuses ?... Était-on certain, d'ailleurs, que la civilisation ne fût pas plutôt là qu'en Europe ? — Peut-être. — Et d'abord ne pouvait-on attendre encore ?... La traversée de l'Afrique serait certainement faite un jour, et d'une façon moins hasardeuse... Dans un mois, dans six mois, avant un an, quelque explorateur arriverait sans doute...

Ces insinuations produisaient un effet tout contraire à leur but, et le docteur frémissait d'impatience.

« Veux-tu donc, malheureux Dick, veux-tu donc, faux

ami, que cette gloire profite à un autre ? Faut-il donc
mentir à mon passé ? reculer devant des obstacles qui ne
sont pas sérieux ? reconnaître par de lâches hésitations ce
qu'ont fait pour moi, et le gouvernement anglais, et la
Société Royale de Londres ?

— Mais..., reprit Kennedy, qui avait une grande habitude de cette conjonction.

— Mais, fit le docteur, ne sais-tu pas que mon voyage
doit concourir au succès des entreprises actuelles ?
Ignores-tu que de nouveaux explorateurs s'avancent vers
le centre de l'Afrique ?

— Cependant...

— Écoute-moi bien, Dick, et jette les yeux sur cette
carte. »

Dick les jeta avec résignation.

« Remonte le cours du Nil, dit Fergusson.

— Je le remonte, répondit docilement l'Écossais.

— Arrive à Gondokoro.

— J'y suis. »

Et Kennedy songeait combien était facile un pareil
voyage... sur la carte.

« Prends une des pointes de ce compas, reprit le docteur, et appuie-la sur cette ville que les plus hardis ont à
peine dépassée.

— J'appuie.

— Et maintenant cherche sur la côte l'île de Zanzibar,
par 6° de latitude sud.

— Je la tiens.

— Suis maintenant ce parallèle et arrive à Kazeh.

— C'est fait.

— Remonte par le 33e degré de longitude jusqu'à l'ouverture du lac Oukéréoué, à l'endroit où s'arrêta le lieutenant Speke.

— M'y voici ! Un peu plus, je tombais dans le lac.

— Eh bien ! sais-tu ce qu'on a le droit de supposer
d'après les renseignements donnés par les peuplades riveraines ?

— Je ne m'en doute pas.

— C'est que ce lac, dont l'extrémité inférieure est par

2° 30' de latitude, doit s'étendre également de deux degrés et demi au-dessus de l'équateur.

— Vraiment !

— Or, de cette extrémité septentrionale s'échappe un cours d'eau qui doit nécessairement rejoindre le Nil, si ce n'est le Nil lui-même.

— Voilà qui est curieux.

— Or, appuie la seconde pointe de ton compas sur cette extrémité du lac Oukéréoué.

— C'est fait, ami Fergusson.

— Combien comptes-tu de degrés entre les deux pointes ?

— À peine deux.

— Et sais-tu ce que cela fait, Dick ?

— Pas le moins du monde.

— Cela fait à peine cent vingt milles [1], c'est-à-dire rien.

— Presque rien, Samuel.

— Or, sais-tu ce qui se passe en ce moment ?

— Non, sur ma vie !

— Eh bien ! le voici. La Société de Géographie a regardé comme très importante l'exploration de ce lac entrevu par Speke. Sous ses auspices, le lieutenant, aujourd'hui capitaine Speke, s'est associé le capitaine Grant de l'armée des Indes ; ils se sont mis à la tête d'une expédition nombreuse et largement subventionnée ; ils ont mission de remonter le lac et de revenir jusqu'à Gondokoro ; ils ont reçu un subside de plus de cinq mille livres, et le gouverneur du Cap a mis des soldats hottentots à leur disposition ; ils sont partis de Zanzibar à la fin d'octobre 1860. Pendant ce temps, l'Anglais John Petherick, consul de Sa Majesté à Karthoum, a reçu du Foreign-office sept cents livres environ ; il doit équiper un bateau à vapeur à Karthoum, le charger de provisions suffisantes, et se rendre à Gondokoro ; là il attendra la caravane du capitaine Speke et sera en mesure de la ravitailler.

— Bien imaginé, dit Kennedy.

---

1. Cinquante lieues.

Dick consultant la carte.

— Tu vois bien que cela presse, si nous voulons participer à ces travaux d'exploration. Et ce n'est pas tout ; pendant que l'on marche d'un pas sûr à la découverte des sources du Nil, d'autres voyageurs vont hardiment au cœur de l'Afrique.

— À pied, fit Kennedy.

— À pied, répondit le docteur sans relever l'insinuation. Le docteur Krapf se propose de pousser dans l'ouest par le Djob, rivière située sous l'équateur. Le baron de Decken a quitté Monbaz, a reconnu les montagnes de Kenia et de Kilimandjaro, et s'enfonce vers le centre.

— À pied toujours ?

— Toujours à pied, ou à dos de mulet.

— C'est exactement la même chose pour moi, répliqua Kennedy.

— Enfin, reprit le docteur, M. de Heuglin, vice-consul d'Autriche à Karthoum, vient d'organiser une expédition très importante, dont le premier but est de rechercher le voyageur Vogel, qui, en 1853, fut envoyé dans le Soudan pour s'associer aux travaux du docteur Barth. En 1856, il quitta le Bornou, et résolut d'explorer ce pays inconnu qui s'étend entre le lac Tchad et le Darfour. Or, depuis ce temps, il n'a pas reparu. Des lettres arrivées en juin 1860 à Alexandrie rapportent qu'il fut assassiné par les ordres du roi du Wadaï ; mais d'autres lettres, adressées par le docteur Hartmann au père du voyageur, disent, d'après les récits d'un fellatah du Bornou, que Vogel serait seulement retenu prisonnier à Wara ; tout espoir n'est donc pas perdu. Un comité s'est formé sous la présidence du duc régent de Saxe-Cobourg-Gotha ; mon ami Petermann en est le secrétaire ; une souscription nationale a fait les frais de l'expédition, à laquelle se sont joints de nombreux savants ; M. de Heuglin est parti de Masuah dans le mois de juin, et en même temps qu'il recherche les traces de Vogel, il doit explorer tout le pays compris entre le Nil et le Tchad, c'est-à-dire relier les opérations du capitaine Speke à celles du docteur Barth. Et alors l'Afrique aura été traversée de l'est à l'ouest[1].

— Eh bien ! reprit l'Écossais, puisque tout cela s'emmanche si bien, qu'allons-nous faire là-bas ? »

Le docteur Fergusson ne répondit pas, et se contenta de hausser les épaules.

VI

UN DOMESTIQUE IMPOSSIBLE. — IL APERÇOIT LES SATELLITES DE JUPITER. — DICK ET JOE AUX PRISES. — LE DOUTE ET LA CROYANCE. — LE PESAGE. — JOE-WELLINGTON. — IL REÇOIT UNE DEMI-COURONNE.

Le docteur Fergusson avait un domestique ; il répondait avec empressement au nom de Joe ; une excellente nature ; ayant voué à son maître une confiance absolue et un dévouement sans bornes ; devançant même ses ordres, toujours interprétés d'une façon intelligente ; un Caleb pas grognon et d'une éternelle bonne humeur ; on l'eût fait exprès qu'on n'eût pas mieux réussi. Fergusson s'en rapportait entièrement à lui pour les détails de son existence, et il avait raison. Rare et honnête Joe ! un domestique qui commande votre dîner, et dont le goût est le vôtre, qui fait votre malle et n'oublie ni les bas ni les chemises, qui possède vos clefs et vos secrets, et n'en abuse pas !

Mais aussi quel homme était le docteur pour ce digne Joe ! avec quel respect et quelle confiance il accueillait ses décisions. Quand Fergusson avait parlé, fou qui eût voulu répondre. Tout ce qu'il pensait était juste ; tout ce qu'il disait, sensé ; tout ce qu'il commandait, faisable ; tout ce qu'il entreprenait, possible ; tout ce qu'il achevait,

---

1. Depuis le départ du docteur Fergusson, on a appris que M. de Heuglin, à la suite de certaines discussions, a pris une route différente de celle assignée à son expédition, dont le commandement a été remis à M. Munzinger.

Portrait de Joe.

admirable. Vous auriez coupé Joe en morceaux, ce qui vous eût répugné sans doute, qu'il n'aurait pas changé d'avis à l'égard de son maître.

Aussi, quand le docteur conçut ce projet de traverser l'Afrique par les airs, ce fut pour Joe chose faite ; il n'existait plus d'obstacles ; dès l'instant que le docteur Fergusson avait résolu de partir, il était arrivé — avec son fidèle serviteur, car ce brave garçon, sans en avoir jamais parlé, savait bien qu'il serait du voyage.

Il devait d'ailleurs y rendre les plus grands services par son intelligence et sa merveilleuse agilité. S'il eût fallu nommer un professeur de gymnastique pour les singes du Zoological Garden, qui sont bien dégourdis cependant, Joe aurait certainement obtenu cette place. Sauter, grimper, voler, exécuter mille tours impossibles, il s'en faisait un jeu.

Si Fergusson était la tête et Kennedy le bras, Joe devait être la main. Il avait déjà accompagné son maître pendant plusieurs voyages, et possédait quelque teinture de science appropriée à sa façon ; mais il se distinguait surtout par une philosophie douce, un optimisme charmant ; il trouvait tout facile, logique, naturel, et par conséquent il ignorait le besoin de se plaindre ou de maugréer.

Entre autres qualités, il possédait une puissance et une étendue de vision étonnantes ; il partageait avec Moestlin, le professeur de Képler, la rare faculté de distinguer sans lunettes les satellites de Jupiter et de compter dans le groupe des Pléiades quatorze étoiles, dont les dernières sont de neuvième grandeur. Il ne s'en montrait pas plus fier pour cela ; au contraire : il vous saluait de très loin, et, à l'occasion, il savait joliment se servir de ses yeux.

Avec cette confiance que Joe témoignait au docteur, il ne faut donc pas s'étonner des incessantes discussions qui s'élevaient entre Kennedy et le digne serviteur, toute déférence gardée d'ailleurs.

L'un doutait, l'autre croyait ; l'un était la prudence clairvoyante, l'autre la confiance aveugle ; le docteur se trouvait entre le doute et la croyance ! je dois dire qu'il ne se préoccupait ni de l'une ni de l'autre.

« Eh bien ! monsieur Kennedy ? disait Joe.

— Eh bien ! mon garçon ?

— Voilà le moment qui approche. Il paraît que nous nous embarquons pour la lune.

— Tu veux dire la terre de la Lune, ce qui n'est pas tout à fait aussi loin ; mais sois tranquille, c'est aussi dangereux.

— Dangereux ! avec un homme comme le docteur Fergusson !

— Je ne voudrais pas t'enlever tes illusions, mon cher Joe ; mais ce qu'il entreprend là est tout bonnement le fait d'un insensé : il ne partira pas.

— Il ne partira pas ! Vous n'avez donc pas vu son ballon à l'atelier de MM. Mittchell, dans le Borough[1].

— Je me garderais bien de l'aller voir.

— Vous perdez là un beau spectacle, monsieur ! Quelle belle chose ! quelle jolie coupe ! quelle charmante nacelle ! Comme nous serons à notre aise là-dedans !

— Tu comptes donc sérieusement accompagner ton maître ?

— Moi, répliqua Joe avec conviction, mais je l'accompagnerai où il voudra ! Il ne manquerait plus que cela ! le laisser aller seul, quand nous avons couru le monde ensemble ! Et qui le soutiendrait donc quand il serait fatigué ? qui lui tendrait une main vigoureuse pour sauter un précipice ? qui le soignerait s'il tombait malade ? Non, monsieur Dick, Joe sera toujours à son poste auprès du docteur, que dis-je, autour du docteur Fergusson.

— Brave garçon !

— D'ailleurs, vous venez avec nous, reprit Joe.

— Sans doute ! fit Kennedy ; c'est-à-dire je vous accompagne pour empêcher jusqu'au dernier moment Samuel de commettre une pareille folie ! Je le suivrai même jusqu'à Zanzibar, afin que là encore la main d'un ami l'arrête dans son projet insensé.

— Vous n'arrêterez rien du tout, monsieur Kennedy, sauf votre respect. Mon maître n'est point un cerveau brûlé ; il médite longuement ce qu'il veut entreprendre,

---

1. Faubourg méridional de Londres.

et quand sa résolution est prise, le diable serait bien qui l'en ferait démordre.

— C'est ce que nous verrons !

— Ne vous flattez pas de cet espoir. D'ailleurs, l'important est que vous veniez. Pour un chasseur comme vous, l'Afrique est un pays merveilleux. Ainsi, de toute façon, vous ne regretterez point votre voyage.

— Non, certes, je ne le regretterai pas, surtout si cet entêté se rend enfin à l'évidence.

— À propos, dit Joe, vous savez que c'est aujourd'hui le pesage.

— Comment, le pesage ?

— Sans doute, mon maître, vous et moi, nous allons tous trois nous peser.

— Comme des jockeys !

— Comme des jockeys. Seulement, rassurez-vous, on ne vous fera pas maigrir si vous êtes trop lourd. On vous prendra comme vous serez.

— Je ne me laisserai certainement pas peser, dit l'Écossais avec fermeté.

— Mais, Monsieur, il paraît que c'est nécessaire pour sa machine.

— Eh bien ! sa machine s'en passera.

— Par exemple ! et si, faute de calculs exacts, nous n'allions pas pouvoir monter !

— Eh parbleu ! je ne demande que cela !

— Voyons, monsieur Kennedy, mon maître va venir à l'instant nous chercher.

— Je n'irai pas.

— Vous ne voudrez pas lui faire cette peine.

— Je la lui ferai.

— Bon ! fit Joe en riant, vous parlez ainsi parce qu'il n'est pas là ; mais quand il vous dira face à face : "Dick (sauf votre respect), Dick, j'ai besoin de connaître exactement ton poids", vous irez, je vous en réponds.

— Je n'irai pas. »

En ce moment le docteur rentra dans son cabinet de travail où se tenait cette conversation ; il regarda Kennedy, qui ne se sentit pas trop à son aise.

« Dick, dit le docteur, viens avec Joe ; j'ai besoin de savoir ce que vous pesez tous les deux.

— Mais...

— Tu pourras garder ton chapeau sur la tête. Viens. »

Et Kennedy y alla.

Ils se rendirent tous les trois à l'atelier de MM. Mittchell, où l'une de ces balances dites romaines avait été préparée. Il fallait effectivement que le docteur connût le poids de ses compagnons pour établir l'équilibre de son aérostat. Il fit donc monter Dick sur la plate-forme de la balance ; celui-ci, sans faire de résistance, disait à mi-voix :

« C'est bon ! c'est bon ! cela n'engage à rien.

— Cent cinquante-trois livres, dit le docteur, en inscrivant ce nombre sur son carnet.

— Suis-je trop lourd ?

— Mais non, monsieur Kennedy, répliqua Joe ; d'ailleurs, je suis léger, cela fera compensation. »

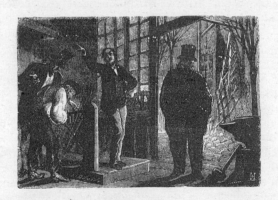

Et ce disant, Joe prit avec enthousiasme la place du chasseur ; il faillit même renverser la balance dans son emportement ; il se posa dans l'attitude du Wellington qui singe Achille à l'entrée d'Hyde-Park, et fut magnifique, même sans bouclier.

« Cent vingt livres, inscrivit le docteur.

— Eh ! eh ! » fit Joe avec un sourire de satisfaction. Pourquoi souriait-il ? Il n'eût jamais pu le dire.

« À mon tour », dit Fergusson, et il inscrivit cent trente-cinq livres pour son propre compte.

« À nous trois, dit-il, nous ne pesons pas plus de quatre cents livres.

— Mais, mon maître, reprit Joe, si cela était nécessaire pour votre expérience, je pourrais bien me faire maigrir d'une vingtaine de livres en ne mangeant pas.

— C'est inutile mon garçon, répondit le docteur ; tu peux manger à ton aise, et voilà une demi-couronne pour te lester à ta fantaisie. »

VII

DÉTAILS GÉOMÉTRIQUES. — CALCUL DE LA CAPACITÉ DU BALLON. — L'AÉROSTAT DOUBLE. — L'ENVELOPPE. — LA NACELLE. — L'APPAREIL MYSTÉRIEUX. — LES VIVRES. — L'ADDITION FINALE.

Le docteur Fergusson s'était préoccupé depuis long-temps des détails de son expédition. On comprend que le ballon, ce merveilleux véhicule destiné à le transporter par air, fût l'objet de sa constante sollicitude.

Tout d'abord, et pour ne pas donner de trop grandes dimensions à l'aérostat, il résolut de le gonfler avec du gaz hydrogène, qui est quatorze fois et demie plus léger que l'air. La production de ce gaz est facile, et c'est celui qui a donné les meilleurs résultats dans les expériences aérostatiques.

Le docteur, d'après des calculs très exacts, trouva que, pour les objets indispensables à son voyage et pour son appareil, il devait emporter un poids de quatre mille livres ; il fallut donc rechercher quelle serait la force ascensionnelle capable d'enlever ce poids, et, par consé-quent, quelle en serait la capacité.

Un poids de quatre mille livres est représenté par un déplacement d'air de quarante-quatre mille huit cent quarante-sept pieds cubes [1], ce qui revient à dire que quarante-quatre mille huit cent quarante-sept pieds cubes d'air pèsent quatre mille livres environ.

En donnant au ballon cette capacité de quarante-quatre mille huit cent quarante-sept pieds cubes et en le remplissant, au lieu d'air, de gaz hydrogène, qui, quatorze fois et demie plus léger, ne pèse que deux cent soixante-seize livres, il reste une rupture d'équilibre, soit une différence de trois mille sept cent vingt-quatre livres. C'est cette différence entre le poids du gaz contenu dans le ballon et le poids de l'air environnant qui constitue la force ascensionnelle de l'aérostat.

Toutefois, si l'on introduisait dans le ballon les quarante-quatre mille huit cent quarante pieds cubes de gaz dont nous parlons, il serait entièrement rempli ; or cela ne doit pas être, car à mesure que le ballon monte dans les couches moins denses de l'air, le gaz qu'il renferme tend à se dilater et ne tarderait pas à crever l'enveloppe. On ne remplit donc généralement les ballons qu'aux deux tiers.

Mais le docteur, par suite de certain projet connu de lui seul, résolut de ne remplir son aérostat qu'à moitié, et puisqu'il lui fallait emporter quarante-quatre mille huit cent quarante-sept pieds cubes d'hydrogène, de donner à son ballon une capacité à peu près double.

Il le disposa suivant cette forme allongée que l'on sait être préférable ; le diamètre horizontal fut de cinquante pieds et le diamètre vertical de soixante-quinze [2] ; il obtint ainsi un sphéroïde dont la capacité s'élevait en chiffres ronds à quatre-vingt-dix mille pieds cubes.

Si le docteur Fergusson avait pu employer deux ballons, ses chances de réussite se seraient accrues ; en effet, au cas où l'un vient à se rompre dans l'air, on peut en jetant du lest se soutenir au moyen de l'autre. Mais la

---

1. 1 661 mètres cubes.   **2.** Cette dimension n'a rien d'extraordinaire : en 1784, à Lyon, M. Montgolfier construisit un aérostat dont la capacité était de 340 000 pieds cubes, ou 20 000 mètres cubes, et il pouvait enlever un poids de 20 tonnes, soit 20 000 kilogrammes.

manœuvre de deux aérostats devient fort difficile, lorsqu'il s'agit de leur conserver une force d'ascension égale.

Après avoir longuement réfléchi, Fergusson, par une
disposition ingénieuse, réunit les avantages de deux ballons sans en avoir les inconvénients ; il en construisit
deux d'inégale grandeur et les renferma l'un dans l'autre.
Son ballon extérieur, auquel il conserva les dimensions
que nous avons données plus haut, en contint un plus
petit, de même forme, qui n'eut que quarante-cinq pieds
de diamètre horizontal et soixante-huit pieds de diamètre
vertical. La capacité de ce ballon intérieur n'était donc
que de soixante-sept mille pieds cubes ; il devait nager
dans le fluide qui l'entourait ; une soupape s'ouvrait d'un
ballon à l'autre et permettait au besoin de les faire
communiquer entre eux.

Cette disposition présentait cet avantage que, s'il fallait
donner issue au gaz pour descendre, on laisserait échapper
d'abord celui du grand ballon ; dût-on même le vider entièrement, le petit resterait intact ; on pouvait alors se débarrasser de l'enveloppe extérieure, comme d'un poids
incommode, et le second aérostat, demeuré seul, n'offrait
pas au vent la prise que donnent les ballons à demi
dégonflés.

De plus, dans le cas d'un accident, d'une déchirure
arrivée au ballon extérieur, l'autre avait l'avantage d'être
préservé.

Les deux aérostats furent construits avec un taffetas
croisé de Lyon enduit de gutta-percha. Cette substance
gommo-résineuse jouit d'une imperméabilité absolue ;
elle est entièrement inattaquable aux acides et aux gaz.
Le taffetas fut juxtaposé en double au pôle supérieur du
globe, où se fait presque tout l'effort.

Cette enveloppe pouvait retenir le fluide pendant un
temps illimité. Elle pesait une demi-livre par neuf pieds
carrés. Or, la surface du ballon extérieur étant d'environ
onze mille six cents pieds carrés, son enveloppe pesa six
cent cinquante livres. L'enveloppe du second ballon ayant
neuf mille deux cents pieds carrés de surface ne pesait

que cinq cent dix livres : soit donc, en tout, onze cent soixante livres.

Le filet destiné à supporter la nacelle fut fait en corde de chanvre d'une très grande solidité ; les deux soupapes devinrent l'objet de soins minutieux, comme l'eût été le gouvernail d'un navire.

La nacelle, de forme circulaire et d'un diamètre de quinze pieds, était construite en osier, renforcée par une légère armature de fer, et revêtue à la partie inférieure de ressorts élastiques destinés à amortir les chocs. Son poids et celui du filet ne dépassaient pas deux cent quatre-vingts livres.

Le docteur fit construire, en outre, quatre caisses de tôle de deux lignes d'épaisseur ; elles étaient réunies entre elles par des tuyaux munis de robinets ; il y joignit un serpentin de deux pouces de diamètre environ qui se terminait par deux branches droites d'inégale longueur, mais dont la plus grande mesurait vingt-cinq pieds de haut, et la plus courte quinze pieds seulement.

Les caisses de tôle s'emboîtaient dans la nacelle de façon à occuper le moins d'espace possible ; le serpentin, qui ne devait s'ajuster que plus tard, fut emballé séparément, ainsi qu'une très forte pile électrique de Bunsen. Cet appareil avait été si ingénieusement combiné qu'il ne pesait pas plus de sept cents livres, en y comprenant même vingt-cinq gallons d'eau contenus dans une caisse spéciale.

Les instruments destinés au voyage consistèrent en deux baromètres, deux thermomètres, deux boussoles, un sextant, deux chronomètres, un horizon artificiel et un altazimuth pour relever les objets lointains et inaccessibles. L'Observatoire de Greenwich s'était mis à la disposition du docteur. Celui-ci d'ailleurs ne se proposait pas de faire des expériences de physique ; il voulait seulement reconnaître sa direction, et déterminer la position des principales rivières, montagnes et villes.

Il se munit de trois ancres en fer bien éprouvées, ainsi que d'une échelle de soie légère et résistante, longue d'une cinquantaine de pieds.

Il calcula également le poids exact de ses vivres ; ils consistèrent en thé, en café, en biscuits, en viande salée et en pemmican, préparation qui, sous un mince volume, renferme beaucoup d'éléments nutritifs. Indépendamment d'une suffisante réserve d'eau-de-vie, il disposa deux caisses à eau qui contenaient chacune vingt-deux gallons[1].

La consommation de ces divers aliments devait peu à peu diminuer le poids enlevé par l'aérostat. Car il faut savoir que l'équilibre d'un ballon dans l'atmosphère est d'une extrême sensibilité. La perte d'un poids presque insignifiant suffit pour produire un déplacement très appréciable.

Le docteur n'oublia ni une tente qui devait recouvrir une partie de la nacelle, ni les couvertures qui composaient toute la literie de voyage, ni les fusils du chasseur, ni ses provisions de poudre et de balles.

Voici le résumé de ses différents calculs :

Fergusson	135	livres
Kennedy	153	—
Joe	120	—
Poids du premier ballon	650	—
Poids du second ballon	510	—
Nacelle et filet	280	—
Ancres, instruments, Fusils, couvertures, Tente, ustensiles divers, }	190	—
Viande, pemmican, Biscuits, thé, Café, eau-de-vie, }	386	—
Eau	400	—
Appareil	700	—
Poids de l'hydrogène	276	—
Lest	200	—
Total	4 000	livres

Tel était le décompte des quatre mille livres que le docteur Fergusson se proposait d'enlever ; il n'emportait que deux cents livres de lest, « pour les cas imprévus

---

1. Cent litres à peu près. Le gallon, qui contient 8 pintes, vaut 4 litres 453.

seulement », disait-il, car il comptait bien n'en pas user, grâce à son appareil.

VIII

IMPORTANCE DE JOE. — LE COMMANDANT DU « RESO-
LUTE ». — L'ARSENAL DE KENNEDY. — AMÉNAGEMENTS.
— LE DÎNER D'ADIEU. — LE DÉPART DU 21 FÉVRIER.
— SÉANCES SCIENTIFIQUES DU DOCTEUR. — DUVEYRIER,
LIVINGSTONE. — DÉTAILS DU VOYAGE AÉRIEN.—
KENNEDY RÉDUIT AU SILENCE.

Vers le 10 février, les préparatifs touchaient à leur fin, les aérostats renfermés l'un dans l'autre étaient entièrement terminés ; ils avaient subi une forte pression d'air refoulé dans leurs flancs ; cette épreuve donnait bonne opinion de leur solidité, et témoignait des soins apportés à leur construction.

Joe ne se sentait pas de joie ; il allait incessamment de Greek street aux ateliers de MM. Mittchell, toujours affairé, mais toujours épanoui, donnant volontiers des détails sur l'affaire aux gens qui ne lui en demandaient point, fier entre toutes choses d'accompagner son maître. Je crois même qu'à montrer l'aérostat, à développer les idées et les plans du docteur, à laisser apercevoir celui-ci par une fenêtre entrouverte, ou à son passage dans les rues, le digne garçon gagna quelques demi-couronnes ; il ne faut pas lui en vouloir ; il avait bien le droit de spéculer un peu sur l'admiration et la curiosité de ses contemporains.

Le 16 février, le *Resolute* vint jeter l'ancre devant Greenwich. C'était un navire à hélice du port de huit cents tonneaux, bon marcheur, et qui fut chargé de ravitailler la dernière expédition de Sir James Ross aux régions polaires. Le commandant Pennet passait pour un aimable homme, il s'intéressait particulièrement au voyage du docteur, qu'il appréciait de longue date. Ce Pennet faisait plutôt un savant qu'un soldat, cela n'empêchait pas son bâtiment de porter quatre caronades, qui n'avaient jamais fait de mal à personne, et servaient seulement à produire les bruits les plus pacifiques du monde.

La cale du *Resolute* fut aménagée de manière à loger l'aérostat ; il y fut transporté avec les plus grandes précautions dans la journée du 18 février ; on l'emmagasina au fond du navire, de manière à prévenir tout accident ; la nacelle et ses accessoires, les ancres, les cordes, les vivres, les caisses à eau que l'on devait remplir à l'arrivée, tout fut arrimé sous les yeux de Fergusson.

On embarqua dix tonneaux d'acide sulfurique et dix tonneaux de vieille ferraille pour la production du gaz hydrogène. Cette quantité était plus que suffisante, mais il fallait parer aux pertes possibles. L'appareil destiné à développer le gaz, et composé d'une trentaine de barils, fut mis à fond de cale.

Ces divers préparatifs se terminèrent le 18 février au soir. Deux cabines confortablement disposées attendaient le docteur Fergusson et son ami Kennedy. Ce dernier, tout en jurant qu'il ne partirait pas, se rendit à bord avec un véritable arsenal de chasse, deux excellents fusils à deux coups, se chargeant par la culasse, et une carabine à toute épreuve de la fabrique de Purdey Moore et Dickson d'Édimbourg ; avec une pareille arme, le chasseur n'était pas embarrassé de loger à deux mille pas de distance une balle dans l'œil d'un chamois ; il y joignit deux revolvers Colt à six coups pour les besoins imprévus ; sa poudrière, son sac à cartouches, son plomb et ses balles, en quantité suffisante, ne dépassaient pas les limites de poids assignées par le docteur.

Les trois voyageurs s'installèrent à bord dans la journée du 19 février ; ils furent reçus avec une grande distinction par le capitaine et ses officiers, le docteur toujours assez froid, uniquement préoccupé de son expédition, Dick ému sans trop vouloir le paraître, Joe bondissant, éclatant en propos burlesques ; il devint promptement le loustic du poste des maîtres, où un cadre lui avait été réservé.

Le 20, un grand dîner d'adieu fut donné au docteur

Le *Resolute*.

Fergusson et à Kennedy par la Société Royale de Géographie. Le commandant Pennet et ses officiers assistaient à ce repas, qui fut très animé et très fourni en libations flatteuses ; les santés y furent portées en assez grand nombre pour assurer à tous les convives une existence de centenaires. Sir Francis M... présidait avec une émotion contenue, mais pleine de dignité.

À sa grande confusion, Dick Kennedy eut une large part dans les félicitations bachiques. Après avoir bu « à l'intrépide Fergusson, la gloire de l'Angleterre », on dut boire « au nom moins courageux Kennedy, son audacieux compagnon ».

Dick rougit beaucoup, ce qui passa pour de la modestie : les applaudissements redoublèrent. Dick rougit encore davantage.

Un message de la reine arriva au dessert ; elle présentait ses compliments aux deux voyageurs et faisait des vœux pour la réussite de l'entreprise.

Ce qui nécessita de nouveaux toasts « à Sa Très Gracieuse Majesté ».

À minuit, après des adieux émouvants et de chaleureuses poignées de main, les convives se séparèrent.

Les embarcations du *Resolute* attendaient au pont de Westminster ; le commandant y prit place en compagnie de ses passagers et de ses officiers, et le courant rapide de la Tamise les porta vers Greenwich.

À une heure, chacun dormait à bord.

Le lendemain, 21 février, à trois heures du matin, les fourneaux ronflaient ; à cinq heures, on levait l'ancre, et sous l'impulsion de son hélice, le *Resolute* fila vers l'embouchure de la Tamise.

Nous n'avons pas besoin de dire que les conversations du bord roulèrent uniquement sur l'expédition du docteur Fergusson. À le voir comme à l'entendre, il inspirait une telle confiance que bientôt, sauf l'Écossais, personne ne mit en question le succès de son entreprise.

Pendant les longues heures inoccupées du voyage, le docteur faisait un véritable cours de géographie dans le carré des officiers. Ces jeunes gens se passionnaient pour

les découvertes faites depuis quarante ans en Afrique ; il
leur raconta les explorations de Barth, de Burton, de
Speke, de Grant, il leur dépeignit cette mystérieuse
contrée livrée de toutes parts aux investigations de la
science. Dans le nord, le jeune Duveyrier explorait le
Sahara et ramenait à Paris les chefs Touareg. Sous l'inspi-
ration du gouvernement français, deux expéditions se préparaient, qui, descendant du nord et venant à l'ouest, se
croiseraient à Temboucton. Au sud, l'infatigable Livingstone s'avançait toujours vers l'équateur, et depuis
mars 1862, il remontait, en compagnie de Mackensie, la
rivière Rovoonia. Le XIXᵉ siècle ne se passerait certainement pas sans que l'Afrique n'eût révélé les secrets
enfouis dans son sein depuis six mille ans.

L'intérêt des auditeurs de Fergusson fut excité surtout
quand il leur fit connaître en détail les préparatifs de son
voyage ; ils voulurent vérifier ses calculs ; ils discutèrent,
et le docteur entra franchement dans la discussion.

En général, on s'étonnait de la quantité relativement
restreinte de vivres qu'il emportait avec lui. Un jour, l'un
des officiers interrogea le docteur à cet égard.

« Cela vous surprend, répondit Fergusson.

— Sans doute.

— Mais quelle durée supposez-vous donc qu'aura

mon voyage ? Des mois entiers ? C'est une grande
erreur ; s'il se prolongeait, nous serions perdus, nous n'ar-
riverions pas. Sachez donc qu'il n'y a pas plus de trois
mille cinq cents, mettez quatre mille milles [1] de Zanzibar
à la côte du Sénégal. Or, à deux cent quarante milles [2] par
douze heures, ce qui n'approche pas de la vitesse de nos
chemins de fer, en voyageant jour et nuit, il suffirait de
sept jours pour traverser l'Afrique.

— Mais alors vous ne pourriez rien voir, ni faire de
relèvements géographiques, ni reconnaître le pays.

— Aussi, répondit le docteur, si je suis maître de mon
ballon, si je monte ou descends à ma volonté, je m'arrête-
rai quand bon me semblera, surtout lorsque des courants
trop violents menaceront de m'entraîner.

— Et vous en rencontrerez, dit le commandant Pennet ; il y a des ouragans qui font plus de deux cent quarante milles à l'heure.

— Vous le voyez, répliqua le docteur, avec une telle
rapidité, on traverserait l'Afrique en douze heures ; on se
lèverait à Zanzibar pour aller se coucher à Saint-Louis.

— Mais, reprit un officier, est-ce qu'un ballon pourrait
être entraîné par une vitesse pareille ?

— Cela s'est vu, répondit Fergusson.

— Et le ballon a résisté ?

— Parfaitement. C'était à l'époque du couronnement
de Napoléon en 1804. L'aéronaute Garnerin lança de
Paris, à onze heures du soir, un ballon qui portait l'ins-
cription suivante tracée en lettres d'or : "Paris, 25 frimaire
an XIII, couronnement de l'empereur Napoléon par S.S.
Pie VII." Le lendemain matin, à cinq heures, les habitants
de Rome voyaient le même ballon planer au-dessus du
Vatican, parcourir la campagne romaine, et aller s'abattre
dans le lac de Bracciano. Ainsi, messieurs, un ballon peut
résister à de pareilles vitesses.

— Un ballon, oui ; mais un homme, se hasarda à dire
Kennedy.

---

1. Environ 1 400 lieues.   **2.** Cent lieues. Le docteur compte toujours par milles géographiques de 60 au degré.

— Mais un homme aussi ! Car un ballon est toujours immobile par rapport à l'air qui l'environne ; ce n'est pas lui qui marche, c'est la masse de l'air elle-même ; aussi, allumez une bougie dans votre nacelle, et la flamme ne vacillera pas. Un aéronaute montant le ballon de Garnerin n'aurait aucunement souffert de cette vitesse. D'ailleurs, je ne tiens pas à expérimenter une semblable rapidité, et si je puis m'accrocher pendant la nuit à quelque arbre ou quelque accident de terrain, je ne m'en ferai pas faute. Nous emportons d'ailleurs pour deux mois de vivres, et rien n'empêchera notre adroit chasseur de nous fournir du gibier en abondance quand nous prendrons terre.

— Ah ! monsieur Kennedy ! vous allez faire là des coups de maître, dit un jeune midshipman en regardant l'Écossais avec des yeux d'envie.

— Sans compter, reprit un autre, que votre plaisir sera doublé d'une grande gloire.

— Messieurs, répondit le chasseur... je suis fort sensible... à vos compliments... mais il ne m'appartient pas de les recevoir...

— Hein ! fit-on de tous côtés, vous ne partirez pas ?

— Je ne partirai pas.

— Vous n'accompagnerez pas le docteur Fergusson ?

— Non seulement je ne l'accompagnerai pas, mais je ne suis ici que pour l'arrêter au dernier moment. »

Tous les regards se dirigèrent vers le docteur.

« Ne l'écoutez pas, répondit-il avec son air calme. C'est une chose qu'il ne faut pas discuter avec lui ; au fond, il sait parfaitement qu'il partira.

— Par saint Patrick ! s'écria Kennedy, j'atteste...

— N'atteste rien, ami Dick ; tu es jaugé, tu es pesé, toi, ta poudre, tes fusils et tes balles ; ainsi n'en parlons plus. »

Et de fait, depuis ce jour jusqu'à l'arrivée à Zanzibar, Dick n'ouvrit plus la bouche ; il ne parla pas plus de cela que d'autre chose. Il se tut.

IX

ON DOUBLE LE CAP. — LE GAILLARD D'AVANT. — COURS
DE COSMOGRAPHIE PAR LE PROFESSEUR JOE. — DE LA
DIRECTION DES BALLONS. — DE LA RECHERCHE
DES COURANTS ATMOSPHÉRIQUES. — Ευρηχα.

Le *Resolute* filait rapidement vers le cap de Bonne-
Espérance ; le temps se maintenait au beau, quoique la
mer devînt plus forte.

Le 30 mars, vingt-sept jours après le départ de Londres,
la montagne de la Table se profila sur l'horizon ; la ville
du Cap, située au pied d'un amphithéâtre de collines,
apparut au bout des lunettes marines, et bientôt le *Resolute* jeta l'ancre dans le port. Mais le commandant n'y
relâchait que pour prendre du charbon ; ce fut l'affaire
d'un jour ; le lendemain, le navire donnait dans le sud
pour doubler la pointe méridionale de l'Afrique et entrer
dans le canal de Mozambique.

Joe n'en était pas à son premier voyage sur mer ; il
n'avait pas tardé à se trouver chez lui à bord. Chacun
l'aimait pour sa franchise et sa bonne humeur. Une
grande part de la célébrité de son maître rejaillissait sur
lui. On l'écoutait comme un oracle, et il ne se trompait
pas plus qu'un autre.

Or, tandis que le docteur poursuivait le cours de ses
descriptions dans le carré des officiers, Joe trônait sur le
gaillard d'avant, et faisait de l'histoire à sa manière, procédé suivi d'ailleurs par les plus grands historiens de tous
les temps.

Il était naturellement question du voyage aérien. Joe
avait eu de la peine à faire accepter l'entreprise par des
esprits récalcitrants ; mais aussi, la chose une fois accep-
tée, l'imagination des matelots, stimulée par le récit de
Joe, ne connut plus rien d'impossible.

L'éblouissant conteur persuadait à son auditoire
qu'après ce voyage-là on en ferait bien d'autres. Ce

n'était que le commencement d'une longue série d'entreprises surhumaines.

« Voyez-vous, mes amis, quand on a goûté de ce genre
de locomotion, on ne peut plus s'en passer ; aussi, à notre
prochaine expédition, au lieu d'aller de côté, nous irons
droit devant nous, en montant toujours.

— Bon ! dans la lune alors, dit un auditeur émerveillé.

— Dans la lune ! riposta Joe ; non, ma foi, c'est trop
commun ! tout le monde y va dans la lune. D'ailleurs, il
n'y a pas d'eau, et on est obligé d'en emporter des provisions énormes, et même de l'atmosphère en fioles, pour
peu qu'on tienne à respirer.

— Bon ! si on y trouve du gin ? dit un matelot fort
amateur de cette boisson.

— Pas davantage, mon brave. Non ! point de lune ;
mais nous nous promènerons dans ces jolies étoiles, dans
ces charmantes planètes dont mon maître m'a parlé si
souvent. Ainsi, nous commencerons par visiter Saturne...

— Celui qui a un anneau ? demanda le quartier-maître.

— Oui ! un anneau de mariage. Seulement on ne sait
pas ce que sa femme est devenue !

— Comment ! vous iriez si haut que cela ? fit un
mousse stupéfait. C'est donc le diable, votre maître.

— Le diable ! il est trop bon pour cela !

— Mais après Saturne ? demanda l'un des plus impa-
tients de l'auditoire.

— Après Saturne ? Eh bien, nous rendrons visite à
Jupiter ; un drôle de pays, allez, où les journées ne sont
que de neuf heures et demie, ce qui est commode pour
les paresseux, et où les années, par exemple, durent douze
ans, ce qui est avantageux pour les gens qui n'ont plus
que six mois à vivre. Ça prolonge un peu leur existence !

— Douze ans ? reprit le mousse.

— Oui, mon petit ; ainsi, dans cette contrée-là, tu téte-
rais encore ta maman, et le vieux là-bas, qui court sur sa
cinquantaine, serait un bambin de quatre ans et demi.

— Voilà qui n'est pas croyable ! s'écria le gaillard
d'avant d'une seule voix.

— Pure vérité, fit Joe avec assurance. Mais que vou-

Joe causant avec les matelots.

lez-vous ? quand on persiste à végéter dans ce monde-ci, on n'apprend rien, on reste ignorant comme un marsouin. Venez un peu dans Jupiter et vous verrez ! Par exemple, il faut de la tenue là-haut, car il a des satellites qui ne sont pas commodes ! »

Et l'on riait, mais on le croyait à demi ; et il leur parlait de Neptune où les marins sont joliment reçus, et de Mars où les militaires prennent le haut du pavé, ce qui finit par devenir assommant. Quant à Mercure, vilain monde, rien que des voleurs et des marchands, et se ressemblant tellement les uns aux autres qu'il est difficile de les distinguer. Et enfin il leur faisait de Vénus un tableau vraiment enchanteur.

« Et quand nous reviendrons de cette expédition-là, dit l'aimable conteur, on nous décorera de la croix du Sud, qui brille là-haut à la boutonnière du bon Dieu.

— Et vous l'aurez bien gagnée ! » dirent les matelots.

Ainsi se passaient en joyeux propos les longues soirées du gaillard d'avant. Et pendant ce temps, les conversations instructives du docteur allaient leur train.

Un jour, on s'entretenait de la direction des ballons, et Fergusson fut sollicité de donner son avis à cet égard.

« Je ne crois pas, dit-il, que l'on puisse parvenir à diriger les ballons. Je connais tous les systèmes essayés ou proposés ; pas un n'a réussi, pas un n'est praticable. Vous comprenez bien que j'ai dû me préoccuper de cette question qui devait avoir un si grand intérêt pour moi ; mais je n'ai pu la résoudre avec les moyens fournis par les connaissances actuelles de la mécanique. Il faudrait découvrir un moteur d'une puissance extraordinaire, et d'une légèreté impossible ! Et encore, on ne pourra résister à des courants de quelque importance ! Jusqu'ici, d'ailleurs, on s'est plutôt occupé de diriger la nacelle que le ballon. C'est une faute.

— Il y a cependant, répliqua-t-on, de grands rapports entre un aérostat et un navire, que l'on dirige à volonté.

— Mais non, répondit le docteur Fergusson, il y en a peu ou point. L'air est infiniment moins dense que l'eau, dans laquelle le navire n'est submergé qu'à moitié, tandis que l'aérostat plonge tout entier dans l'atmosphère, et reste immobile par rapport au fluide environnant.

— Vous pensez alors que la science aérostatique a dit son dernier mot ?

— Non pas ! non pas ! Il faut chercher autre chose, et, si l'on ne peut diriger un ballon, le maintenir au moins dans les courants atmosphériques favorables. À mesure que l'on s'élève, ceux-ci deviennent beaucoup plus uniformes, et sont constants dans leur direction ; ils ne sont plus troublés par les vallées et les montagnes qui sillonnent la surface du globe, et là, vous le savez, est la principale cause des changements du vent et de l'inégalité de son souffle. Or, une fois ces zones déterminées, le ballon n'aura qu'à se placer dans les courants qui lui conviendront.

— Mais alors, reprit le commandant Pennet, pour les atteindre, il faudra constamment monter ou descendre. Là est la vraie difficulté, mon cher docteur.

— Et pourquoi, mon cher commandant ?

— Entendons-nous : ce ne sera une difficulté et un obstacle que pour les voyages de long cours, et non pas pour les simples promenades aériennes.

— Et la raison, s'il vous plaît ?

— Parce que vous ne montez qu'à la condition de jeter du lest, vous ne descendez qu'à la condition de perdre du gaz, et à ce manège-là, vos provisions de gaz et de lest seront vite épuisées.

— Mon cher Pennet, là est toute la question. Là est la seule difficulté que la science doive tendre à vaincre. Il ne s'agit pas de diriger les ballons ; il s'agit de les mouvoir de haut en bas, sans dépenser ce gaz qui est sa force, son sang, son âme, si l'on peut s'exprimer ainsi.

— Vous avez raison, mon cher docteur, mais cette difficulté n'est pas encore résolue, ce moyen n'est pas encore trouvé.

— Je vous demande pardon, il est trouvé.

— Par qui ?

— Par moi !

— Par vous ?

— Vous comprenez bien que, sans cela, je n'aurais pas

risqué cette traversée de l'Afrique en ballon. Au bout de vingt-quatre heures, j'aurais été à sec de gaz !

— Mais vous n'avez pas parlé de cela en Angleterre ?

— Non. Je ne tenais pas à me faire discuter en public. Cela me paraissait inutile. J'ai fait en secret des expériences préparatoires, et j'ai été satisfait ; je n'avais donc pas besoin d'en apprendre davantage.

— Eh bien ! mon cher Fergusson, peut-on vous demander votre secret ?

— Le voici, messieurs, et mon moyen est bien simple. »

L'attention de l'auditoire fut portée au plus haut point, et le docteur prit tranquillement la parole en ces termes :

X

ESSAIS ANTÉRIEURS. — LES CINQ CAISSES DU DOCTEUR. — LE CHALUMEAU À GAZ. — LE CALORIFÈRE. — MANIÈRE DE MANŒUVRER. — SUCCÈS CERTAIN.

« On a tenté souvent, messieurs, de s'élever ou de descendre à volonté, sans perdre le gaz ou le lest d'un ballon. Un aéronaute français, M. Meunier, voulait atteindre ce but en comprimant de l'air dans une capacité intérieure. Un belge, M. le docteur van Hecke, au moyen d'ailes et de palettes, déployait une force verticale qui eût été insuffisante dans la plupart des cas. Les résultats pratiques obtenus par ces divers moyens ont été insignifiants.

« J'ai donc résolu d'aborder la question plus franchement. Et d'abord je supprime complètement le lest, si ce n'est pour les cas de force majeure, tels que la rupture de mon appareil, ou l'obligation de m'élever instantanément pour éviter un obstacle imprévu.

« Mes moyens d'ascension et de descente consistent uniquement à dilater ou à contracter par des températures diverses le gaz renfermé dans l'intérieur de l'aérostat. Et voici comment j'obtiens ce résultat.

« Vous avez vu embarquer avec la nacelle plusieurs caisses dont l'usage vous est inconnu. Ces caisses sont au nombre de cinq.

« La première renferme environ vingt-cinq gallons d'eau, à laquelle j'ajoute quelques gouttes d'acide sulfurique pour augmenter sa conductibilité, et je la décompose au moyen d'une forte pile de Bunsen. L'eau, comme vous le savez, se compose de deux volumes en gaz hydrogène et d'un volume en gaz oxygène.

« Ce dernier, sous l'action de la pile, se rend par son pôle positif dans une seconde caisse. Une troisième, placée au-dessus de celle-ci, et d'une capacité double, reçoit l'hydrogène qui arrive par le pôle négatif.

« Des robinets, dont l'un a une ouverture double de l'autre, font communiquer ces deux caisses avec une quatrième, qui s'appelle caisse de mélange. Là, en effet, se mélangent ces deux gaz provenant de la décomposition de l'eau. La capacité de cette caisse de mélange est environ de quarante et un pieds cubes [1].

« À la partie supérieure de cette caisse est un tube en platine, muni d'un robinet.

« Vous l'avez déjà compris, messieurs : l'appareil que je vous décris est tout bonnement un chalumeau à gaz oxygène et hydrogène, dont la chaleur dépasse celle des feux de forge.

« Ceci établi, je passe à la seconde partie de l'appareil.

« De la partie inférieure de mon ballon, qui est hermétiquement clos, sortent deux tubes séparés par un petit intervalle. L'un prend naissance au milieu des couches supérieures du gaz hydrogène, l'autre au milieu des couches inférieures.

« Ces deux tuyaux sont munis de distance en distance de fortes articulations en caoutchouc, qui leur permettent de se prêter aux oscillations de l'aérostat.

« Ils descendent tous deux jusqu'à la nacelle, et se per-

---

1. Un mètre 50 centimètres cubes.

dent dans une caisse de fer de forme cylindrique, qui s'appelle caisse de chaleur. Elle est fermée à ses deux extrémités par deux forts disques de même métal.

« Le tuyau parti de la région inférieure du ballon se rend dans cette boîte cylindrique par le disque du bas ; il y pénètre, et affecte alors la forme d'un serpentin hélicoïdal dont les anneaux superposés occupent presque toute la hauteur de la caisse. Avant d'en sortir, le serpentin se rend dans un petit cône, dont la base concave, en forme de calotte sphérique, est dirigée en bas.

« C'est par le sommet de ce cône que sort le second tuyau, et il se rend, comme je vous l'ai dit, dans les couches supérieures du ballon.

« La calotte sphérique du petit cône est en platine, afin de ne pas fondre sous l'action du chalumeau. Car celui-ci est placé sur le fond de la caisse en fer, au milieu du serpentin hélicoïdal, et l'extrémité de sa flamme viendra légèrement lécher cette calotte.

« Vous savez, messieurs, ce que c'est qu'un calorifère destiné à chauffer les appartements. Vous savez comment il agit. L'air de l'appartement est forcé de passer par les tuyaux, et il est restitué avec une température plus élevée. Or, ce que je viens de vous décrire là n'est, à vrai dire, qu'un calorifère.

« En effet, que se passera-t-il ? Une fois le chalumeau allumé, l'hydrogène du serpentin et du cône concave s'échauffe, et monte rapidement par le tuyau qui le mène aux régions supérieures de l'aérostat. Le vide se fait en dessous, et il attire le gaz des régions inférieures qui se chauffe à son tour, et est continuellement remplacé ; il s'établit ainsi dans les tuyaux et le serpentin un courant extrêmement rapide de gaz, sortant du ballon, y retournant et se surchauffant sans cesse.

« Or, les gaz augmentent de 1/480 de leur volume par degré de chaleur. Si donc je force la température de dix-huit degrés[1], l'hydrogène de l'aérostat se dilatera de

---

1. 10° centigrades. Les gaz augmentent de 1/267 de leur volume par 1° centigrade.

18/480, ou de seize cent quatorze pieds cubes [1], il déplacera donc seize cent soixante-quatorze pieds cubes d'air
de plus, ce qui augmentera sa force ascensionnelle de cent
soixante livres. Cela revient donc à jeter ce même poids
de lest. Si j'augmente la température de cent quatre-vingts
degrés [2], le gaz se dilatera de 180/480 : il déplacera seize
mille sept cent quarante pieds cubes de plus, et sa force
ascensionnelle s'accroîtra de seize cents livres.

« Vous le comprenez, messieurs, je puis donc facilement obtenir des ruptures d'équilibre considérables. Le
volume de l'aérostat a été calculé de telle façon, qu'étant
à demi gonflé, il déplace un poids d'air exactement égal
à celui de l'enveloppe du gaz hydrogène et de la nacelle
chargée de voyageurs et de tous ses accessoires. À ce
point de gonflement, il est exactement en équilibre dans
l'air, il ne monte ni ne descend.

« Pour opérer l'ascension, je porte le gaz à une température supérieure à la température ambiante au moyen de
mon chalumeau ; par cet excès de chaleur, il obtient une
tension plus forte, et gonfle davantage le ballon, qui
monte d'autant plus que je dilate l'hydrogène.

« La descente se fait naturellement en modérant la chaleur du chalumeau, et en laissant la température se refroi-
dir. L'ascension sera donc généralement beaucoup plus
rapide que la descente. Mais c'est là une heureuse circonstance ; je n'ai jamais d'intérêt à descendre rapidement, et c'est au contraire par une marche ascensionnelle
très prompte que j'évite les obstacles. Les dangers sont
en bas et non en haut.

« D'ailleurs, comme je vous l'ai dit, j'ai une certaine
quantité de lest qui me permettra de m'élever plus vite
encore, si cela devient nécessaire. Ma soupape, située au
pôle supérieur du ballon, n'est plus qu'une soupape de
sûreté. Le ballon garde toujours sa même charge d'hydrogène ; les variations de température que je produis dans
ce milieu de gaz clos pourvoient seules à tous ses mouvements de montée et de descente.

---

1. Soixante-deux mètres cubes environ.   2. 100° centigrades.

« Maintenant, messieurs, comme détail pratique, j'ajouterai ceci.

« La combustion de l'hydrogène et de l'oxygène à la pointe du chalumeau produit uniquement de la vapeur d'eau. J'ai donc muni la partie inférieure de la caisse cylindrique en fer d'un tube de dégagement avec soupape fonctionnant à moins de deux atmosphères de pression ; par conséquent, dès qu'elle a atteint cette tension, la vapeur s'échappe d'elle-même.

« Voici maintenant des chiffres très exacts.

« Vingt-cinq gallons d'eau décomposée en ses éléments constitutifs donnent deux cents livres d'oxygène et vingt-cinq livres d'hydrogène. Cela représente, à la tension atmosphérique, dix-huit cent quatre-vingt-dix pieds cubes [1] du premier, et trois mille sept cent quatre-vingts pieds cubes [2] du second, en tout cinq mille six cent soixante-dix pieds cubes du mélange [3].

« Or, le robinet de mon chalumeau, ouvert en plein, dépense vingt-sept pieds cubes [4] à l'heure avec une flamme au moins six fois plus forte que celle des grandes lanternes d'éclairage. En moyenne donc, et pour me maintenir à une hauteur peu considérable, je ne brûlerai pas plus de neuf pieds cubes à l'heure [5] ; mes vingt-cinq gallons d'eau me représentent donc six cent trente heures de navigation aérienne, ou un peu plus de vingt-six jours.

« Or, comme je puis descendre à volonté, et renouveler ma provision d'eau sur la route, mon voyage peut avoir une durée indéfinie.

« Voilà mon secret, messieurs, il est simple, et, comme les choses simples, il ne peut manquer de réussir. La dilatation et la contraction du gaz de l'aérostat, tel est mon moyen, qui n'exige ni ailes embarrassantes, ni moteur mécanique. Un calorifère pour produire mes changements de température, un chalumeau pour le chauffer, cela n'est

---

1. Soixante-dix mètres cubes d'oxygène.   **2.** Cent quarante mètres cubes d'hydrogène.   **3.** Deux cent dix mètres cubes. **4.** Un mètre cube.   **5.** Un tiers de mètre cube.

ni incommode, ni lourd. Je crois donc avoir réuni toutes les conditions sérieuses de succès. »

Le docteur Fergusson termina ainsi son discours, et fut applaudi de bon cœur. Il n'y avait pas une objection à lui faire ; tout était prévu et résolu.

« Cependant, dit le commandant, cela peut être dangereux.

— Qu'importe, répondit simplement le docteur, si cela est praticable ? »

XI

ARRIVÉE À ZANZIBAR. — LE CONSUL ANGLAIS. — MAUVAISES DISPOSITIONS DES HABITANTS. — L'ÎLE KOUMBENI. — LES FAISEURS DE PLUIE. — GONFLEMENT DU BALLON. — DÉPART DU 18 AVRIL. — DERNIER ADIEU. — LE « VICTORIA ».

Un vent constamment favorable avait hâté la marche du *Resolute* vers le lieu de sa destination. La navigation du canal de Mozambique fut particulièrement paisible. La traversée maritime faisait bien augurer de la traversée aérienne. Chacun aspirait au moment de l'arrivée, et voulait mettre la dernière main aux préparatifs du docteur Fergusson.

Enfin le bâtiment vint en vue de la ville de Zanzibar, située sur l'île du même nom, et le 15 avril, à onze heures du matin, il laissa tomber l'ancre dans le port.

L'île de Zanzibar appartient à l'iman de Mascate, allié de la France et de l'Angleterre, et c'est à coup sûr sa plus belle colonie. Le port reçoit un grand nombre de navires des contrées avoisinantes.

L'île n'est séparée de la côte africaine que par un canal dont la plus grande largeur n'excède pas trente milles [1].

Elle fait un grand commerce de gomme, d'ivoire, et surtout d'ébène, car Zanzibar est le grand marché d'es-

---

1. Douze lieues et demie.

claves. Là vient se concentrer tout ce butin conquis dans les batailles que les chefs de l'intérieur se livrent incessamment. Ce trafic s'étend aussi sur toute la côte orientale, et jusque sous les latitudes du Nil, et M. G. Lejean y a vu faire ouvertement la traite sous pavillon français.

Dès l'arrivée du *Resolute*, le consul anglais de Zanzibar vint à bord se mettre à la disposition du docteur, des projets duquel, depuis un mois, les journaux d'Europe l'avaient tenu au courant. Mais jusque-là il faisait partie de la nombreuse phalange des incrédules.

« Je doutais, dit-il en tendant la main à Samuel Fergusson, mais maintenant je ne doute plus. »

Il offrit sa propre maison au docteur, à Dick Kennedy, et naturellement au brave Joe.

Par ses soins, le docteur prit connaissance de diverses lettres qu'il avait reçues du capitaine Speke. Le capitaine et ses compagnons avaient eu à souffrir terriblement de la faim et du mauvais temps avant d'atteindre le pays d'Ugogo ; ils ne s'avançaient qu'avec une extrême difficulté et ne pensaient plus pouvoir donner promptement de leurs nouvelles.

« Voilà des périls et des privations que nous saurons éviter », dit le docteur.

Les bagages des trois voyageurs furent transportés à la maison du consul. On se disposait à débarquer le ballon sur la plage de Zanzibar ; il y avait près du mât des signaux un emplacement favorable, auprès d'une énorme construction qui l'eût abrité des vents d'est. Cette grosse tour, semblable à un tonneau dressé sur sa base, et près duquel la tonne d'Heidelberg n'eût été qu'un simple baril, servait de fort, et sur sa plate-forme veillaient des Beloutchis armés de lances, sorte de garnisaires fainéants et braillards.

Mais, lors du débarquement de l'aérostat, le consul fut averti que la population de l'île s'y opposerait par la force. Rien de plus aveugle que les passions fanatisées. La nouvelle de l'arrivée d'un chrétien qui devait s'enlever dans les airs fut reçue avec irritation ; les Nègres, plus émus que les Arabes, virent dans ce projet des intentions hostiles à leur religion ; ils se figuraient qu'on en voulait

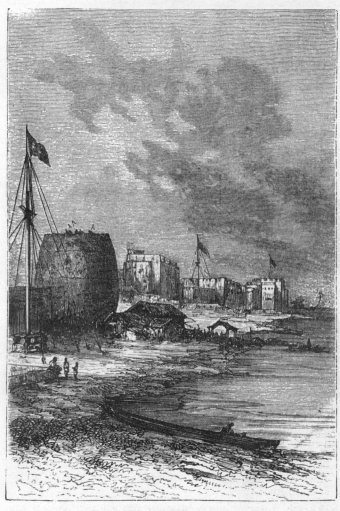

Vue de Zanzibar.

au soleil et à la lune. Or, ces deux autres sont un objet de vénération pour les peuplades africaines. On résolut donc de s'opposer à cette expédition sacrilège.

Le consul, instruit de ces dispositions, on conféra avec le docteur Fergusson et le commandant Pennet. Celui-ci ne voulait pas reculer devant des menaces ; mais son ami lui fit entendre raison à ce sujet.

« Nous finirons certainement par l'emporter, lui dit-il ; les garnisaires mêmes de l'iman nous prêteraient main-forte au besoin ; mais, mon cher commandant, un accident est vite arrivé ; il suffirait d'un mauvais coup pour causer au ballon un accident irréparable, et le voyage serait compromis sans remise ; il faut donc agir avec de grandes précautions.

— Mais que faire ? Si nous débarquons sur la côte d'Afrique, nous rencontrerons les mêmes difficultés ! Que faire ?

— Rien n'est plus simple, répondit le consul. Voyez ces îles situées au-delà du port ; débarquez votre aérostat dans l'une d'elles, entourez-vous d'une ceinture de matelots, et vous n'aurez aucun risque à courir.

— Parfait, dit le docteur, et nous serons à notre aise pour achever nos préparatifs. »

Le commandant se rendit à ce conseil. Le *Resolute* s'approcha de l'île de Koumbeni. Pendant la matinée du 16 avril, le ballon fut mis en sûreté au milieu d'une clairière, entre les grands bois dont le sol est hérissé.

On dressa deux mâts hauts de quatre-vingts pieds et placés à une pareille distance l'un de l'autre ; un jeu de poulies fixées à leur extrémité permit d'enlever l'aérostat au moyen d'un câble transversal ; il était alors entièrement dégonflé. Le ballon intérieur se trouvait rattaché au sommet du ballon extérieur de manière à être soulevé comme lui.

C'est à l'appendice inférieur de chaque ballon que furent fixés les deux tuyaux d'introduction de l'hydrogène.

La journée du 17 se passa à disposer l'appareil destiné à produire le gaz ; il se composait de trente tonneaux, dans lesquels la décomposition de l'eau se faisait au moyen de ferraille et d'acide sulfurique mis en présence dans une grande quantité d'eau. L'hydrogène se rendait dans une vaste tonne centrale après avoir été lavé à son passage, et de là il passait dans chaque aérostat par les tuyaux d'introduction. De cette façon, chacun d'eux se remplissait d'une quantité de gaz parfaitement déterminée.

Il fallut employer, pour cette opération, dix-huit cent soixante-dix gallons[1] d'acide sulfurique, seize mille cinquante livres de fer[2] et neuf cent soixante-six gallons d'eau[3].

Cette opération commença dans la nuit suivante, vers trois heures du matin ; elle dura près de huit heures. Le lendemain, l'aérostat, recouvert de son filet, se balançait

---

1. Trois mille deux cent cinquante litres.   **2.** Plus de huit tonnes de fer.   **3.** Près de quarante et un mille deux cent cinquante litres.

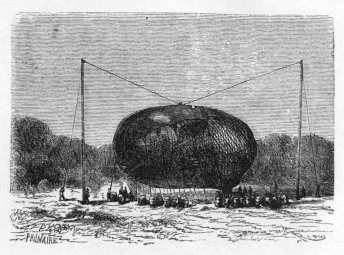

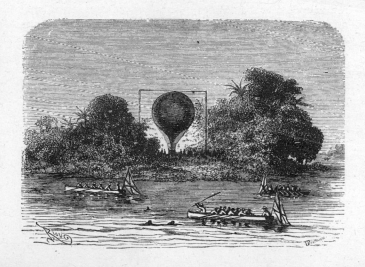

gracieusement au-dessus de la nacelle, retenu par un grand nombre de sacs de terre. L'appareil de dilatation fut monté avec un grand soin, et les tuyaux sortant de l'aérostat furent adaptés à la boîte cylindrique.

Les ancres, les cordes, les instruments, les couvertures de voyage, la tente, les vivres, les armes, durent prendre dans la nacelle la place qui leur était assignée ; la provision d'eau fut faite à Zanzibar. Les deux cents livres de lest furent réparties dans cinquante sacs placés au fond de la nacelle, mais cependant à portée de la main.

Ces préparatifs se terminaient vers cinq heures du soir ; des sentinelles veillaient sans cesse autour de l'île, et les embarcations du *Resolute* sillonnaient le canal.

Les Nègres continuaient à manifester leur colère par des cris, des grimaces et des contorsions. Les sorciers parcouraient les groupes irrités, en soufflant sur toute cette irritation ; quelques fanatiques essayèrent de gagner l'île à la nage, mais on les éloigna facilement.

Alors les sortilèges et les incantations commencèrent ; les faiseurs de pluie, qui prétendent commander aux nuages, appelèrent les ouragans et les « averses de pierre [1] » à leur secours ; pour cela, ils cueillirent des feuilles de tous les arbres différents du pays ; ils les firent bouillir à petit feu, pendant que l'on tuait un mouton en lui enfonçant une longue aiguille dans le cœur. Mais, en dépit de leurs cérémonies, le ciel demeura pur, et ils en furent pour leur mouton et leurs grimaces.

Les Nègres se livrèrent alors à de furieuses orgies, s'enivrant du « tembo », liqueur ardente tirée du cocotier, ou d'une bière extrêmement capiteuse, appelée « togwa ». Leurs chants, sans mélodie appréciable, mais dont le rythme est très juste, se poursuivirent fort avant dans la nuit.

Vers six heures du soir un dernier dîner réunit les voyageurs à la table du commandant et de ses officiers. Kennedy, que personne n'interrogeait plus, murmurait tout bas des paroles insaisissables ; il ne quittait pas des yeux le docteur Fergusson.

---

1. Nom que les Nègres donnent à la grêle.

Ce repas d'ailleurs fut triste. L'approche du moment suprême inspirait à tous de pénibles réflexions. Que réservait la destinée à ces hardis voyageurs ? Se retrouveraient-ils jamais au milieu de leurs amis, assis au foyer domestique ? Si les moyens de transport venaient à manquer, que devenir au sein de peuplades féroces, dans ces contrées inexplorées, au milieu de déserts immenses ?

Ces idées, éparses jusque-là, et auxquelles on s'attachait peu, assiégeaient alors les imaginations surexcitées. Le docteur Fergusson, toujours froid, toujours impassible, causa de choses et d'autres ; mais en vain chercha-t-il à dissiper cette tristesse communicative ; il ne put y parvenir.

Comme on craignait quelques démonstrations contre la personne du docteur et de ses compagnons, ils couchèrent tous les trois à bord du *Resolute*. À six heures du matin, ils quittaient leur cabine et se rendaient à l'île de Koumbeni.

Le ballon se balançait légèrement au souffle du vent de l'est. Les sacs de terre qui le retenaient avaient été remplacés par vingt matelots. Le commandant Pennet et ses officiers assistaient à ce départ solennel.

En ce moment, Kennedy alla droit au docteur, lui prit la main et dit :

« Il est bien décidé, Samuel, que tu pars ?

— Cela est très décidé, mon cher Dick.

— J'ai bien fait tout ce qui dépendait de moi pour empêcher ce voyage ?

— Tout.

— Alors j'ai la conscience tranquille à cet égard, et je t'accompagne.

— J'en étais sûr », répondit le docteur, en laissant voir sur ses traits une rapide émotion.

L'instant des derniers adieux arrivait. Le commandant et ses officiers embrassèrent avec effusion leurs intrépides amis, sans en excepter le digne Joe, fier et joyeux. Chacun des assistants voulut prendre sa part des poignées de main du docteur Fergusson.

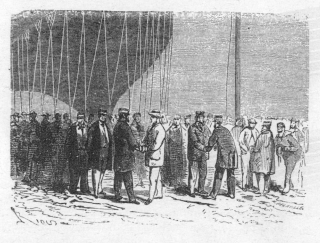

À neuf heures, les trois compagnons de route prirent place dans la nacelle : le docteur alluma son chalumeau et poussa la flamme de manière à produire une chaleur rapide. Le ballon, qui se maintenait à terre en parfait équilibre, commença à se soulever au bout de quelques minutes. Les matelots durent filer un peu des cordes qui le retenaient. La nacelle s'éleva d'une vingtaine de pieds.

« Mes amis, s'écria le docteur debout entre ses deux

compagnons et ôtant son chapeau, donnons à notre navire aérien un nom qui lui porte bonheur ! qu'il soit baptisé le *Victoria* ! »

Un hourra formidable retentit :

« Vive la reine ! vive l'Angleterre ! »

En ce moment, la force ascensionnelle de l'aérostat s'accroissait prodigieusement. Fergusson, Kennedy et Joe lancèrent un dernier adieu à leurs amis.

« Lâchez tout ! » s'écria le docteur.

Et le *Victoria* s'éleva rapidement dans les airs, tandis que les quatre caronades du *Resolute* tonnaient en son honneur.

XII

TRAVERSÉE DU DÉTROIT. — LE MRIMA. — PROPOS DE DICK ET PROPOSITION DE JOE. — RECETTE POUR LE CAFÉ. — L'UZARAMO. — L'INFORTUNÉ MAIZAN. — LE MONT DUTHUMI. — LES CARTES DU DOCTEUR. — NUIT SUR UN NOPAL.

L'air était pur, le vent modéré ; le *Victoria* monta presque perpendiculairement à une hauteur de 1 500 pieds, qui fut indiquée par une dépression de 2 pouces moins 2 lignes[1] dans la colonne barométrique.

À cette élévation, un courant plus marqué porta le ballon vers le sud-ouest. Quel magnifique spectacle se déroulait aux yeux des voyageurs ! L'île de Zanzibar s'offrait tout entière à la vue et se détachait en couleur plus foncée, comme sur un vaste planisphère ; les champs prenaient une apparence d'échantillons de diverses couleurs ; de gros bouquets d'arbres indiquaient les bois et les taillis.

Les habitants de l'île apparaissaient comme des

---

1. Environ cinq centimètres. La dépression est à peu près d'un centimètre par cent mètres d'élévation.

insectes. Les hourras et les cris s'éteignaient peu à peu dans l'atmosphère, et les coups de canon du navire vibraient seuls dans la concavité inférieure de l'aérostat.

« Que tout cela est beau ! » s'écria Joe en rompant le silence pour la première fois.

Il n'obtint pas de réponse. Le docteur s'occupait d'observer les variations barométriques et de prendre note des divers détails de son ascension.

Kennedy regardait et n'avait pas assez d'yeux pour tout voir.

Les rayons du soleil venant en aide au chalumeau, la tension du gaz augmenta. Le *Victoria* atteignit une hauteur de 2 500 pieds.

Le *Resolute* apparaissait sous l'aspect d'une simple barque, et la côte africaine apparaissait dans l'ouest par une immense bordure d'écume.

« Vous ne parlez pas ? fit Joe.

— Nous regardons, répondit le docteur en dirigeant sa lunette vers le continent.

— Pour mon compte, il faut que je parle.

— À ton aise ! Joe, parle tant qu'il te plaira. »

Et Joe fit à lui seul une terrible consommation d'onomatopées. Les oh ! les ah ! les hein ! éclataient entre ses lèvres.

Pendant la traversée de la mer, le docteur jugea convenable de se maintenir à cette élévation ; il pouvait observer la côte sur une plus grande étendue ; le thermomètre et le baromètre, suspendus dans l'intérieur de la tente entrouverte, se trouvaient sans cesse à portée de sa vue ; un second baromètre, placé extérieurement, devait servir pendant les quarts de nuit.

Au bout de deux heures, le *Victoria*, poussé avec une vitesse d'un peu plus de huit milles, gagna sensiblement la côte. Le docteur résolut de se rapprocher de terre ; il modéra la flamme du chalumeau, et bientôt le ballon descendit à 300 pieds du sol.

Il se trouvait au-dessus du Mrima, nom que porte cette portion de la côte orientale de l'Afrique ; d'épaisses bordures de mangliers en protégeaient les bords ; la marée

Traversée du détroit

basse laissait apercevoir leurs épaisses racines rongées par la dent de l'océan Indien. Les dunes qui formaient autrefois la ligne côtière s'arrondissaient à l'horizon, et le mont Nguru dressait son pic dans le nord-ouest.

Le *Victoria* passa près d'un village que, sur sa carte, le docteur reconnut être le Kaole. Toute la population rassemblée poussait des hurlements de colère et de crainte ; les flèches furent vainement dirigées contre ce monstre des airs, qui se balançait majestueusement au-dessus de toutes ces fureurs impuissantes.

Le vent portait au sud, mais le docteur ne s'inquiéta pas de cette direction ; elle lui permettait au contraire de suivre la route tracée par les capitaines Burton et Speke.

Kennedy était enfin devenu aussi loquace que Joe ; ils se renvoyaient mutuellement leurs phrases admiratives.

« Fi des diligences ! disait l'un.

— Fi des steamers ! disait l'autre.

— Fi des chemins de fer ! ripostait Kennedy, avec lesquels on traverse les pays sans les voir !

— Parlez-moi d'un ballon ! reprenait Joe ; on ne se sent pas marcher, et la nature prend la peine de se dérouler à vos yeux !

— Quel spectacle ! quelle admiration ! quelle extase ! un rêve dans un hamac !

— Si nous déjeunions ? fit Joe, que le grand air mettait en appétit.

— C'est une idée, mon garçon.

— Oh ! la cuisine ne sera pas longue à faire ! du biscuit et de la viande conservée.

— Et du café à discrétion, ajouta le docteur. Je te permets d'emprunter un peu de chaleur à mon chalumeau ; il en a de reste. Et de cette façon nous n'aurons point à craindre d'incendie.

— Ce serait terrible, reprit Kennedy. C'est comme une poudrière que nous avons au-dessus de nous.

— Pas tout à fait, répondit Fergusson ; mais enfin, si le gaz s'enflammait, il se consumerait peu à peu, et nous descendrions à terre, ce qui nous désobligerait ; mais soyez sans crainte, notre aérostat est hermétiquement clos.

— Mangeons donc, fit Kennedy.

— Voilà, messieurs, dit Joe, et, tout en vous imitant, je vais confectionner un café dont vous me direz des nouvelles.

— Le fait est, reprit le docteur, que Joe, entre mille

vertus, a un talent remarquable pour préparer ce délicieux breuvage ; il le compose d'un mélange de diverses provenances, qu'il n'a jamais voulu me faire connaître.

— Eh bien ! mon maître, puisque nous sommes en plein air, je peux bien vous confier ma recette. C'est tout bonnement un mélange en parties égales de moka, de bourbon et de rio-nunez. »

Quelques instants après, trois tasses fumantes étaient servies et terminaient un déjeuner substantiel assaisonné par la bonne humeur des convives ; puis chacun se remit à son poste d'observation.

Le pays se distinguait par une extrême fertilité. Des sentiers sinueux et étroits s'enfonçaient sous des voûtes de verdure. On passait au-dessus des champs cultivés de tabac, de maïs, d'orge, en pleine maturité ; çà et là de vastes rizières avec leurs tiges droites et leurs fleurs de couleur purpurine. On apercevait des moutons et des chèvres renfermés dans de grandes cages élevées sur pilotis, ce qui les préservait de la dent du léopard. Une végétation luxuriante s'échevelait sur ce sol prodigue. Dans de nombreux villages se reproduisaient des scènes de cris et de stupéfaction à la vue du *Victoria*, et le docteur Fergusson se tenait prudemment hors de la portée des flèches ; les habitants, attroupés autour de leurs huttes contiguës, poursuivaient longtemps les voyageurs de leurs vaines imprécations.

À midi, le docteur, en consultant sa carte, estima qu'il se trouvait au-dessus du pays d'Uzaramo[1]. La campagne se montrait hérissée de cocotiers, de papayers, de cotonniers, au-dessus desquels le *Victoria* paraissait se jouer. Joe trouvait cette végétation toute naturelle, du moment qu'il s'agissait de l'Afrique. Kennedy apercevait des lièvres et des cailles qui ne demandaient pas mieux que de recevoir un coup de fusil ; mais c'eût été de la poudre perdue, attendu l'impossibilité de ramasser le gibier.

---

1. *U, ou*, signifient *contrée* dans la langue du pays.

Vue du pays d'Uzaramo.

Les aéronautes marchaient avec une vitesse de douze milles à l'heure, et se trouvèrent bientôt par 38° 20' de longitude au-dessus du village de Tounda.

« C'est là, dit le docteur, que Burton et Speke furent pris de fièvres violentes et crurent un instant leur expédition compromise. Et cependant ils étaient encore peu éloignés de la côte, mais déjà la fatigue et les privations se faisaient rudement sentir. »

En effet, dans cette contrée règne une malaria perpétuelle ; le docteur n'en put même éviter les atteintes qu'en élevant le ballon au-dessus des miasmes de cette terre humide, dont un soleil ardent pompait les émanations.

Parfois on put apercevoir une caravane se reposant dans un « kraal » en attendant la fraîcheur du soir pour reprendre sa route. Ce sont de vastes emplacements entourés de haies et de jungles, où les trafiquants s'abritent non seulement contre les bêtes fauves, mais aussi contre les tribus pillardes de la contrée. On voyait les indigènes courir, se disperser à la vue du *Victoria*. Kennedy désirait les contempler de plus près ; mais Samuel s'opposa constamment à ce dessein.

« Les chefs sont armés de mousquets, dit-il, et notre ballon serait un point de mire trop facile pour y loger une balle.

— Est-ce qu'un trou de balle amènerait une chute ? demanda Joe.

— Immédiatement, non ; mais bientôt ce trou deviendrait une vaste déchirure par laquelle s'envolerait tout notre gaz.

— Alors tenons-nous à une distance respectueuse de ces mécréants. Que doivent-ils penser à nous voir planer dans les airs ? Je suis sûr qu'ils ont envie de nous adorer.

— Laissons-nous adorer, répondit le docteur, mais de loin. On y gagne toujours. Voyez, le pays change déjà d'aspect ; les villages sont plus rares ; les manguiers ont disparu ; leur végétation s'arrête à cette latitude. Le sol devient montueux et fait pressentir de prochaines montagnes.

— En effet, dit Kennedy, il me semble apercevoir quelques hauteurs de ce côté.

— Dans l'ouest..., ce sont les premières chaînes d'Ourizara, le mont Duthumi, sans doute, derrière lequel j'espère nous abriter pour passer la nuit. Je vais donner plus d'activité à la flamme du chalumeau : nous sommes obligés de nous tenir à une hauteur de cinq à six cents pieds.

— C'est tout de même une fameuse idée que vous avez eue là, monsieur, dit Joe ; la manœuvre n'est ni difficile ni fatigante, on tourne un robinet, et tout est dit.

— Nous voici plus à l'aise, fit le chasseur lorsque le ballon se fut élevé ; la réflexion des rayons du soleil sur ce sable rouge devenait insupportable.

— Quels arbres magnifiques ! s'écria Joe ; quoique très naturel, c'est très beau ! Il n'en faudrait pas une douzaine pour faire une forêt.

— Ce sont des baobabs, répondit le docteur Fergusson ; tenez, en voici un dont le tronc peut avoir cent pieds de circonférence. C'est peut-être au pied de ce même arbre que périt le Français Maizan en 1845, car nous sommes au-dessus du village de Deje la Mhora, où il s'aventura seul ; il fut saisi par le chef de cette contrée, attaché au pied d'un baobab, et ce Nègre féroce lui coupa lentement les articulations, pendant que retentissait le chant de guerre ; puis il entama la gorge, s'arrêta pour aiguiser son couteau émoussé, et arracha la tête du malheureux avant qu'elle ne fût coupée ! Ce pauvre Français avait vingt-six ans !

— Et la France n'a pas tiré vengeance d'un pareil crime ? demanda Kennedy.

— La France a réclamé ; le saïd de Zanzibar a tout fait pour s'emparer du meurtrier, mais il n'a pu y réussir.

— Je demande à ne pas m'arrêter en route, dit Joe ; montons, mon maître, montons, si vous m'en croyez.

— D'autant plus volontiers, Joe, que le mont Duthumi se dresse devant nous. Si mes calculs sont exacts, nous l'aurons dépassé avant sept heures du soir.

— Nous ne voyagerons pas la nuit ? demanda le chasseur.

— Non, autant que possible ; avec des précautions et de la vigilance, on le ferait sans danger, mais il ne suffit pas de traverser l'Afrique, il faut la voir.

— Jusqu'ici nous n'avons pas à nous plaindre, mon maître. Le pays le plus cultivé et le plus fertile du monde, au lieu d'un désert ! Croyez donc aux géographes !

— Attendons, Joe, attendons ; nous verrons plus tard. »

Vers six heures et demie du soir, le *Victoria* se trouva en face du mont Duthumi ; il dut, pour le franchir, s'élever à plus de trois mille pieds, et pour cela le docteur n'eut à élever la température que de dix-huit degrés[1]. On peut dire qu'il manœuvrait véritablement son ballon à la main. Kennedy lui indiquait les obstacles à surmonter, et le *Victoria* volait par les airs en rasant la montagne.

À huit heures, il descendait le versant opposé, dont la

---

1. 10° centigrades.

pente était plus adoucie ; les ancres furent lancées au-
dehors de la nacelle, et l'une d'elles, rencontrant les
branches d'un nopal énorme, s'y accrocha fortement.
Aussitôt Joe se laissa glisser par la corde et l'assujettit
avec la plus grande solidité. L'échelle de soie lui fut tendue, et il remonta lestement. L'aérostat demeurait presque
immobile, à l'abri des vents de l'est.

Le repas du soir fut préparé ; les voyageurs, excités par
leur promenade aérienne, firent une large brèche à leurs
provisions.

« Quel   chemin   avons-nous   fait   aujourd'hui ? »
demanda Kennedy en avalant des morceaux inquiétants.

Le docteur fit son point au moyen d'observations
lunaires, et consulta l'excellente carte qui lui servait de
guide ; elle appartenait à l'atlas *Der Neuester Entedekun-*
gen in Afrika, publié à Gotha par son savant ami Petermann, et que celui-ci lui avait adressé. Cet atlas devait
servir au voyage tout entier du docteur, car il contenait
l'itinéraire de Burton et Speke aux Grands Lacs, le Soudan d'après le docteur Barth, le bas Sénégal d'après Guillaume Lejean, et le delta du Niger par le docteur Baikie.

Fergusson s'était également muni d'un ouvrage qui réunissait en un seul corps toutes les notions acquises sur le
Nil, et intitulé : *The sources of the Nil, being a general sur-*
wey of the basin of that river and of its heab stream with the
history of the Nilotic discovery by Charles Beke, th. D.

Il possédait aussi les excellentes cartes publiées dans
les *Bulletins de la Société de Géographie de Londres*, et
aucun point des contrées découvertes ne devait lui
échapper.

En pointant sa carte, il trouva que sa route latitudinale
était de deux degrés, ou cent vingt milles dans l'ouest [1].

Kennedy remarqua que la route se dirigeait vers le
midi. Mais cette direction satisfaisait le docteur, qui voulait, autant que possible, reconnaître les traces de ses
devanciers.

----

1. Cinquante lieues.

Le ballon accroché à une branche de nopal.

Il fut décidé que la nuit serait divisée en trois quarts, afin que chacun pût à son tour veiller à la sûreté des deux autres. Le docteur dut prendre le quart de neuf heures, Kennedy celui de minuit, et Joe celui de trois heures du matin.

Donc, Kennedy et Joe, enveloppés de leurs couvertures, s'étendirent sous la tente et dormirent paisiblement, tandis que veillait le docteur Fergusson.

XIII

CHANGEMENT DE TEMPS. — FIÈVRE DE KENNEDY. — LA MÉDECINE DU DOCTEUR. — VOYAGE PAR TERRE. — LE BASSIN D'IMENGÉ. — LE MONT RUBEHO. — À SIX MILLE PIEDS. — UNE HALTE DE JOUR.

LA nuit fut paisible ; cependant le samedi matin, en se réveillant. Kennedy se plaignit de lassitude et de frissons de fièvre. Le temps changeait ; le ciel couvert de nuages épais semblait s'approvisionner pour un nouveau déluge. Un triste pays que ce Zungomero, où il pleut continuellement, sauf peut-être pendant une quinzaine de jours du mois de janvier.

Une pluie violente ne tarda pas à assaillir les voyageurs ; au-dessous d'eux, les chemins coupés par des « nullahs », sortes de torrents momentanés, devenaient impraticables, embarrassés d'ailleurs de buissons épineux et de lianes gigantesques. On saisissait distinctement ces émanations d'hydrogène sulfuré dont parle le capitaine Burton.

« D'après lui, dit le docteur, et il a raison, c'est à croire qu'un cadavre est caché derrière chaque hallier.

— Un vilain pays, répondit Joe, et il me semble que monsieur Kennedy ne se porte pas trop bien pour y avoir passé la nuit.

— En effet, j'ai une fièvre assez forte, fit le chasseur.

— Cela n'a rien d'étonnant, mon cher Dick, nous nous

trouvons dans l'une des régions les plus insalubres de l'Afrique. Mais nous n'y resterons pas longtemps. En route. »

Grâce à une manœuvre adroite de Joe, l'ancre fut décrochée, et, au moyen de l'échelle, Joe regagna la nacelle. Le docteur dilata vivement le gaz, et le *Victoria* reprit son vol, poussé par un vent assez fort.

Quelques huttes apparaissaient à peine au milieu de ce brouillard pestilentiel. Le pays changeait d'aspect. Il arrive fréquemment en Afrique qu'une région malsaine et de peu d'étendue confine à des contrées parfaitement salubres.

Kennedy souffrait visiblement, et la fièvre accablait sa nature vigoureuse.

« Ce n'est pourtant pas le cas d'être malade, fit-il en s'enveloppant de sa couverture et se couchant sous la tente.

— Un peu de patience, mon cher Dick, répondit le docteur Fergusson, et tu seras guéri rapidement.

— Guéri ! ma foi ! Samuel, si tu as dans ta pharmacie de voyage quelque drogue qui me remette sur pied, administre-la-moi sans retard. Je l'avalerai les yeux fermés.

— J'ai mieux que cela, ami Dick, et je vais naturellement te donner un fébrifuge qui ne coûtera rien.

— Et comment feras-tu ?

— C'est fort simple. Je vais tout bonnement monter au-dessus de ces nuages qui nous inondent, et m'éloigner de cette atmosphère pestilentielle. Je te demande dix minutes pour dilater l'hydrogène. »

Les dix minutes n'étaient pas écoulées que les voyageurs avaient dépassé la zone humide.

« Attends un peu, Dick, et tu vas sentir l'influence de l'air pur et du soleil.

— En voilà un remède ! dit Joe. Mais c'est merveilleux !

— Non ! c'est tout naturel.

— Oh ! pour naturel, je n'en doute pas.

— J'envoie Dick en bon air, comme cela se fait tous

les jours en Europe, et comme à la Martinique je l'enver-
rais aux Pitons [1] pour fuir la fièvre jaune.

— Ah ça ! mais c'est un paradis que ce ballon, dit
Kennedy déjà plus à l'aise.

— En tout cas, il y mène », répondit sérieusement Joe.

C'était un curieux spectacle que celui des masses de
nuages agglomérées en ce moment au-dessous de la
nacelle ; elles roulaient les unes sur les autres, et se
confondaient dans un éclat magnifique en réfléchissant
les rayons du soleil. Le *Victoria* atteignit une hauteur de
quatre mille pieds. Le thermomètre indiquait un certain
abaissement dans la température. On ne voyait plus la
terre. À une cinquantaine de milles dans l'ouest, le mont
Rubeho dressait sa tête étincelante ; il formait la limite
du pays d'Ugogo par 36° 20' de longitude. Le vent soufflait avec une vitesse de vingt milles à l'heure, mais les
voyageurs ne sentaient rien de cette rapidité ; ils n'éprou-
vaient aucune secousse, n'ayant pas même le sentiment
de la locomotion.

Trois heures plus tard, la prédiction du docteur se réali-
sait. Kennedy ne sentait plus aucun frisson de fièvre, et
déjeuna avec appétit.

« Voilà qui enfonce le sulfate de quinine, dit-il avec
satisfaction.

— Décidément, fit Joe, c'est ici que je me retirerai
pendant mes vieux jours. »

Vers dix heures du matin, l'atmosphère s'éclaircit. Il
se fit une trouée dans les nuages ; la terre reparut ; le
Victoria s'en rapprocha insensiblement. Le docteur Fergusson cherchait un courant qui le portât plus au nord-
est, et il le rencontra à six cents pieds du sol. Le pays
devenait accidenté, montueux même. Le district du Zungomero s'effaçait dans l'est avec les derniers cocotiers de
cette latitude.

Bientôt les crêtes d'une montagne prirent une saillie
plus arrêtée. Quelques pics s'élevaient çà et là. Il fallut

---

1. Montagne élevée de la Martinique.

veiller à chaque instant aux cônes aigus qui semblaient surgir inopinément.

« Nous sommes au milieu des brisants, dit Kennedy.

— Sois tranquille, Dick, nous ne toucherons pas.

— Jolie manière de voyager, tout de même ! » répliqua Joe.

En effet, le docteur manœuvrait son ballon avec une merveilleuse dextérité.

« S'il nous fallait marcher sur ce terrain détrempé, dit-il, nous nous traînerions dans une boue malsaine. Depuis notre départ de Zanzibar, la moitié de nos bêtes de somme seraient déjà mortes de fatigue. Nous aurions l'air de spectres, et le désespoir nous prendrait au cœur. Nous serions en lutte incessante avec nos guides, nos porteurs, exposés à leur brutalité sans frein. Le jour, une chaleur humide, insupportable, accablante ! La nuit, un froid souvent intolérable, et les piqûres de certaines mouches, dont les mandibules percent la toile la plus épaisse, et qui rendent fou ! Et tout cela sans parler des bêtes et des peuplades féroces !

— Je demande à ne pas en essayer, répliqua simplement Joe.

— Je n'exagère rien, reprit le docteur Fergusson, car, au récit des voyageurs qui ont eu l'audace de s'aventurer dans ces contrées, les larmes vous viendraient aux yeux. »

Vers onze heures, on dépassait le bassin d'Imengé ; les tribus éparses sur ces collines menaçaient vainement le *Victoria* de leurs armes ; il arrivait enfin aux dernières ondulations de terrain qui précèdent le Rubeho ; elles forment la troisième chaîne et la plus élevée des montagnes de l'Usagara.

Les voyageurs se rendaient parfaitement compte de la conformation orographique du pays. Ces trois ramifications, dont le Duthumi forme le premier échelon, sont séparées par de vastes plaines longitudinales ; ces croupes élevées se composent de cônes arrondis, entre lesquels le sol est parsemé de blocs erratiques et de galets. La déclivité la plus roide de ces montagnes fait face à la côte de Zanzibar ; les pentes occidentales ne sont guère que des plateaux inclinés. Les dépressions de terrain sont couvertes d'une terre noire et fertile, où la végétation est vigoureuse. Divers cours d'eau s'infiltrent vers l'est, et vont affluer dans le Kingani, au milieu de bouquets gigantesques de sycomores, de tamarins, de calebassiers et de palmyras.

« Attention ! dit le docteur Fergusson. Nous approchons du Rubeho, dont le nom signifie dans la langue du pays : "Passage des vents". Nous ferons bien d'en doubler les arêtes aiguës à une certaine hauteur. Si ma carte est exacte, nous allons nous porter à une élévation de plus de cinq mille pieds.

— Est-ce que nous aurons souvent l'occasion d'atteindre ces zones supérieures ?

— Rarement ; l'altitude des montagnes de l'Afrique paraît être médiocre relativement aux sommets de l'Europe et de l'Asie. Mais, en tout cas, notre *Victoria* ne serait pas embarrassé de les franchir. »

En peu de temps, le gaz se dilata sous l'action de la chaleur, et le ballon prit une marche ascensionnelle très marquée. La dilatation de l'hydrogène n'offrait rien de dangereux d'ailleurs, et la vaste capacité de l'aérostat n'était remplie qu'aux trois quarts ; le baromètre, par une dépression de près de huit pouces, indiqua une élévation de six mille pieds.

« Irions-nous longtemps ainsi ? demanda Joe.

— L'atmosphère terrestre a une hauteur de six mille toises, répondit le docteur. Avec un vaste ballon, on irait loin. C'est ce qu'ont fait MM. Brioschi et Gay-Lussac ; mais alors le sang leur sortait par la bouche et par les oreilles. L'air respirable manquait. Il y a quelques années, deux hardis Français, MM. Barral et Bixio, s'aventurèrent aussi dans les hautes régions ; mais leur ballon se déchira...

— Et ils tombèrent ? demanda vivement Kennedy.

— Sans doute ! mais comme doivent tomber des savants ; sans se faire aucun mal.

— Eh bien ! messieurs, dit Joe, libre à vous de recommencer leur chute ; mais pour moi, qui ne suis qu'un

Le mont Rubeho.

ignorant, je préfère rester dans un milieu honnête, ni trop haut, ni trop bas. Il ne faut point être ambitieux. »

À six mille pieds, la densité de l'air a déjà diminué sensiblement ; le son s'y transporte avec difficulté, et la voix se fait moins bien entendre. La vue des objets devient confuse. Le regard ne perçoit plus que de grandes masses assez indéterminées ; les hommes, les animaux, deviennent absolument invisibles : les routes sont des lacets, et les lacs, des étangs.

Le docteur et ses compagnons se sentaient dans un état anormal ; un courant atmosphérique d'une extrême vélocité les entraînait au-delà des montagnes arides, sur le sommet desquelles de vastes plaques de neige étonnaient le regard ; leur aspect convulsionné démontrait quelque travail neptunien des premiers jours du monde.

Le soleil brillait au zénith, et ses rayons tombaient d'aplomb sur ces cimes désertes. Le docteur prit un dessin exact de ces montagnes, qui sont faites de quatre croupes distinctes, presque en ligne droite, et dont la plus septentrionale est la plus allongée.

Bientôt le *Victoria* descendit le versant opposé du Rubeho, en longeant une côte boisée et parsemée d'arbres d'un vert très sombre ; puis vinrent des crêtes et des ravins, dans une sorte de désert qui précédait le pays d'Ugogo ; plus bas s'étalaient des plaines jaunes, torréfiées, craquelées, jonchées çà et là de plantes salines et de buissons épineux.

Quelques taillis, plus loin devenus forêts, embellirent l'horizon. Le docteur s'approcha du sol, les ancres furent lancées, et l'une d'elles s'accrocha bientôt dans les branches d'un vaste sycomore.

Joe, se glissant rapidement dans l'arbre, assujettit l'ancre avec précaution ; le docteur laissa son chalumeau en activité pour conserver à l'aérostat une certaine force ascensionnelle qui le maintînt en l'air. Le vent s'était presque subitement calmé.

« Maintenant, dit Fergusson, prends deux fusils, ami Dick, l'un pour toi, l'autre pour Joe, et tâchez, à vous deux, de rapporter quelques belles tranches d'antilope. Ce sera pour notre dîner.

— En chasse ! » s'écria Kennedy.

Il escalada la nacelle et descendit. Joe s'était laissé dégringoler de branche en branche et l'attendait en se détirant les membres. Le docteur, allégé du poids de ses deux compagnons, put éteindre entièrement son chalumeau.

« N'allez pas vous envoler, mon maître, s'écria Joe.

— Sois tranquille, mon garçon, je suis solidement retenu. Je vais mettre mes notes en ordre. Bonne chasse et soyez prudents. D'ailleurs, de mon poste, j'observerai le pays, et, à la moindre chose suspecte, je tire un coup de carabine. Ce sera le signal de ralliement.

— Convenu », répondit le chasseur.

XIV

LA FORÊT DE GOMMIERS. — L'ANTILOPE BLEUE. — LE SIGNAL DE RALLIEMENT. - UN ASSAUT INATTENDU. — LE KANYEMÉ. — UNE NUIT EN PLEIN AIR. — LE MABUNGURU. — JIHOUE-LA-MKOA. — PROVISION D'EAU. — ARRIVÉE À KAZEH.

Le pays, aride, desséché, fait d'une terre argileuse qui se fendillait à la chaleur, paraissait désert ; çà et là, quelques traces de caravanes, des ossements blanchis d'hommes et de bêtes, à demi rongés, et confondus dans la même poussière.

Après une demi-heure de marche, Dick et Joe s'enfonçaient dans une forêt de gommiers, l'œil aux aguets et le doigt sur la détente du fusil. On ne savait pas à qui on aurait affaire. Sans être un rifleman, Joe maniait adroitement une arme à feu.

« Cela fait du bien de marcher, monsieur Dick, et cependant ce terrain-là n'est pas trop commode », fit-il en heurtant les fragments de quartz dont il était parsemé.

Kennedy fit signe à son compagnon de se taire et de s'arrêter. Il fallait savoir se passer de chiens, et, quelle que fût l'agilité de Joe, il ne pouvait avoir le nez d'un braque ou d'un lévrier.

Dans le lit d'un torrent où stagnaient encore quelques mares, se désaltérait une troupe d'une dizaine d'antilopes. Ces gracieux animaux, flairant un danger, paraissaient inquiets ; entre chaque lampée, leur jolie tête se redressait avec vivacité, humant de ses narines mobiles l'air au vent des chasseurs.

Kennedy contourna quelques massifs, tandis que Joe demeurait immobile ; il parvint à portée de fusil et fit feu. La troupe disparut en un clin d'œil ; seule, une antilope mâle, frappée au défaut de l'épaule, tombait foudroyée. Kennedy se précipita sur sa proie.

C'était un blawe-bock, un magnifique animal d'un bleu pâle tirant sur le gris, avec le ventre et l'intérieur des jambes d'une blancheur de neige.

« Le beau coup de fusil ! s'écria le chasseur. C'est une espèce très rare d'antilope, et j'espère bien préparer sa peau de manière à la conserver.

— Par exemple ! y pensez-vous, monsieur Dick ?

— Sans doute ! Regarde donc ce splendide pelage.

— Mais le docteur Fergusson n'admettra jamais une pareille surcharge.

— Tu as raison, Joe ! Il est pourtant fâcheux d'abandonner tout entier un si bel animal !

— Tout entier ! non pas, monsieur Dick ; nous allons en tirer tous les avantages nutritifs qu'il possède, et, si vous le permettez, je vais m'en acquitter aussi bien que le syndic de l'honorable corporation des bouchers de Londres.

— À ton aise, mon ami ; tu sais pourtant qu'en ma qualité de chasseur, je ne suis pas plus embarrassé de dépouiller une pièce de gibier que de l'abattre.

— J'en suis sûr, monsieur Dick ; alors ne vous gênez

La chasse aux antilopes.

pas pour établir un fourneau sur trois pierres ; vous aurez du bois mort en quantité, et je ne vous demande que quelques minutes pour utiliser vos charbons ardents.

— Ce ne sera pas long », répliqua Kennedy.

Il procéda aussitôt à la construction de son foyer, qui flambait quelques instants plus tard.

Joe avait retiré du corps de l'antilope une douzaine de côtelettes et les morceaux les plus tendres du filet, qui se transformèrent bientôt en grillades savoureuses.

« Voilà qui fera plaisir à l'ami Samuel, dit le chasseur.

— Savez-vous à quoi je pense, monsieur Dick ?

— Mais à ce que tu fais, sans doute, à tes beefsteaks.

— Pas le moins du monde. Je pense à la figure que nous ferions si nous ne retrouvions plus l'aérostat.

— Bon ! quelle idée ! tu veux que le docteur nous abandonne ?

— Non ; mais si son ancre venait à se détacher ?

— Impossible. D'ailleurs Samuel ne serait pas embarrassé de redescendre avec son ballon ; il le manœuvre assez proprement.

— Mais si le vent l'emportait, s'il ne pouvait revenir vers nous ?

— Voyons, Joe, trêve à tes suppositions ; elles n'ont rien de plaisant.

— Ah ! Monsieur, tout ce qui arrive en ce monde est naturel ; or, tout peut arriver, donc il faut tout prévoir... »

En ce moment un coup de fusil retentit dans l'air.

« Hein ! fit Joe.

— Ma carabine ! je reconnais sa détonation.

— Un signal !

— Un danger pour nous !

— Pour lui peut-être, répliqua Joe.

— En route ! »

Les chasseurs avaient rapidement ramassé le produit de leur chasse, et ils reprirent leur chemin en se guidant sur des brisées que Kennedy avait faites. L'épaisseur du fourré les empêchait d'apercevoir le *Victoria*, dont ils ne pouvaient être bien éloignés.

Un second coup de feu se fit entendre.

« Cela presse, fit Joe.

— Bon ! encore une autre détonation.

— Cela m'a l'air d'une défense personnelle.

— Hâtons-nous. »

Et ils coururent à toutes jambes. Arrivés à la lisière du bois, ils virent tout d'abord le *Victoria* à sa place, et le docteur dans la nacelle.

« Qu'y a-t-il donc ? demanda Kennedy.

— Grand Dieu ! s'écria Joe.

— Que vois-tu ?

— Là-bas, une troupe de Nègres qui assiègent le ballon ! »

En effet, à deux milles de là, une trentaine d'individus se pressaient en gesticulant, en hurlant, en gambadant au pied du sycomore. Quelques-uns, grimpés dans l'arbre, s'avançaient jusque sur les branches les plus élevées. Le danger semblait imminent.

« Mon maître est perdu, s'écria Joe.

— Allons, Joe, du sang-froid et du coup d'œil. Nous tenons la vie de quatre de ces moricauds dans nos mains. En avant ! »

Ils avaient franchi un mille avec une extrême rapidité, quand un nouveau coup de fusil partit de la nacelle ; il atteignit un grand diable qui se hissait par la corde de l'ancre. Un corps sans vie tomba de branches en branches, et resta suspendu à une vingtaine de pieds du sol, ses deux bras et ses deux jambes se balançant dans l'air.

« Hein ! fit Joe en s'arrêtant, par où diable se tient-il donc, cet animal-là ?

— Peu importe, répondit Kennedy, courons ! courons !

— Ah ! monsieur Kennedy, s'écria Joe, en éclatant de rire : par sa queue ! c'est par sa queue ! Un singe ! ce ne sont que des singes.

— Ça vaut encore mieux que des hommes », répliqua Kennedy en se précipitant au milieu de la bande hurlante.

C'était une troupe de cynocéphales assez redoutables, féroces et brutaux, horribles à voir avec leurs museaux de chien. Cependant quelques coups de fusil en eurent facilement raison, et cette horde grimaçante s'échappa, laissant plusieurs des siens à terre.

En un instant, Kennedy s'accrochait à l'échelle ; Joe se hissait dans les sycomores et détachait l'ancre ; la nacelle s'abaissait jusqu'à lui, et il y rentrait sans difficulté. Quelques minutes après, le *Victoria* s'élevait dans l'air et se dirigeait vers l'est sous l'impulsion d'un vent modéré.

« En voilà un assaut ! dit Joe.

— Nous t'avions cru assiégé par des indigènes.

— Ce n'étaient que des singes, heureusement ! répondit le docteur.

— De loin, la différence n'est pas grande, mon cher Samuel.

— Ni même de près, répliqua Joe.

— Quoi qu'il en soit, reprit Fergusson, cette attaque de singes pouvait avoir les plus graves conséquences. Si l'ancre avait perdu prise sous leurs secousses réitérées, qui sait où le vent m'eût entraîné !

— Que vous disais-je, monsieur Kennedy ?

— Tu avais raison, Joe ; mais, tout en ayant raison, à ce moment-là tu préparais des beefsteaks d'antilope, dont la vue me mettait déjà en appétit.

— Je le crois bien, répondit le docteur, la chair d'antilope est exquise.

— Vous pouvez en juger, monsieur, la table est servie.

— Sur ma foi, dit le chasseur, ces tranches de venaison ont un fumet sauvage qui n'est point à dédaigner.

— Bon ! je vivrais d'antilope jusqu'à la fin de mes jours, répondit Joe la bouche pleine, surtout avec un verre de grog pour en faciliter la digestion. »

Joe prépara le breuvage en question, qui fut dégusté avec recueillement.

« Jusqu'ici cela va assez bien, dit-il.

— Très bien, riposta Kennedy.

— Voyons, monsieur Dick, regrettez-vous de nous avoir accompagnés ?

— J'aurais voulu voir qu'on m'en eût empêché ! » répondit le chasseur avec un air résolu.

Il était alors quatre heures du soir ; le *Victoria* rencontra un courant plus rapide ; le sol montait insensiblement, et bientôt la colonne barométrique indiqua une hauteur de 1 500 pieds au-dessus du niveau de la mer. Le docteur fut alors obligé de soutenir son aérostat par une dilatation de gaz assez forte, et le chalumeau fonctionnait sans cesse.

Vers sept heures, le *Victoria* planait sur le bassin de Kanyemé ; le docteur reconnut aussitôt ce vaste défrichement de dix milles d'étendue, avec ses villages perdus au milieu des baobabs et des calebassiers. Là est la résidence de l'un des sultans du pays de l'Ugogo, où la civilisation est peut-être moins arriérée, on y vend plus rarement les membres de sa famille ; mais, bêtes et gens, tous vivent ensemble dans des huttes rondes sans charpente, et qui ressemblent à des meules de foin.

Après Kanyemé, le terrain devint aride et rocailleux ; mais, au bout d'une heure, dans une dépression fertile, la végétation reprit toute sa vigueur, à quelque distance du Mdaburu. Le vent tombait avec le jour, et l'atmosphère semblait s'endormir. Le docteur chercha vainement un courant à différentes hauteurs ; en voyant ce calme de la nature, il résolut de passer la nuit dans les airs, et, pour plus de sûreté, il s'éleva de 1 000 pieds environ. Le *Victoria* demeurait immobile. La nuit magnifiquement étoilée se fit en silence.

Dick et Joe s'étendirent sur leur couche paisible, et s'endormirent d'un profond sommeil pendant le quart du docteur ; à minuit, celui-ci fut remplacé par l'Écossais.

« S'il survenait le moindre incident, réveille-moi, lui dit-il ; et surtout ne perds pas le baromètre des yeux. C'est notre boussole, à nous autres ! »

La nuit fut froide, il y eut jusqu'à 27 degrés[1] de différence entre sa température et celle du jour. Avec les ténèbres avait éclaté le concert nocturne des animaux, que la soif et la faim chassent de leurs repaires ; les grenouilles firent retentir leur voix de soprano, doublée du

---

1. 14° centigrades.

glapissement des chacals, pendant que la basse imposante des lions soutenait les accords de cet orchestre vivant.

En reprenant son poste le matin, le docteur Fergusson consulta sa boussole, et s'aperçut que la direction du vent avait changé pendant la nuit. Le *Victoria* dérivait dans le nord-est d'une trentaine de milles depuis deux heures environ ; il passait au-dessus du Mabunguru, pays pierreux, parsemé de blocs de syénite d'un beau poli, et tout bosselé de roches en dos d'âne ; des masses coniques, semblables aux rochers de Karnak, hérissaient le sol comme autant de dolmens druidiques ; de nombreux ossements de buffles et d'éléphants blanchissaient çà et là ; il y avait peu d'arbres, sinon dans l'est, des bois profonds, sous lesquels se cachaient quelques villages.

Vers sept heures, une roche ronde, de près de deux milles d'étendue, apparut comme une immense carapace.

« Nous sommes en bon chemin, dit le docteur Fergusson. Voilà Jihoue-la-Mkoa, où nous allons faire halte pendant quelques instants. Je vais renouveler la provision d'eau nécessaire à l'alimentation de mon chalumeau, essayons de nous accrocher quelque part.

— Il y a peu d'arbres, répondit le chasseur.

— Essayons cependant ; Joe, jette les ancres. »

Le ballon, perdant peu à peu de sa force ascensionnelle, s'approcha de terre ; les ancres coururent ; la patte de l'une d'elles s'engagea dans une fissure de rocher, et le *Victoria* demeura immobile.

Il ne faut pas croire que le docteur pût éteindre complètement son chalumeau pendant ses haltes. L'équilibre du ballon avait été calculé au niveau de la mer ; or le pays allait toujours en montant, et se trouvant élevé de 600 à 700 pieds, le ballon aurait eu une tendance à descendre plus bas que le sol lui-même ; il fallait donc le soutenir par une certaine dilatation du gaz. Dans le cas seulement où, en l'absence de tout vent, le docteur eût laissé la nacelle reposer sur terre, l'aérostat, alors délesté d'un poids considérable, se serait maintenu sans le secours du chalumeau.

Les cartes indiquaient de vastes mares sur le versant

occidental de Jihoue-la-Mkoa. Joe s'y rendit seul avec un baril, qui pouvait contenir une dizaine de gallons ; il trouva sans peine l'endroit indiqué, non loin d'un petit village désert, fit sa provision d'eau, et revint en moins de trois quarts d'heure ; il n'avait rien vu de particulier, si ce n'est d'immenses trappes à éléphant ; il faillit même choir dans l'une d'elles, où gisait une carcasse à demi rongée.

Il rapporta de son excursion une sorte de nèfles, que des singes mangeaient avidement. Le docteur reconnut le fruit du « mbenbu », arbre très abondant sur la partie occidentale de Jihoue-la-Mkoa. Fergusson attendait Joe avec une certaine impatience, car un séjour même rapide sur cette terre inhospitalière lui inspirait toujours des craintes.

L'eau fut embarquée sans difficulté, car la nacelle descendit presque au niveau du sol ; Joe put arracher l'ancre, et remonta lestement auprès de son maître. Aussitôt celui-ci raviva sa flamme, et le *Victoria* reprit la route des airs.

Il se trouvait alors à une centaine de milles de Kazeh, important établissement de l'intérieur de l'Afrique, où, grâce à un courant de sud-est, les voyageurs pouvaient espérer de parvenir pendant cette journée ; ils marchaient avec une vitesse de 14 milles à l'heure ; la conduite de l'aérostat devint alors assez difficile ; on ne pouvait s'élever trop haut sans dilater beaucoup le gaz, car le pays se trouvait déjà à une hauteur moyenne de 3 000 pieds. Or, autant que possible, le docteur préférait ne pas forcer sa dilatation ; il suivit donc fort adroitement les sinuosités d'une pente assez roide, et rasa de près les villages de Thembo et de Tura-Wels. Ce dernier fait partie de l'Unyamwezy, magnifique contrée où les arbres atteignent les plus grandes dimensions, entre autres les cactus, qui deviennent gigantesques.

Vers deux heures, par un temps magnifique, sous un soleil de feu qui dévorait le moindre courant d'air, le *Victoria* planait au-dessus de la ville de Kazeh, située à 350 milles de la côte.

« Nous sommes partis de Zanzibar à neuf heures du

Vue de Jihoue-la-Mkoa.

matin, dit le docteur Fergusson en consultant ses notes, et après deux jours de traversée nous avons parcouru par nos déviations près de 500 milles géographiques[1]. Les capitaines Burton et Speke mirent quatre mois et demi à faire le même chemin ! »

XV

KAZEH. — LE MARCHÉ BRUYANT. — APPARITION DU « VICTORIA ». — LES WANGANGA. — LES FILS DE LA LUNE. — PROMENADE DU DOCTEUR. — POPULATION. — LE TEMBÉ ROYAL. — LES FEMMES DU SULTAN. — UNE IVRESSE ROYALE. — JOE ADORÉ. — COMMENT ON DANSE DANS LA LUNE. — REVIREMENT. — DEUX LUNES AU FIRMAMENT. — INSTABILITÉ DES GRANDEURS DIVINES.

Kazeh, point important de l'Afrique centrale, n'est point une ville ; à vrai dire, il n'y a pas de ville à l'intérieur. Kazeh n'est qu'un ensemble de six vastes excavations. Là sont renfermées des cases, des huttes à esclaves, avec de petites cours et de petits jardins, soigneusement cultivés ; oignons, patates, aubergines, citrouilles et champignons d'une saveur parfaite y poussent à ravir.

L'Unyamwezy est la terre de la Lune par excellence, le parc fertile et splendide de l'Afrique ; au centre se trouve le district de l'Unyanembé, une contrée délicieuse, où vivent paresseusement quelques familles d'Omani, qui sont des Arabes d'origine très pure.

Ils ont longtemps fait le commerce à l'intérieur de l'Afrique et dans l'Arabie ; ils ont trafiqué de gommes, d'ivoire, d'indienne, d'esclaves ; leurs caravanes sillonnaient ces régions équatoriales ; elles vont encore chercher à la côte les objets de luxe et de plaisir pour ces marchands enrichis, et ceux-ci, au milieu de femmes et

---

1. Près de deux cents lieues.

de serviteurs, mènent dans cette contrée charmante l'existence la moins agitée et la plus horizontale, toujours étendus, riant, fumant ou dormant.

Autour de ces excavations, de nombreuses cases d'indigènes, de vastes emplacements pour les marchés, des champs de cannabis et de datura, de beaux arbres et de frais ombrages, voilà Kazeh.

Là est le rendez-vous général des caravanes : celles du Sud avec leurs esclaves et leurs chargements d'ivoire ; celles de l'Ouest, qui exportent le coton et les verroteries aux tribus des Grands Lacs.

Aussi, dans les marchés, règne-t-il une agitation perpétuelle, un brouhaha sans nom, composé du cri des porteurs métis, du son des tambours et des cornets, des hennissements des mules, du braiement des ânes, du chant des femmes, du piaillement des enfants, et des coups de rotin du Jemadar[1], qui bat la mesure dans cette symphonie pastorale.

Là s'étalent sans ordre, et même avec un désordre charmant, les étoffes voyantes, les rassades, les ivoires, les dents de rhinocéros, les dents de requins, le miel, le tabac, le coton ; là se pratiquent les marchés les plus étranges, où chaque objet n'a de valeur que par les désirs qu'il excite.

Tout d'un coup, cette agitation, ce mouvement, ce bruit tomba subitement. Le *Victoria* venait d'apparaître dans les airs ; il planait majestueusement et descendait peu à peu, sans s'écarter de la verticale. Hommes, femmes, enfants, esclaves, marchands, Arabes et Nègres, tout disparut et se glissa dans les « tembés » et sous les huttes.

« Mon cher Samuel, dit Kennedy, si nous continuons à produire de pareils effets, nous aurons de la peine à établir des relations commerciales avec ces gens-là.

— Il y aurait cependant, dit Joe, une opération commerciale d'une grande simplicité à faire. Ce serait de descendre tranquillement et d'emporter les marchandises

---

1. Chef de la caravane.

les plus précieuses, sans nous préoccuper des marchands. On s'enrichirait.

— Bon ! répliqua le docteur, ces indigènes ont eu peur au premier moment. Mais ils ne tarderont pas à revenir par superstition ou par curiosité.

— Vous croyez, mon maître ?

— Nous verrons bien ; mais il sera prudent de ne point trop les approcher, le *Victoria* n'est pas un ballon blindé ni cuirassé ; il n'est donc à l'abri ni d'une balle, ni d'une flèche.

— Comptes-tu donc, mon cher Samuel, entrer en pourparlers avec ces Africains ?

— Si cela se peut, pourquoi pas ? répondit le docteur ; il doit se trouver à Kazeh des marchands arabes plus instruits, moins sauvages. Je me rappelle que MM. Burton et Speke n'eurent qu'à se louer de l'hospitalité des habitants de la ville. Ainsi, nous pouvons tenter l'aventure. »

Le *Victoria*, s'étant insensiblement rapproché de terre, accrocha l'une de ses ancres au sommet d'un arbre près de la place du marché.

Toute la population reparaissait en ce moment hors de ses trous ; les têtes sortaient avec circonspection. Plusieurs « Waganga », reconnaissables à leurs insignes de coquillages coniques, s'avancèrent hardiment ; c'étaient les sorciers de l'endroit. Ils portaient à leur ceinture de petites gourdes noires enduites de graisse, et divers objets de magie, d'une malpropreté d'ailleurs toute doctorale.

Peu à peu, la foule se fit à leurs côtés, les femmes et les enfants les entourèrent, les tambours rivalisèrent de fracas, les mains se choquèrent et furent tendues vers le ciel.

« C'est leur manière de supplier, dit le docteur Fergusson ; si je ne me trompe, nous allons être appelés à jouer un grand rôle.

— Eh bien ! monsieur, jouez-le.

— Toi-même, mon brave Joe, tu vas peut-être devenir un dieu.

— Eh ! monsieur, cela ne m'inquiète guère, et l'encens ne me déplaît pas. »

En ce moment, un des sorciers, un « Myanga », fit un geste, et toute cette clameur s'éteignit dans un profond silence. Il adressa quelques paroles aux voyageurs, mais dans une langue inconnue.

Le docteur Fergusson, n'ayant pas compris, lança à tout hasard quelques mots d'arabe, et il lui fut immédiatement répondu dans cette langue.

L'orateur se livra à une abondante harangue, très fleurie, très écoutée ; le docteur ne tarda pas à reconnaître que le *Victoria* était tout bonnement pris pour la Lune en personne, et que cette aimable déesse avait daigné s'approcher de la ville avec ses trois Fils, honneur qui ne serait jamais oublié dans cette terre aimée du Soleil.

Le docteur répondit avec une grande dignité que la Lune faisait tous les mille ans sa tournée départementale, éprouvant le besoin de se montrer de plus près à ses adorateurs ; il les priait donc de ne pas se gêner et d'abuser de sa divine présence pour faire connaître leurs besoins et leurs vœux.

Le sorcier répondit à son tour que le sultan, le « Mwani », malade depuis de longues années, réclamait les secours du ciel, et il invitait les fils de la Lune à se rendre auprès de lui.

Le docteur fit part de l'invitation à ses compagnons.

« Et tu vas te rendre auprès de ce roi nègre ? dit le chasseur.

— Sans doute. Ces gens-là me paraissent bien disposés ; l'atmosphère est calme ; il n'y a pas un souffle de vent ! Nous n'avons rien à craindre pour le *Victoria*.

— Mais que feras-tu ?

— Sois tranquille, mon cher Dick ; avec un peu de médecine je m'en tirerai. »

Puis, s'adressant à la foule :

« La Lune, prenant en pitié le souverain cher aux enfants de l'Unyamwezy, nous a confié le soin de sa guérison. Qu'il se prépare à nous recevoir ! »

Les clameurs, les chants, les démonstrations redoublèrent, et toute cette vaste fourmilière de têtes noires se remit en mouvement.

« Maintenant, mes amis, dit le docteur Fergusson, il faut tout prévoir ; nous pouvons, à un moment donné, être forcés de repartir rapidement. Dick restera donc dans la nacelle, et, au moyen d'un chalumeau, il maintiendra une force ascensionnelle suffisante. L'ancre est solidement assujettie ; il n'y a rien à craindre. Je vais descendre à terre. Joe m'accompagnera ; seulement il restera au pied de l'échelle.

— Comment ! tu iras seul chez ce moricaud ? dit Kennedy.

— Comment ! monsieur Samuel, s'écria Joe, vous ne voulez pas que je vous suive jusqu'au bout ?

— Non, j'irai seul ; ces braves gens se figurent que leur grande déesse la Lune est venue leur rendre visite, je suis protégé par la superstition ; ainsi, n'ayez aucune crainte, et restez chacun au poste que je vous assigne.

— Puisque tu le veux, répondit le chasseur.

— Veille à la dilatation du gaz.

— C'est convenu. »

Les cris des indigènes redoublaient ; ils réclamaient énergiquement l'intervention céleste.

« Voilà ! voilà ! fit Joe. Je les trouve un peu impérieux envers leur bonne Lune et ses divins Fils. »

Le docteur, muni de sa pharmacie de voyage, descendit à terre, précédé de Joe. Celui-ci, grave et digne comme il convenait, s'assit au pied de l'échelle, les jambes croisées sous lui à la façon arabe, et une partie de la foule l'entoura d'un cercle respectueux.

Pendant ce temps, le docteur Fergusson, conduit au son des instruments, escorté par des pyrrhiques religieuses, s'avança lentement vers le « tembé royal », situé assez loin hors de la ville ; il était environ trois heures, et le soleil resplendissait ; il ne pouvait faire moins pour la circonstance.

Le docteur marchait avec dignité ; les « Waganga » l'entouraient et contenaient la foule. Fergusson fut bientôt rejoint par le fils naturel du sultan, jeune garçon assez bien tourné, qui, suivant la coutume du pays, était le seul héritier des biens paternels, à l'exclusion des enfants légitimes ; il se prosterna devant le Fils de la Lune ; celui-ci le releva d'un geste gracieux.

Trois quarts d'heure après, par des sentiers ombreux, au milieu de tout le luxe d'une végétation tropicale, cette procession enthousiasmée arriva au palais du sultan, sorte d'édifice carré, appelé Ititénya, et situé au versant d'une colline. Une espèce de verandah, formée par le toit de chaume, régnait à l'extérieur, appuyée sur des poteaux de bois qui avaient la prétention d'être sculptés. De longues lignes d'argile rougeâtre ornaient les murs, cherchant à reproduire des figures d'hommes et de serpents, ceux-ci naturellement mieux réussis que ceux-là. La toiture de cette habitation ne reposait pas immédiatement sur les murailles, et l'air pouvait y circuler librement ; d'ailleurs, pas de fenêtres, et à peine une porte.

Le docteur Fergusson fut reçu avec de grands honneurs par les gardes et les favoris, des hommes de belle race, des Wanyamwezi, type pur des populations de l'Afrique centrale, forts et robustes, bien faits et bien portants. Leurs cheveux divisés en un grand nombre de petites tresses retombaient sur leurs épaules ; au moyen d'incisions noires ou bleues, ils zébraient leurs joues depuis les tempes jusqu'à la bouche. Leurs oreilles, affreusement distendues, supportaient des disques en bois et des plaques de gomme copal ; ils étaient vêtus de toiles brillamment peintes ; les soldats, armés de la sagaie, de l'arc, de la flèche barbelée et empoisonnée du suc de l'euphorbe, du coutelas, du « sime », long sabre à dents de scie, et de petites haches d'armes.

Le docteur pénétra dans le palais. Là, en dépit de la maladie du sultan, le vacarme déjà terrible redoubla à son arrivée. Il remarqua au linteau de la porte des queues de lièvre, des crinières de zèbre, suspendues en manière de talisman. Il fut reçu par la troupe des femmes de Sa Majesté, aux accords harmonieux de « l'upatu », sorte de cymbale faite avec le fond d'un pot de cuivre, et au fracas du « kilindo », tambour de cinq pieds de haut creusé dans un tronc d'arbre, et contre lequel deux virtuoses s'escrimaient à coups de poing.

Le palais du sultan africain.

La plupart de ces femmes paraissaient fort jolies, et fumaient en riant le tabac et le thang dans de grandes pipes noires ; elles semblaient bien faites sous leur longue robe drapée avec grâce, et portaient le « kilt » en fibres de calebasse, fixé autour de leur ceinture.

Six d'entre elles n'étaient pas les moins gaies de la bande, quoique placées à l'écart et réservées à un cruel supplice. À la mort du sultan, elles devaient être enterrées vivantes auprès de lui, pour le distraire pendant l'éternelle solitude.

Le docteur Fergusson, après avoir embrassé tout cet ensemble d'un coup d'œil, s'avança jusqu'au lit de bois du souverain. Il vit là un homme d'une quarantaine d'années, parfaitement abruti par les orgies de toutes sortes et dont il n'y avait rien à faire. Cette maladie, qui se prolongeait depuis des années, n'était qu'une ivresse perpétuelle. Ce royal ivrogne avait à peu près perdu connaissance, et tout l'ammoniaque du monde ne l'aurait pas remis sur pied.

Les favoris et les femmes, fléchissant le genou, se courbaient pendant cette visite solennelle. Au moyen de quelques gouttes d'un violent cordial, le docteur ranima un instant ce corps abruti ; le sultan fit un mouvement, et, pour un cadavre qui ne donnait plus signe d'existence depuis quelques heures, ce symptôme fut accueilli par un redoublement de cris en l'honneur du médecin.

Celui-ci, qui en avait assez, écarta par un mouvement rapide ses adorateurs trop démonstratifs et sortit du palais. Il se dirigea vers le *Victoria*. Il était six heures du soir.

Joe, pendant son absence, attendait tranquillement au bas de l'échelle ; la foule lui rendait les plus grands devoirs. En véritable Fils de la Lune, il se laissait faire. Pour une divinité, il avait l'air d'un assez brave homme, pas fier, familier même avec les jeunes Africaines, qui ne se lassaient pas de le contempler. Il leur tenait d'ailleurs d'aimables discours.

« Adorez, mesdemoiselles, adorez, leur disait-il ; je suis un bon diable, quoique fils de déesse ! »

On lui présenta les dons propitiatoires, ordinairement

déposés dans les « mzimu » ou huttes-fétiches. Cela consistait en épis d'orge et en « pombé ». Joe se crut obligé de goûter à cette espèce de bière forte ; mais son palais, quoique fait au gin et au wiskey, ne put en supporter la violence. Il fit une affreuse grimace, que l'assistance prit pour un sourire aimable.

Et puis les jeunes filles, confondant leurs voix dans une mélopée traînante, exécutèrent une danse grave autour de lui.

« Ah ! vous dansez, dit-il, eh bien ! je ne serai pas en reste avec vous, et je vais vous montrer une danse de mon pays. »

Et il entama une gigue étourdissante, se contournant, se détirant, se déjetant, dansant des pieds, dansant des genoux, dansant des mains, se développant en contorsions extravagantes, en poses incroyables, en grimaces impossibles, donnant ainsi à ces populations une étrange idée de la manière dont les dieux dansent dans la Lune.

Or, tous ces Africains, imitateurs comme des singes, eurent bientôt fait de reproduire ses manières, ses gambades, ses trémoussements ; ils ne perdaient pas un geste, ils n'oubliaient pas une attitude ; ce fut alors un tohu-bohu, un remuement, une agitation dont il est difficile de donner une idée, même faible. Au plus beau de la fête, Joe aperçut le docteur.

Celui-ci revenait en toute hâte, au milieu d'une foule hurlante et désordonnée. Les sorciers et les chefs semblaient fort animés. On entourait le docteur ; on le pressait, on le menaçait. Étrange revirement ! Que s'était-il passé ? Le sultan avait-il maladroitement succombé entre les mains de son médecin céleste ?

Kennedy, de son poste, vit le danger sans en comprendre la cause. Le ballon, fortement sollicité par la dilatation du gaz, tendait sa corde de retenue, impatient de s'élever dans les airs.

Le docteur parvint au pied de l'échelle. Une crainte superstitieuse retenait encore la foule et l'empêchait de se porter à des violences contre sa personne ; il gravit rapidement les échelons, et Joe le suivit avec agilité.

« Pas un instant à perdre, lui dit son maître. Ne cherche pas à décrocher l'ancre ! Nous couperons la corde ! Suis-moi !

— Mais qu'y a-t-il donc ? demanda Joe en escaladant la nacelle.

— Qu'est-il arrivé ? fit Kennedy, sa carabine à la main.

— Regardez, répondit le docteur en montrant l'horizon.

— Eh bien ? demanda le chasseur.

— Eh bien ! la lune ! »

La lune, en effet, se levait rouge et splendide, un globe de feu sur un fond d'azur. C'était bien elle ! Elle et le *Victoria* !

Ou il y avait deux lunes, ou les étrangers n'étaient que des imposteurs, des intrigants, des faux dieux !

Telles avaient été les réflexions naturelles de la foule. De là le revirement.

Joe ne put retenir un immense éclat de rire. La population de Kazeh, comprenant que sa proie lui échappait, poussa des hurlements prolongés ; des arcs, des mousquets furent dirigés vers le ballon.

Mais un des sorciers fit un signe. Les armes s'abaissèrent ; il grimpa dans l'arbre, avec l'intention de saisir la corde de l'ancre, et d'amener la machine à terre.

Joe s'élança une hachette à la main.

« Faut-il couper ? dit-il.

— Attends, répondit le docteur.

— Mais ce Nègre ?...

— Nous pourrons peut-être sauver notre ancre, et j'y tiens. Il sera toujours temps de couper. »

Le sorcier, arrivé dans l'arbre, fit si bien qu'en rompant les branches il parvint à décrocher l'ancre ; celle-ci, violemment attirée par l'aérostat, attrapa le sorcier entre les jambes, et celui-ci, à cheval sur cet hippogriffe inattendu, partit pour les régions de l'air.

La stupeur de la foule fut immense de voir l'un de ses Waganga s'élancer dans l'espace.

L'enlèvement du sorcier.

« Hurrah ! s'écria Joe pendant que le *Victoria*, grâce à sa puissance ascensionnelle, montait avec une grande rapidité.

— Il se tient bien, dit Kennedy ; un petit voyage ne lui fera pas de mal.

— Est-ce que nous allons lâcher ce Nègre tout d'un coup ? demanda Joe.

— Fi donc ! répliqua le docteur ! nous le replacerons tranquillement à terre, et je crois qu'après une telle aventure, son pouvoir de magicien s'accroîtra singulièrement dans l'esprit de ses contemporains.

— Ils sont capables d'en faire un dieu », s'écria Joe.

Le *Victoria* était parvenu à une hauteur de mille pieds environ. Le Nègre se cramponnait à la corde avec une énergie terrible. Il se taisait, ses yeux demeuraient fixes. Sa terreur se mêlait d'étonnement. Un léger vent d'ouest poussait le ballon au-delà de la ville.

Une demi-heure plus tard, le docteur, voyant le pays désert, modéra la flamme du chalumeau, et se rapprocha de terre. À vingt pieds du sol, le Nègre prit rapidement son parti ; il s'élança, tomba sur les jambes, et se mit à fuir vers Kazeh, tandis que, subitement délesté, le *Victoria* remontait dans les airs.

XVI

SYMPTÔMES D'ORAGE. — LE PAYS DE LA LUNE. — L'AVE-
NIR DU CONTINENT AFRICAIN. — LA MACHINE DE LA DER-
NIÈRE HEURE. — VUE DU PAYS AU SOLEIL COUCHANT. —
FLORE ET FAUNE. — L'ORAGE. — LA ZONE DE FEU.
— LE CIEL ÉTOILÉ.

« Voilà ce que c'est, dit Joe, de faire les Fils de la Lune sans sa permission ! Ce satellite a failli nous jouer là un vilain tour ! Est-ce que, par hasard, mon maître, vous auriez compromis sa réputation par votre médecine ?

« — Au fait, dit le chasseur, qu'était ce sultan de Kazeh ?

— Un vieil ivrogne à demi mort, répondit le docteur, et dont la perte ne se fera pas trop vivement sentir. Mais la morale de ceci, c'est que les honneurs sont éphémères, et il ne faut pas trop y prendre goût.

— Tant pis, répliqua Joe. Cela m'allait ! Être adoré ! faire le dieu à sa fantaisie ! Mais que voulez-vous ? la Lune s'est montrée, et toute rouge, ce qui prouve bien qu'elle était fâchée ! »

Pendant ces discours et autres, dans lesquels Joe examina l'astre des nuits à un point de vue entièrement nouveau, le ciel se chargeait de gros nuages vers le nord, de ces nuages sinistres et pesants. Un vent assez vif, ramassé à trois cents pieds du sol, poussait le *Victoria* vers le nord-nord-est. Au-dessus de lui, la voûte azurée était pure, mais on la sentait lourde.

Les voyageurs se trouvèrent, vers huit heures du soir, par 32° 40' de longitude et 4° 17' de latitude ; les courants atmosphériques, sous l'influence d'un orage prochain, les poussaient avec une vitesse de trente-cinq milles à l'heure. Sous leurs pieds passaient rapidement les plaines ondulées et fertiles de Mfuto. Le spectacle en était admirable, et fut admiré.

« Nous sommes en plein pays de la Lune, dit le docteur Fergusson, car il a conservé ce nom que lui donna l'Antiquité, sans doute parce que la lune y fut adorée de tout temps. C'est vraiment une contrée magnifique, et l'on rencontrerait difficilement une végétation plus belle.

— Si on la trouvait autour de Londres, ce ne serait pas naturel, répondit Joe ; mais ce serait fort agréable ! Pourquoi ces belles choses-là sont-elles réservées à des pays aussi barbares ?

— Et sait-on, répliqua le docteur, si quelque jour cette contrée ne deviendra pas le centre de la civilisation ? Les peuples de l'avenir s'y porteront peut-être, quand les régions de l'Europe se seront épuisées à nourrir leurs habitants.

— Tu crois cela ? fit Kennedy.

— Sans doute, mon cher Dick. Vois la marche des événements ; considère les migrations successives des peuples, et tu arriveras à la même conclusion que moi. L'Asie est la première nourrice du monde, n'est-il pas vrai ? Pendant quatre mille ans peut-être, elle travaille, elle est fécondée, elle produit, et puis quand les pierres ont poussé là où poussaient les moissons dorées d'Homère, ses enfants abandonnent son sein épuisé et flétri. Tu les vois alors se jeter sur l'Europe, jeune et puissante, qui les nourrit depuis deux mille ans. Mais déjà sa fertilité se perd ; ses facultés productrices diminuent chaque jour ; ces maladies nouvelles dont sont frappés chaque année les produits de la terre, ces fausses récoltes, ces insuffisantes ressources, tout cela est le signe certain d'une vitalité qui s'altère, d'un épuisement prochain. Aussi voyons-nous déjà les peuples se précipiter aux nourrissantes mamelles de l'Amérique, comme à une source non pas inépuisable, mais encore inépuisée. À son tour, ce nouveau continent se fera vieux ; ses forêts vierges tomberont sous la hache de l'industrie ; son sol s'affaiblira pour avoir trop produit ce qu'on lui aura trop demandé ; là où deux moissons s'épanouissaient chaque année, à peine une sortira-t-elle de ces terrains à bout de forces. Alors l'Afrique offrira aux races nouvelles les trésors accumulés depuis des siècles dans son sein. Ces climats fatals aux étrangers s'épureront par les assolements et les drainages ; ces eaux éparses se réuniront dans un lit commun pour former une artère navigable. Et ce pays sur lequel nous planons, plus fertile, plus riche, plus vital que les autres, deviendra quelque grand royaume, où se produiront des découvertes plus étonnantes encore que la vapeur et l'électricité.

— Ah ! monsieur, dit Joe, je voudrais bien voir cela.

— Tu t'es levé trop matin, mon garçon.

— D'ailleurs, dit Kennedy, cela sera peut-être une fort ennuyeuse époque que celle où l'industrie absorbera tout à son profit ! À force d'inventer des machines, les hommes se feront dévorer par elles ! Je me suis toujours figuré que le dernier jour du monde sera celui où quelque immense chaudière chauffée à trois milliards d'atmosphères fera sauter notre globe !

— Et j'ajoute, dit Joe, que les Américains n'auront pas été les derniers à travailler à la machine.

— En effet, répondit le docteur, ce sont de grands chaudronniers ! Mais, sans nous laisser emporter à de semblables discussions, contentons-nous d'admirer cette terre de la Lune, puisqu'il nous est donné de la voir. »

Le soleil, glissant ses derniers rayons sous la masse des nuages amoncelés, ornait d'une crête d'or les moindres accidents du sol : arbres gigantesques, herbes arborescentes, mousses à ras de terre, tout avait sa part de cet effluve lumineux ; le terrain, légèrement ondulé, ressautait çà et là en petites collines coniques ; pas de montagnes à l'horizon ; d'immenses palissades broussaillées, des haies impénétrables, des jungles épineuses séparaient les clairières où s'étalaient de nombreux villages ; les euphorbes gigantesques les entouraient de fortifications naturelles, en s'entremêlant aux branches coralliformes des arbustes.

Bientôt le Malagazari, principal affluent du lac Tanganayika, se mit à serpenter sous les massifs de verdure ; il donnait asile à ces nombreux cours d'eau, nés de torrents gonflés à l'époque des crues, ou d'étangs creusés dans la couche argileuse du sol. Pour des observateurs élevés, c'était un réseau de cascades jeté sur toute la face occidentale du pays.

Des bestiaux à grosses bosses pâturaient dans les prairies grasses et disparaissaient sous les grandes herbes ; les forêts, aux essences magnifiques, s'offraient aux yeux comme de vastes bouquets ; mais dans ces bouquets, lions, léopards, hyènes, tigres se réfugiaient pour échapper aux dernières chaleurs du jour. Parfois un éléphant faisait ondoyer la cime des taillis, et l'on entendait le craquement des arbres cédant à ses cornes d'ivoire.

« Quel pays de chasse ! s'écria Kennedy enthousiasmé ; une balle lancée à tout hasard, en pleine forêt, rencontrerait un gibier digne d'elle ! Est-ce qu'on ne pourrait pas en essayer un peu ?

— Non pas, mon cher Dick ; voici la nuit, une nuit menaçante, escortée d'un orage. Or, les orages sont terribles dans cette contrée, où le sol est disposé comme une immense batterie électrique.

— Vous avez raison, monsieur, dit Joe ; la chaleur est devenue étouffante, le vent est complètement tombé ; on sent qu'il se prépare quelque chose.

— L'atmosphère est surchargée d'électricité, répondit le docteur ; tout être vivant est sensible à cet état de l'air qui précède la lutte des éléments, et j'avoue que je n'en fus jamais imprégné à ce point.

— Eh bien ! demanda le chasseur, ne serait-ce pas le cas de descendre ?

— Au contraire, Dick, j'aimerais mieux monter. Je crains seulement d'être entraîné au-delà de ma route pendant ces croisements de courants atmosphériques.

— Veux-tu donc abandonner la direction que nous suivons depuis la côte ?

— Si cela m'est possible, répondit Fergusson, je me porterai plus directement au nord pendant sept à huit degrés ; j'essaierai de remonter vers les latitudes présumées des sources du Nil ; peut-être apercevrons-nous quelques traces de l'expédition du capitaine Speke, ou même la caravane de M. de Heuglin. Si mes calculs sont exacts, nous nous trouvons par 32° 40' de longitude, et je voudrais monter droit au-delà de l'équateur.

— Vois donc ! s'écria Kennedy en interrompant son compagnon, vois donc ces hippopotames qui se glissent hors des étangs, ces masses de chair sanguinolente, et ces crocodiles qui aspirent bruyamment l'air !

— Ils étouffent ! fit Joe. Ah ! quelle manière charmante de voyager, et comme on méprise toute cette malfaisante vermine ! Monsieur Samuel ! monsieur Kennedy ! voyez donc ces bandes d'animaux qui marchent en rangs pressés ! Ils sont bien deux cents ; ce sont des loups.

— Non, Joe, mais des chiens sauvages ; une fameuse race, qui ne craint pas de s'attaquer aux lions. C'est la plus terrible rencontre que puisse faire un voyageur. Il est immédiatement mis en pièces.

Les hippopotames à la surface des étangs.

— Bon ! ce ne sera pas Joe qui se chargera de leur mettre une muselière, répondit l'aimable garçon. Après ça, si c'est leur naturel, il ne faut pas trop leur en vouloir. »

Le silence se faisait peu à peu sous l'influence de l'orage ; il semblait que l'air épaissi devînt impropre à transmettre les sons ; l'atmosphère paraissait ouatée et, comme une salle tendue de tapisseries, perdait toute sonorité. L'oiseau rameur, le grue couronnée, les geais rouges et bleus, le moqueur, les moucherolles disparaissaient dans les grands arbres. La nature entière offrait les symptômes d'un cataclysme prochain.

À neuf heures du soir, le *Victoria* demeurait immobile au-dessus de Mséné, vaste réunion de villages à peine distincts dans l'ombre ; parfois la réverbération d'un rayon égaré dans l'eau morne indiquait des fossés distribués régulièrement, et, par une dernière éclaircie, le regard put saisir la forme calme et sombre des palmiers, des tamarins, des sycomores et des euphorbes gigantesques.

« J'étouffe ! dit l'Écossais en aspirant à pleins poumons le plus possible de cet air raréfié ; nous ne bougeons plus ! Descendrons-nous ?

— Mais l'orage ? fit le docteur assez inquiet.

— Si tu crains d'être entraîné par le vent, il me semble que tu n'as pas d'autre parti à prendre.

— L'orage n'éclatera peut-être pas cette nuit, reprit Joe ; les nuages sont très haut.

— C'est même une raison qui me fait hésiter à les dépasser ; il faudrait monter à une grande élévation, perdre la terre de vue, et ne savoir pendant toute la nuit si nous avançons et de quel côté nous avançons.

— Décide-toi, mon cher Samuel, cela presse.

— Il est fâcheux que le vent soit tombé, reprit Joe ; il nous eût entraînés loin de l'orage.

— Cela est regrettable, mes amis, car les nuages sont un danger pour nous ; ils renferment des courants opposés qui peuvent nous enlacer dans leurs tourbillons, et des éclairs capables de nous incendier. D'un autre côté, la force de la rafale peut nous précipiter à terre, si nous jetons l'ancre au sommet d'un arbre.

— Alors que faire ?

— Il faut maintenir le *Victoria* dans une zone moyenne entre les périls de la terre et les périls du ciel. Nous avons de l'eau en quantité suffisante pour le chalumeau, et nos deux cents livres de lest sont intactes. Au besoin, je m'en servirais.

— Nous allons veiller avec toi, dit le chasseur.

— Non, mes amis ; mettez les provisions à l'abri et couchez-vous ; je vous réveillerai si cela est nécessaire.

— Mais, mon maître, ne feriez-vous pas bien de prendre du repos vous-même, puisque rien ne nous menace encore ?

— Non, merci, mon garçon, je préfère veiller. Nous sommes immobiles, et si les circonstances ne changent pas, demain nous nous trouverons exactement à la même place.

— Bonsoir, monsieur.

— Bonne nuit, si c'est possible. »

Kennedy et Joe s'allongèrent sous leurs couvertures, et le docteur demeura seul dans l'immensité.

Cependant le dôme de nuages s'abaissait insensiblement, et l'obscurité se faisait profonde. La voûte noire s'arrondissait autour du globe terrestre comme pour l'écraser.

Tout d'un coup un éclair violent, rapide, incisif, raya l'ombre ; sa déchirure n'était pas refermée qu'un effrayant éclat de tonnerre ébranlait les profondeurs du ciel.

« Alerte ! » s'écria Fergusson.

Les deux dormeurs, réveillés à ce bruit épouvantable, se tenaient à ses ordres.

« Descendons-nous ? fit Kennedy.

— Non ! le ballon n'y résisterait pas. Montons avant que ces nuages ne se résolvent en eau et que le vent ne se déchaîne ! »

Et il poussa activement la flamme du chalumeau dans les spirales du serpentin.

Les orages des tropiques se développent avec une rapidité comparable à leur violence. Un second éclair déchira la nue, et fut suivi de vingt autres immédiats. Le ciel était zébré d'étincelles électriques qui grésillaient sous les larges gouttes de la pluie.

« Nous nous sommes attardés, dit le docteur. Il nous faut maintenant traverser une zone de feu avec notre ballon rempli d'air inflammable !

— Mais à terre ! à terre ! reprenait toujours Kennedy.

— Le risque d'être foudroyé serait presque le même, et nous serions vite déchirés aux branches des arbres !

— Nous montons, monsieur Samuel !

— Plus vite ! plus vite encore. »

Dans cette partie de l'Afrique, pendant les orages équatoriaux, il n'est pas rare de compter de trente à trente-cinq éclairs par minute. Le ciel est littéralement en feu, et les éclats du tonnerre ne discontinuent pas.

Le vent se déchaînait avec une violence effrayante dans cette atmosphère embrasée ; il tordait les nuages incandescents ; on eût dit le souffle d'un ventilateur immense qui activait tout cet incendie.

Le docteur Fergusson maintenait son chalumeau à pleine chaleur ; le ballon se dilatait et montait ; à genoux, au centre de la nacelle, Kennedy retenait les rideaux de la tente. Le ballon tourbillonnait à donner le vertige, et les voyageurs subissaient d'inquiétantes oscillations. Il se faisait de grandes cavités dans l'enveloppe de l'aérostat ; le vent s'y engouffrait avec violence, et le taffetas détonait sous sa pression. Une sorte de grêle, précédée d'un bruit tumultueux, sillonnait l'atmosphère et crépitait sur le *Victoria*. Celui-ci, cependant, continuait sa marche ascensionnelle ; les éclairs dessinaient des tangentes enflammées à sa circonférence ; il était en plein feu.

« À la garde de Dieu ! dit le docteur Fergusson ; nous sommes entre ses mains ; lui seul peut nous sauver. Préparons-nous à tout événement, même à un incendie ; notre chute peut n'être pas rapide. »

La voix du docteur parvenait à peine à l'oreille de ses compagnons ; mais ils pouvaient voir sa figure calme au

Le *Victoria* au milieu de l'orage.

milieu du sillonnement des éclairs ; il regardait les phénomènes de phosphorescence produits par le feu Saint-Elme
qui voltigeait sur le filet de l'aérostat.

Celui-ci tournoyait, tourbillonnait, mais il montait toujours ; au bout d'un quart d'heure, il avait dépassé la zone
des nuages orageux, les effluences électriques se dévelop-
paient au-dessous de lui, comme une vaste couronne de
feux d'artifices suspendus à sa nacelle.

C'était là l'un des plus beaux spectacles que la nature
pût donner à l'homme. En bas, l'orage. En haut, le ciel
étoilé, tranquille, muet, impassible, avec la lune projetant
ses paisibles rayons sur ces nuages irrités.

Le docteur Fergusson consulta le baromètre ; il donna
douze mille pieds d'élévation. Il était onze heures du soir.

« Grâce au Ciel, tout danger est passé, dit-il ; il nous
suffit de nous maintenir à cette hauteur.

— C'était effrayant ! répondit Kennedy.

— Bon, répliqua Joe, cela jette de la diversité dans le
voyage, et je ne suis pas fâché d'avoir vu un orage d'un
peu haut. C'est un joli spectacle ! »

XVII

LES MONTAGNES DE LA LUNE. — UN OCÉAN DE VERDURE.
— ON JETTE L'ANCRE. — L'ÉLÉPHANT REMORQUEUR. —
FEU NOURRI. — MORT DU PACHYDERME. — LE FOUR DE
CAMPAGNE. — REPAS SUR L'HERBE. — UNE NUIT À TERRE.

Vers six heures du matin, le lundi, le soleil s'élevait
au-dessus de l'horizon ; les nuages se dissipèrent, et un
joli vent rafraîchit ces premières lueurs matinales.

La terre, toute parfumée, reparut aux yeux des
voyageurs. Le ballon, tournant sur place au milieu des
courants opposés, avait à peine dérivé ; le docteur, laissant se contracter le gaz, descendit afin de saisir une
direction plus septentrionale. Longtemps ses recherches

furent vaines ; le vent l'entraîna dans l'ouest, jusqu'en vue des célèbres montagnes de la Lune, qui s'arrondissent en demi-cercle autour de la pointe du lac Tanganayika ; leur chaîne, peu accidentée, se détachait sur l'horizon bleuâtre ; on eût dit une fortification naturelle, infranchissable aux explorateurs du centre de l'Afrique ; quelques cônes isolés portaient la trace des neiges éternelles.

« Nous voilà, dit le docteur, dans un pays inexploré ; le capitaine Burton s'est avancé fort avant dans l'ouest ; mais il n'a pu atteindre ces montagnes célèbres ; il en a même nié l'existence, affirmée par Speke son compagnon ; il prétend qu'elles sont nées dans l'imagination de ce dernier ; pour nous, mes amis, il n'y a plus de doute possible.

— Est-ce que nous le franchirons ? demanda Kennedy.

— Non pas, s'il plaît à Dieu ; j'espère trouver un vent favorable qui me ramènera à l'équateur ; j'attendrai même, s'il le faut, et je ferai du *Victoria* comme d'un navire qui jette l'ancre par les vents contraires. »

Mais les prévisions du docteur ne devaient pas tarder à se réaliser. Après avoir essayé différentes hauteurs, le *Victoria* fila dans le nord-est avec une vitesse moyenne.

« Nous sommes dans la bonne direction, dit-il en consultant sa boussole, et à peine à deux cents pieds de terre, toutes circonstances heureuses pour reconnaître ces régions nouvelles ; le capitaine Speke, en allant à la découverte du lac Ukéréoué, remontait plus à l'est, en droite ligne au-dessus de Kazeh.

— Irons-nous longtemps de la sorte ? demanda Kennedy.

— Peut-être ; notre but est de pousser une pointe du côté des sources du Nil, et nous avons plus de six cents milles à parcourir, jusqu'à la limite extrême atteinte par les explorateurs venus du Nord.

— Et nous ne mettrons pas pied à terre, fit Joe, histoire de se dégourdir les jambes ?

— Si vraiment ; il faudra d'ailleurs ménager nos vivres, et, chemin faisant, mon brave Dick, tu nous approvisionneras de viande fraîche.

— Dès que tu le voudras, ami Samuel.

— Nous aurons aussi à renouveler notre réserve d'eau. Qui sait si nous ne serons pas entraînés vers des contrées arides ? On ne saurait donc prendre trop de précautions. »

À midi, le *Victoria* se trouvait par 29° 15' de longitude et 3° 15' de latitude. Il dépassait le village d'Uyofu, dernière limite septentrionale de l'Unyamwezi, par le travers du lac Ukéréoué, que l'on ne pouvait encore apercevoir.

Les peuplades rapprochées de l'équateur semblent être un peu plus civilisées, et sont gouvernées par des monarques absolus, dont le despotisme est sans bornes ; leur réunion la plus compacte constitue la province de Karagwah.

Il fut décidé entre les trois voyageurs qu'ils accosteraient la terre au premier emplacement favorable. On devait faire une halte prolongée, et l'aérostat serait soigneusement passé en revue ; la flamme du chalumeau fut modérée ; les ancres lancées au-dehors de la nacelle vinrent bientôt raser les hautes herbes d'une immense prairie ; d'une certaine hauteur, elle paraissait couverte d'un gazon ras, mais en réalité ce gazon avait de sept à huit pieds d'épaisseur.

Le *Victoria* effleurait ces herbes sans les courber, comme un papillon gigantesque. Pas un obstacle en vue. C'était comme un océan de verdure sans un seul brisant.

« Nous pourrons courir longtemps de la sorte, dit Kennedy ; je n'aperçois pas un arbre dont nous puissions nous approcher ; la chasse me paraît compromise.

— Attends, mon cher Dick ; tu ne pourrais pas chasser dans ces herbes plus hautes que toi ; nous finirons par trouver une place favorable. »

C'était en vérité une promenade charmante, une véritable navigation sur cette mer si verte, presque transparente, avec de douces ondulations au souffle du vent. La nacelle justifiait bien son nom, et semblait fendre des flots, à cela près qu'une volée d'oiseaux aux splendides couleurs s'échappait parfois des hautes herbes avec mille cris joyeux ; les ancres plongeaient dans ce lac de fleurs, et traçaient un sillon qui se refermait derrière elles, comme le sillage d'un vaisseau.

Tout à coup, le ballon éprouva une forte secousse ; l'ancre avait mordu sans doute une fissure de roc cachée sous ce gazon gigantesque.

« Nous sommes pris, fit Joe.

— Eh bien ! jette l'échelle », répliqua le chasseur.

Ces paroles n'étaient pas achevées, qu'un cri aigu retentit dans l'air, et les phrases suivantes, entrecoupées d'exclamations, s'échappèrent de la bouche des trois voyageurs.

« Qu'est cela ?

— Un cri singulier !

— Tiens ! nous marchons !

— L'ancre a dérapé.

— Mais non ! elle tient toujours, fit Joe, qui halait sur la corde.

— C'est le rocher qui marche ! »

Un vaste remuement se faisait dans les herbes, et bientôt une forme allongée et sinueuse s'éleva au-dessus d'elles.

« Un serpent ! fit Joe.

— Un serpent ! s'écria Kennedy en armant sa carabine.

— Eh non ! dit le docteur, c'est une trompe d'éléphant.

— Un éléphant, Samuel ! »

Et Kennedy, ce disant, épaula son arme.

« Attends, Dick, attends !

— Sans doute ! L'animal nous remorque.

— Et du bon côté, Joe, du bon côté. »

L'éléphant s'avançait avec une certaine rapidité ; il arriva bientôt à une clairière, où l'on put le voir tout entier ; à sa taille gigantesque, le docteur reconnut un mâle d'une magnifique espèce ; il portait deux défenses blanchâtres, d'une courbure admirable, et qui pouvaient avoir huit pieds de long ; les pattes de l'ancre étaient fortement prises entre elles.

L'animal essayait vainement de se débarrasser avec sa trompe de la corde qui le rattachait à la nacelle.

« En avant ! hardi ! s'écria Joe au comble de la joie, excitant de son mieux cet étrange équipage. Voilà encore une nouvelle manière de voyager ! Plus que cela de cheval ! un éléphant, s'il vous plaît.

— Mais où nous mène-t-il ? demanda Kennedy, agitant sa carabine qui lui brûlait les mains.

— Il nous mène où nous voulons aller, mon cher Dick ! Un peu de patience !

— "Wig a more ! Wig a more !" comme disent les paysans d'Écosse, s'écriait le joyeux Joe. En avant ! en avant ! »

L'animal prit un galop fort rapide ; il projetait sa trompe de droite et de gauche, et, dans ses ressauts, il donnait de violentes secousses à la nacelle. Le docteur, la hache à la main, était prêt à couper la corde s'il y avait lieu.

« Mais, dit-il, nous ne nous séparerons de notre ancre qu'au dernier moment. »

Cette course, à la suite d'un éléphant, dura près d'une heure et demie ; l'animal ne paraissait aucunement fatigué ; ces énormes pachydermes peuvent fournir des trottes considérables, et, d'un jour à l'autre, on les retrouve à des distances immenses, comme les baleines dont ils ont la masse et la rapidité.

« Au fait, disait Joe, c'est une baleine que nous avons harponnée, et nous ne faisons qu'imiter la manœuvre des baleiniers pendant leurs pêches. »

Mais un changement dans la nature du terrain obligea le docteur à modifier son moyen de locomotion.

Un bois épais de camaldores apparaissait au nord de la prairie et à trois milles environ ; il devenait dès lors nécessaire que le ballon fût séparé de son conducteur.

Kennedy fut donc chargé d'arrêter l'éléphant dans sa course ; il épaula sa carabine ; mais sa position n'était pas favorable pour atteindre l'animal avec succès ; une première balle, tirée au crâne, s'aplatit comme sur une plaque de tôle ; l'animal n'en parut aucunement troublé ;

Le *Victoria* remorqué par un éléphant.

au bruit de la décharge, son pas s'accéléra, et sa vitesse fut celle d'un cheval lancé au galop.

« Diable ! dit Kennedy.

— Quelle tête dure ! fit Joe.

— Nous allons essayer de quelques balles coniques au défaut de l'épaule », reprit Dick en chargeant sa carabine avec soin, et il fit feu.

L'animal poussa un cri terrible, et continua de plus belle.

« Voyons, dit Joe en s'armant de l'un des fusils, il faut que je vous aide, monsieur Dick, ou cela n'en finira pas. »

Et deux balles allèrent se loger dans les flancs de la bête.

L'éléphant s'arrêta, dressa sa trompe, et reprit à toute vitesse sa course vers le bois ; il secouait sa vaste tête, et le sang commençait à couler à flots de ses blessures.

« Continuons notre feu, monsieur Dick.

— Et un feu nourri, ajouta le docteur, nous ne sommes pas à vingt toises du bois ! »

Dix coups de feu retentirent encore. L'éléphant fit un bond effrayant ; la nacelle et le ballon craquèrent à faire croire que tout était brisé ; la secousse fit tomber la hache des mains du docteur sur le sol.

La situation devenait terrible alors ; le câble de l'ancre fortement assujetti ne pouvait être ni détaché, ni entamé par les couteaux des voyageurs ; le ballon approchait rapidement du bois, quand l'animal reçut une balle dans l'œil au moment où il relevait la tête ; il s'arrêta, hésita ; ses genoux plièrent ; il présenta son flanc au chasseur.

« Une balle au cœur », dit celui-ci, en déchargeant une dernière fois sa carabine.

L'éléphant poussa un rugissement de détresse et d'agonie ; il se redressa un instant en faisant tournoyer sa trompe, puis il retomba de tout son poids sur une de ses défenses qu'il brisa net. Il était mort.

« Sa défense est brisée ! s'écria Kennedy. De l'ivoire qui en Angleterre vaudrait trente-cinq guinées les cent livres !

— Tant que cela ! fit Joe, en s'affalant jusqu'à terre par la corde de l'ancre.

— À quoi servent tes regrets, mon cher Dick ? répondit le docteur Fergusson. Est-ce que nous sommes des trafiquants d'ivoire ? Sommes-nous venus ici pour faire fortune ? »

Joe visita l'ancre ; elle était solidement retenue à la défense demeurée intacte. Samuel et Dick sautèrent sur le sol, tandis que l'aérostat à demi dégonflé se balançait au-dessus du corps de l'animal.

« La magnifique bête ! s'écria Kennedy. Quelle masse ! Je n'ai jamais vu dans l'Inde un éléphant de cette taille !

— Cela n'a rien d'étonnant, mon cher Dick ; les éléphants du centre de l'Afrique sont les plus beaux. Les Anderson, les Cumming les ont tellement chassés aux environs du Cap, qu'ils émigrent vers l'équateur, où nous les rencontrerons souvent en troupes nombreuses.

— En attendant, répondit Joe, j'espère que nous goûterons un peu de celui-là ! Je m'engage à vous procurer un repas succulent aux dépens de cet animal. M. Kennedy va chasser pendant une heure ou deux, M. Samuel va passer l'inspection du *Victoria*, et, pendant ce temps, je vais faire la cuisine.

— Voilà qui est bien ordonné, répondit le docteur. Fais à ta guise.

— Pour moi, dit le chasseur, je vais prendre les deux heures de liberté que Joe a daigné m'octroyer.

— Va, mon ami ; mais pas d'imprudence. Ne t'éloigne pas.

— Sois tranquille. »

Et Dick, armé de son fusil, s'enfonça dans le bois.

Alors Joe s'occupa de ses fonctions. Il fit d'abord dans la terre un trou profond de deux pieds ; il le remplit de branches sèches qui couvraient le sol, et provenaient des trouées faites dans le bois par les éléphants dont on voyait les traces. Le trou rempli, il entassa au-dessus un bûcher haut de deux pieds, et il y mit le feu.

Ensuite il retourna vers le cadavre de l'éléphant, tombé à dix toises du bois à peine ; il détacha adroitement la trompe qui mesurait près de deux pieds de largeur à sa naissance ; il en choisit la partie la plus délicate, et y joignit un des pieds spongieux de l'animal ; ce sont en effet les morceaux par excellence, comme la bosse du bison, la patte de l'ours ou la hure du sanglier.

Lorsque le bûcher fut entièrement consumé à l'intérieur et à l'extérieur, le trou, débarrassé des cendres et des charbons, offrit une température très élevée ; les morceaux de l'éléphant, entourés de feuilles aromatiques, furent déposés au fond de ce four improvisé, et recouverts de cendres chaudes ; puis, Joe éleva un second bûcher sur le tout, et quand le bois fut consumé, la viande était cuite à point.

Alors Joe retira le dîner de la fournaise ; il déposa cette viande appétissante sur des feuilles vertes, et disposa son repas au milieu d'une magnifique pelouse ; il apporta des biscuits, de l'eau-de-vie, du café, et puisa une eau fraîche et limpide à un ruisseau voisin.

Ce festin ainsi dressé faisait plaisir à voir, et Joe pensait, sans être trop fier, qu'il ferait encore plus de plaisir à manger.

« Un voyage sans fatigue et sans danger ! répétait-il. Un repas à ses heures ! un hamac perpétuel ! qu'est-ce que l'on peut demander de plus ? Et ce bon M. Kennedy qui ne voulait pas venir ! »

De son côté, le docteur Fergusson se livrait à un examen sérieux de l'aérostat. Celui-ci ne paraissait pas avoir souffert de la tourmente ; le taffetas et la gutta-percha avaient merveilleusement résisté ; en prenant la hauteur actuelle du sol, et en calculant la force ascensionnelle du ballon, il vit avec satisfaction que l'hydrogène était en même quantité ; l'enveloppe jusque-là demeurait entièrement imperméable.

Depuis cinq jours seulement, les voyageurs avaient quitté Zanzibar ; le pemmican n'était pas encore entamé ; les provisions de biscuit et de viande conservée suffisaient pour un long voyage ; il n'y eut donc que la réserve d'eau à renouveler.

Les tuyaux et le serpentin paraissaient être en parfait

état ; grâce à leurs articulations de caoutchouc, ils s'étaient prêtés à toutes les oscillations de l'aérostat.

Son examen terminé, le docteur s'occupa de mettre ses notes en ordre. Il fit une esquisse très réussie de la campagne environnante, avec la longue prairie à perte de vue, la forêt de camaldores, et le ballon immobile sur le corps du monstrueux éléphant.

Au bout de ses deux heures, Kennedy revenait avec un chapelet de perdrix grasses, et un cuissot d'oryx, sorte de gemsbok, appartenant à l'espèce la plus agile des antilopes. Joe se chargea de préparer ce surcroît de provisions.

« Le dîner est servi », s'écria-t-il bientôt de sa plus belle voix.

Et les trois voyageurs n'eurent qu'à s'asseoir sur la pelouse verte ; les pieds et la trompe d'éléphant furent déclarés exquis ; on but à l'Angleterre comme toujours, et de délicieux havanes parfumèrent pour la première fois cette contrée charmante.

Kennedy mangeait, buvait et causait comme quatre ; il était enivré ; il proposa sérieusement à son ami le docteur de s'établir dans cette forêt, d'y construire une cabane de feuillage, et d'y commencer la dynastie des Robinsons africains.

La proposition n'eut pas autrement de suite, bien que Joe se fût proposé pour remplir le rôle de Vendredi.

La campagne semblait si tranquille, si déserte, que le docteur résolut de passer la nuit à terre. Joe dressa un cercle de feux, barricade indispensable contre les bêtes féroces ; les hyènes, les couguars, les chacals, attirés par l'odeur de la chair d'éléphant, rôdèrent aux alentours. Kennedy dut à plusieurs reprises décharger sa carabine sur des visiteurs trop audacieux ; mais enfin la nuit s'acheva sans incident fâcheux.

XVIII

LE KARAGWAH. — LE LAC UKÉRÉOUÉ. — UNE NUIT DANS
UNE ÎLE. — L'ÉQUATEUR. — TRAVERSÉE DU LAC. — LES
CASCADES. — VUE DU PAYS. — LES SOURCES DU NIL. —
L'ÎLE BENGA. — LA SIGNATURE D'ANDREA DEBONO. —
LE PAVILLON AUX ARMES D'ANGLETERRE.

Le lendemain, dès cinq heures, commençaient les préparatifs du départ. Joe, avec la hache qu'il avait heureusement retrouvée, brisa les défenses de l'éléphant. Le
Victoria, rendu à la liberté, entraîna les voyageurs vers le
nord-est avec une vitesse de dix-huit milles.

Le docteur avait soigneusement relevé sa position par
la hauteur des étoiles pendant la soirée précédente. Il était
par 2° 40' de latitude au-dessous de l'équateur, soit à cent
soixante milles géographiques ; il traversa de nombreux
villages sans se préoccuper des cris provoqués par son
apparition ; il prit note de la conformation des lieux avec
des vues sommaires ; il franchit les rampes du Rubemhé,
presque aussi roides que les sommets de l'Ousagara, et
rencontra plus tard, à Tenga, les premiers ressauts des
chaînes de Karagwah, qui, selon lui, dérivent nécessairement des montagnes de la Lune. Or, la légende ancienne
qui faisait de ces montagnes le berceau du Nil s'approchait de la vérité, puisqu'elles confinent au lac Ukéréoué,
réservoir présumé des eaux du grand fleuve.

De Kafuro, grand district des marchands du pays, il
aperçut enfin à l'horizon ce lac tant cherché, que le capitaine Speke entrevit le 3 août 1858.

Samuel Fergusson se sentait ému ; il touchait presque
à l'un des points principaux de son exploration, et, la
lunette à l'œil, il ne perdait pas un coin de cette contrée
mystérieuse que son regard détaillait ainsi :

Au-dessous de lui, une terre généralement effritée ; à
peine quelques ravins cultivés ; le terrain, parsemé de
cônes d'une altitude moyenne, se faisait plat aux
approches du lac ; les champs d'orge remplaçaient les

Le croquis du docteur Fergusson.

rizières ; là croissaient ce plantain d'où se tire le vin du pays, et le « mwani », plante sauvage qui sert de café. La réunion d'une cinquantaine de huttes circulaires, recouvertes d'un chaume en fleur, constituait la capitale du Karagwah.

On apercevait facilement les figures ébahies d'une race assez belle, au teint jaune brun. Des femmes d'une corpulence invraisemblable se traînaient dans les plantations, et le docteur étonna bien ses compagnons en leur apprenant que cet embonpoint, très apprécié, s'obtenait par un régime obligatoire de lait caillé.

À midi, le *Victoria* se trouvait par 1° 45' de latitude australe ; à une heure, le vent le poussait sur le lac.

Ce lac a été nommé Nyanza[1] Victoria par le capitaine Speke. En cet endroit, il pouvait mesurer quatre-vingt-dix milles de largeur ; à son extrémité méridionale, le capitaine trouva un groupe d'îles, qu'il nomma archipel du Bengale. Il poussa sa reconnaissance jusqu'à Muanza, sur la côte de l'est, où il fut bien reçu par le sultan. Il fit la triangulation de cette partie du lac, mais il ne put se procurer une barque, ni pour le traverser, ni pour visiter la grande île d'Ukéréoué ; cette île, très populeuse, est gouvernée par trois sultans, et ne forme qu'une presqu'île à marée basse.

Le *Victoria* abordait le lac plus au nord, au grand regret du docteur, qui aurait voulu en déterminer les contours inférieurs. Les bords, hérissés de buissons épineux et de broussailles enchevêtrées, disparaissaient littéralement sous des myriades de moustiques d'un brun clair ; ce pays devait être inhabitable et inhabité ; on voyait des troupes d'hippopotames se vautrer dans des forêts de roseaux, ou s'enfuir sous les eaux blanchâtres du lac.

Celui-ci, vu de haut, offrait vers l'ouest un horizon si large qu'on eût dit une mer ; la distance est assez grande entre les deux rives pour que des communications ne puissent s'établir ; d'ailleurs les tempêtes y sont fortes et

---

1. Nyanza signifie lac.

fréquentes, car les vents font rage dans ce bassin élevé et découvert.

Le docteur eut de la peine à se diriger ; il craignait d'être entraîné vers l'est ; mais heureusement un courant le porta directement au nord, et, à six heures du soir, le *Victoria* s'établit dans une petite île déserte, par 0° 30' de latitude, et 32° 52' de longitude à vingt milles de la côte.

Les voyageurs purent s'accrocher à un arbre, et, le vent s'étant calmé vers le soir, ils demeurèrent tranquillement sur leur ancre. On ne pouvait songer à prendre terre ; ici, comme sur les bords du Nyanza, des légions de moustiques couvraient le sol d'un nuage épais. Joe même revint de l'arbre couvert de piqûres ; mais il ne se fâcha pas, tant il trouvait cela naturel de la part des moustiques.

Néanmoins, le docteur, moins optimiste, fila le plus de corde qu'il put, afin d'échapper à ces impitoyables insectes qui s'élevaient avec un murmure inquiétant.

Le docteur reconnut la hauteur du lac au-dessus du niveau de la mer, telle que l'avait déterminée le capitaine Speke, soit trois mille sept cent cinquante pieds.

« Nous voici donc dans une île ! dit Joe, qui se grattait à se rompre les poignets.

— Nous en aurions vite fait le tour, répondit le chasseur, et, sauf ces aimables insectes, on n'y aperçoit pas un être vivant.

— Les îles dont le lac est parsemé, répondit le docteur Fergusson, ne sont, à vrai dire, que des sommets de collines immergées ; mais nous sommes heureux d'y avoir rencontré un abri, car les rives du lac sont habitées par des tribus féroces. Dormez donc, puisque le ciel nous prépare une nuit tranquille.

— Est-ce que tu n'en feras pas autant, Samuel ?

— Non ; je ne pourrais fermer l'œil. Mes pensées chasseraient tout sommeil. Demain, mes amis, si le vent est favorable, nous marcherons droit au nord, et nous découvrirons peut-être les sources du Nil, ce secret demeuré impénétrable. Si près des sources du grand fleuve, je ne saurais dormir. »

Kennedy et Joe, que les préoccupations scientifiques ne

troublaient pas à ce point, ne tardèrent pas à s'endormir profondément sous la garde du docteur.

Le mercredi 23 avril, le *Victoria* appareillait à quatre heures du matin par un ciel grisâtre ; la nuit quittait difficilement les eaux du lac, qu'un épais brouillard enveloppait, mais bientôt un vent violent dissipa toute cette brume. Le *Victoria* fut balancé pendant quelques minutes en sens divers et enfin remonta directement vers le nord.

Le docteur Fergusson frappa des mains avec joie.

« Nous sommes en bon chemin ! s'écria-t-il. Aujourd'hui ou jamais nous verrons le Nil ! Mes amis, voici que nous franchissons l'équateur ! nous entrons dans notre hémisphère !

— Oh ! fit Joe ; vous pensez, mon maître, que l'équateur passe par ici ?

— Ici même, mon brave garçon !

— Eh bien ! sauf votre respect, il me paraît convenable de l'arroser sans perdre de temps.

— Va pour un verre de grog ! répondit le docteur en riant ; tu as une manière d'entendre la cosmographie qui n'est point sotte. »

Et voilà comment fut célébré le passage de la ligne à bord du *Victoria*.

Celui-ci filait rapidement. On apercevait dans l'ouest la côte basse et peu accidentée ; au fond, les plateaux plus élevés de l'Uganda et de l'Usoga. La vitesse du vent devenait excessive : près de trente milles à l'heure.

Les eaux du Nyanza, soulevées avec violence, écumaient comme les vagues d'une mer. À certaines lames de fond qui se balançaient longtemps après les accalmies, le docteur reconnut que le lac devait avoir une grande profondeur. À peine une ou deux barques grossières furent-elles entrevues pendant cette rapide traversée.

« Ce lac, dit le docteur, est évidemment, par sa position élevée, le réservoir naturel des fleuves de la partie orientale d'Afrique ; le ciel lui rend en pluie ce qu'il enlève en vapeurs à ses effluents. Il me paraît certain que le Nil doit y prendre sa source.

— Nous verrons bien », répliqua Kennedy.

Vers neuf heures, la côte ouest se rapprocha ; elle paraissait déserte et boisée. Le vent s'éleva un peu vers l'est, et l'on put entrevoir l'autre rive du lac. Elle se courbait de manière à se terminer par un angle très ouvert, vers 2° 40' de latitude septentrionale. De hautes montagnes dressaient leurs pics arides à cette extrémité du Nyanza ; mais entre elles une gorge profonde et sinueuse livrait passage à une rivière bouillonnante.

Tout en manœuvrant son aérostat, le docteur Fergusson examinait le pays d'un regard avide.

« Voyez ! s'écria-t-il, voyez, mes amis ! les récits des Arabes étaient exacts ! Ils parlaient d'un fleuve par lequel le lac Ukéréoué se déchargeait vers le nord, et ce fleuve existe, et nous le descendons, et il coule avec une rapidité comparable à notre propre vitesse ! Et cette goutte d'eau qui s'enfuit sous nos pieds va certainement se confondre avec les flots de la Méditerranée ! C'est le Nil !

— C'est le Nil ! répéta Kennedy, qui se laissait prendre à l'enthousiasme de Samuel Fergusson.

— Vive le Nil ! » dit Joe, qui s'écriait volontiers vive quelque chose quand il était en joie.

Des rochers énormes embarrassaient çà et là le cours de cette mystérieuse rivière. L'eau écumait ; il se faisait des rapides et des cataractes qui confirmaient le docteur dans ses prévisions. Des montagnes environnantes se déversaient de nombreux torrents, écumants dans leur chute ; l'œil les comptait par centaines. On voyait sourdre du sol de minces filets d'eau éparpillés, se croisant, se confondant, luttant de vitesse, et tous couraient à cette rivière naissante, qui se faisait fleuve après les avoir absorbés.

« Voilà bien le Nil, répéta le docteur avec conviction. L'origine de son nom a passionné les savants comme l'origine de ses eaux ; on l'a fait venir du grec, du cophte, du sanscrit [1] ; peu importe, après tout, puisqu'il a dû livrer enfin le secret de ses sources !

---

1. Un savant byzantin voyait dans Neilos un nom arithmétique. N représentait 50, E 5, I 10, L 30, O 70, S 200 : ce qui fait le nombre des jours de l'année.

— Mais, dit le chasseur, comment s'assurer de l'identité de cette rivière et de celle que les voyageurs du nord ont reconnue ?

— Nous aurons des preuves certaines, irrécusables, infaillibles, répondit Fergusson, si le vent nous favorise une heure encore. »

Les montagnes se séparaient, faisant place à des villages nombreux, à des champs cultivés de sésame, de dourrah, de cannes à sucre. Les tribus de ces contrées se montraient agitées, hostiles ; elles semblaient plus près de la colère que de l'adoration ; elles pressentaient des étrangers, et non des dieux. Il semblait qu'en remontant aux sources du Nil on vînt leur voler quelque chose. Le *Victoria* dut se tenir hors de la portée des mousquets.

« Aborder ici sera difficile, dit l'Écossais.

— Eh bien ! répliqua Joe, tant pis pour ces indigènes ; nous les priverons du charme de notre conversation.

— Il faut pourtant que je descende, répondit le docteur Fergusson, ne fût-ce qu'un quart d'heure. Sans cela, je ne puis constater les résultats de notre exploration.

— C'est donc indispensable, Samuel ?

— Indispensable, et nous descendrons, quand même nous devrions faire le coup de fusil !

— La chose me va, répondit Kennedy en caressant sa carabine.

— Quand vous voudrez, mon maître, dit Joe en se préparant au combat.

— Ce ne sera pas la première fois, répondit le docteur, que l'on aura fait de la science les armes à la main ; pareille chose est arrivée à un savant français, dans les montagnes d'Espagne, quand il mesurait le méridien terrestre.

— Sois tranquille, Samuel, et fie-toi à tes deux gardes du corps.

— Y sommes-nous, monsieur ?

— Pas encore. Nous allons même nous élever pour saisir la configuration exacte du pays. »

L'hydrogène se dilata, et, en moins de dix minutes, le *Victoria* planait à une hauteur de deux mille cinq cents pieds au-dessus du sol.

On distinguait de là un inextricable réseau de rivières que le fleuve recevait dans son lit ; il en venait davantage de l'ouest, entre les collines nombreuses, au milieu de campagnes fertiles.

« Nous ne sommes pas à quatre-vingt-dix milles de Gondokoro, dit le docteur en pointant sa carte, et à moins de cinq milles du point atteint par les explorateurs venus du nord. Rapprochons-nous de terre avec précaution. »

Le *Victoria* s'abaissa de plus de deux mille pieds.

« Maintenant, mes amis, soyez prêts à tout hasard.

— Nous sommes prêts, répondirent Dick et Joe.

— Bien ! »

Le *Victoria* marcha bientôt en suivant le lit du fleuve, et à cent pieds à peine. Le Nil mesurait cinquante toises en cet endroit, et les indigènes s'agitaient tumultueusement dans les villages qui bordaient ses rives. Au deuxième degré, il forme une cascade à pic de dix pieds de hauteur environ, et par conséquent infranchissable.

« Voilà bien la cascade indiquée par M. Debono », s'écria le docteur.

Le bassin du fleuve s'élargissait, parsemé d'îles nombreuses que Samuel Fergusson dévorait du regard ; il semblait chercher un point de repère qu'il n'apercevait pas encore.

Quelques Nègres s'étant avancés dans une barque au-dessous du ballon, Kennedy les salua d'un coup de fusil, qui, sans les atteindre, les obligea à regagner la rive au plus vite.

« Bon voyage ! leur souhaita Joe ; à leur place, je ne me hasarderais pas à revenir ! j'aurais singulièrement peur d'un monstre qui lance la foudre à volonté. »

Mais voici que le docteur Fergusson saisit soudain sa lunette et la braqua vers une île couchée au milieu du fleuve.

La dernière cataracte du Nil.

« Quatre arbres ! s'écria-t-il ; voyez, là-bas ! »

En effet, quatre arbres isolés s'élevaient à son extrémité.

« C'est l'île de Benga ! c'est bien elle ! ajouta-t-il.

— Eh bien, après ? demanda Dick.

— C'est là que nous descendrons, s'il plaît à Dieu !

— Mais elle paraît habitée, monsieur Samuel !

— Joe a raison ; si je ne me trompe, voilà un rassemblement d'une vingtaine d'indigènes.

— Nous les mettrons en fuite ; cela ne sera pas difficile, répondit Fergusson.

— Va comme il est dit », répliqua le chasseur.

Le soleil était au zénith. Le *Victoria* se rapprocha de l'île.

Les Nègres, appartenant à la tribu de Makado, poussèrent des cris énergiques. L'un d'eux agitait en l'air son chapeau d'écorce. Kennedy le prit pour point de mire, fit feu, et le chapeau vola en éclats.

Ce fut une déroute générale. Les indigènes se précipitèrent dans le fleuve et le traversèrent à la nage ; des deux rives, il vint une grêle de balles et une pluie de flèches, mais sans danger pour l'aérostat dont l'ancre avait mordu une fissure de roc. Joe se laissa couler à terre.

« L'échelle ! s'écria le docteur. Suis-moi, Kennedy.

— Que veux-tu faire ?

— Descendons ; il me faut un témoin.

— Me voici.

— Joe, fais bonne garde.

— Soyez tranquille, monsieur, je réponds de tout.

— Viens, Dick ! » dit le docteur en mettant pied à terre.

Il entraîna son compagnon vers un groupe de rochers qui se dressaient à la pointe de l'île ; là, il chercha quelque temps, fureta dans les broussailles, et se mit les mains en sang.

Tout d'un coup, il saisit vivement le bras du chasseur.

Vue de l'île Benga.

« Regarde, dit-il.

— Des lettres ! » s'écria Kennedy.

En effet, deux lettres gravées sur le roc apparaissaient dans toute leur netteté. On lisait distinctement :

A. D.

« A. D., reprit le docteur Fergusson ! Andrea Debono ! La signature même du voyageur qui a remonté le plus avant le cours du Nil !

— Voilà qui est irrécusable, ami Samuel.

— Es-tu convaincu maintenant ?

— C'est le Nil ! nous n'en pouvons douter. »

Le docteur regarda une dernière fois ces précieuses initiales, dont il prit exactement la forme et les dimensions.

« Et maintenant, dit-il, au ballon !

— Vite alors, car voici quelques indigènes qui se préparent à repasser le fleuve.

— Peu nous importe maintenant ! Que le vent nous pousse dans le nord pendant quelques heures, nous atteindrons Gondokoro, et nous presserons la main de nos compatriotes ! »

Dix minutes après, le *Victoria* s'enlevait majestueusement, pendant que le docteur Fergusson, en signe de succès, déployait le pavillon aux armes d'Angleterre.

XIX

LE NIL. — LA MONTAGNE TREMBLANTE. — SOUVENIR DU
PAYS. — LES RÉCITS DES ARABES. — LES NYAM-NYAM. —
RÉFLEXIONS SENSÉES DE JOE. — LE « VICTORIA » COURT
DES BORDÉES. — LES ASCENSIONS AÉROSTATIQUES. —
MADAME BLANCHARD.

« Quelle est notre direction ? demanda Kennedy en
voyant son ami consulter la boussole.

— Nord-nord-ouest.

— Diable ! mais ce n'est pas le nord, cela !

— Non, Dick, et je crois que nous aurons de la peine
à gagner Gondokoro ; je le regrette, mais enfin nous
avons relié les explorations de l'est à celles du nord ; il
ne faut pas se plaindre. »

Le *Victoria* s'éloignait peu à peu du Nil.

« Un dernier regard, fit le docteur, à cette infranchissable latitude que les plus intrépides voyageurs n'ont
jamais pu dépasser ! Voilà bien ces intraitables tribus
signalées par MM. Petherick, d'Arnaud, Miani, et ce
jeune voyageur, M. Lejean, auquel nous sommes rede-
vables des meilleurs travaux sur le haut Nil.

— Ainsi, demanda Kennedy, nos découvertes sont
d'accord avec les pressentiments de la science ?

— Tout à fait d'accord. Les sources du fleuve Blanc,
du Bahr-el-Abiad, sont immergées dans un lac grand
comme une mer ; c'est là qu'il prend naissance ; la poésie
y perdra sans doute ; on aimait à supposer à ce roi des
fleuves une origine céleste ; les anciens l'appelaient du
nom d'Océan, et l'on n'était pas éloigné de croire qu'il
découlait directement du soleil ! Mais il faut en rabattre
et accepter de temps en temps ce que la science nous
enseigne ; il n'y aura peut-être pas toujours des savants,
il y aura toujours des poètes.

— On aperçoit encore des cataractes, dit Joe.

— Ce sont les cataractes de Makedo, par trois degrés

de latitude. Rien n'est plus exact ! Que n'avons-nous pu suivre pendant quelques heures le cours du Nil !

— Et là-bas, devant nous, dit le chasseur, j'aperçois le sommet d'une montagne.

— C'est le mont Logwek, la montagne tremblante des Arabes ; toute cette contrée a été visitée par M. Debono, qui la parcourait sous le nom de Latif Effendi. Les tribus voisines du Nil sont ennemies et se font une guerre d'extermination. Vous jugez sans peine des périls qu'il a dû affronter. »

Le vent portait alors le *Victoria* vers le nord-ouest. Pour éviter le mont Logwek, il fallut chercher un courant plus incliné.

« Mes amis, dit le docteur à ses deux compagnons, voici que nous commençons véritablement notre traversée africaine. Jusqu'ici nous avons surtout suivi les traces de nos devanciers. Nous allons nous lancer dans l'inconnu désormais. Le courage ne nous fera pas défaut ?

— Jamais, s'écrièrent d'une seule voix Dick et Joe.

— En route donc, et que le Ciel nous soit en aide ! »

À dix heures du soir, par-dessus des ravins, des forêts, des villages dispersés, les voyageurs arrivaient au flanc de la montagne tremblante, dont ils longeaient les rampes adoucies.

En cette mémorable journée du 23 avril, pendant une marche de quinze heures, ils avaient, sous l'impulsion d'un vent rapide, parcouru une distance de plus de trois cent quinze milles [1].

Mais cette dernière partie du voyage les avait laissés sous une impression triste. Un silence complet régnait dans la nacelle. Le docteur Ferguson était-il absorbé par ses découvertes ? Ses deux compagnons songeaient-ils à cette traversée au milieu de régions inconnues ? Il y avait de tout cela, sans doute, mêlé à de plus vifs souvenirs de l'Angleterre et des amis éloignés. Joe seul montrait une insouciante philosophie, trouvant tout naturel que la patrie ne fût pas là du moment qu'elle était absente ; mais il respecta le silence de Samuel Ferguson et de Dick Kennedy.

À dix heures du soir, le *Victoria* « mouillait » par le travers de la montagne tremblante [2], on prit un repas substantiel, et tous s'endormirent successivement sous la garde de chacun.

Le lendemain, des idées plus sereines revinrent au réveil ; il faisait un joli temps, et le vent soufflait du bon côté ; un déjeuner, fort égayé par Joe, acheva de remettre les esprits en belle humeur.

La contrée parcourue en ce moment est immense ; elle confine aux montagnes de la Lune et aux montagnes du Darfour ; quelque chose de grand comme l'Europe.

« Nous traversons, sans doute, dit le docteur, ce que

---

1. Plus de cent vingt-cinq lieues.   **2.** La tradition rapporte qu'elle tremble dès qu'un musulman y pose le pied.

l'on suppose être le royaume d'Usoga ; des géographes ont prétendu qu'il existait au centre de l'Afrique une vaste dépression, un immense lac central. Nous verrons si ce système a quelque apparence de vérité.

— Mais comment a-t-on pu faire cette supposition ? demanda Kennedy.

— Par les récits des Arabes. Ces gens-là sont très conteurs, trop conteurs peut-être. Quelques voyageurs, arrivés à Kazeh ou aux Grands Lacs, ont vu des esclaves venus des contrées centrales, ils les ont interrogés sur leur pays, ils ont réuni un faisceau de ces documents divers, et en ont déduit des systèmes. Au fond de tout cela, il y a toujours quelque chose de vrai, et, tu le vois, on ne se trompait pas sur l'origine du Nil.

— Rien de plus juste, répondit Kennedy.

— C'est au moyen de ces documents que des essais de cartes ont été tentés. Aussi vais-je suivre notre route sur l'une d'elles, et la rectifier au besoin.

— Est-ce que toute cette région est habitée ? demanda Joe.

— Sans doute, et mal habitée.

— Je m'en doutais.

— Ces tribus éparses sont comprises sous la dénomination générale de Nyam-Nyam, et ce nom n'est autre chose qu'une onomatopée ; il reproduit le bruit de la mastication.

— Parfait, dit Joe ; nyam ! nyam !

— Mon brave Joe, si tu étais la cause immédiate de cette onomatopée, tu ne trouverais pas cela parfait.

— Que voulez-vous dire ?

— Que ces peuplades sont considérées comme anthropophages.

— Cela est-il certain ?

— Très certain ; on avait aussi prétendu que ces indigènes étaient pourvus d'une queue comme de simples quadrupèdes ; mais on a bientôt reconnu que cet appendice appartenait aux peaux de bête dont ils sont revêtus.

— Tant pis ! une queue est fort agréable pour chasser les moustiques.

— C'est possible, Joe ; mais il faut reléguer cela au rang des fables, tout comme les têtes de chiens que le voyageur Brun-Rollet attribuait à certaines peuplades.

— Des têtes de chiens ? Commode pour aboyer et même pour être anthropophage !

— Ce qui est malheureusement avéré, c'est la férocité de ces peuples, très avides de la chair humaine qu'ils recherchent avec passion.

— Je demande, dit Joe, qu'ils ne se passionnent pas trop pour mon individu.

— Voyez-vous cela ! dit le chasseur.

— C'est ainsi, monsieur Dick. Si jamais je dois être mangé dans un moment de disette, je veux que ce soit à votre profit et à celui de mon maître ! Mais nourrir ces moricauds, fi donc ! j'en mourrais de honte !

— Eh bien ! mon brave Joe, fit Kennedy, voilà qui est entendu, nous comptons sur toi à l'occasion.

— À votre service, messieurs.

— Joe parle de la sorte, répliqua le docteur, pour que nous prenions soin de lui, en l'engraissant bien.

— Peut-être ! répondit Joe ; l'homme est un animal si égoïste ! »

Dans l'après-midi, le ciel se couvrit d'un brouillard chaud qui suintait du sol ; l'embrun permettait à peine de distinguer les objets terrestres ; aussi, craignant de se heurter contre quelque pic imprévu, le docteur donna vers cinq heures le signal d'arrêt.

La nuit se passa sans accident, mais il avait fallu redoubler de vigilance par cette profonde obscurité.

La mousson souffla avec une violence extrême pendant la matinée du lendemain ; le vent s'engouffrait dans les cavités inférieures du ballon ; il agitait violemment l'appendice par lequel pénétraient les tuyaux de dilatation ; on dut les assujettir par des cordes, manœuvre dont Joe s'acquitta fort adroitement.

Il constata en même temps que l'orifice de l'aérostat demeurait hermétiquement fermé.

« Ceci a une double importance pour nous, dit le docteur Fergusson ; nous évitons d'abord la déperdition d'un gaz précieux ; ensuite, nous ne laissons point autour de nous une traînée inflammable, à laquelle nous finirions par mettre le feu.

— Ce serait un fâcheux incident de voyage, dit Joe.

— Est-ce que nous serions précipités à terre ? demanda Dick.

— Précipités, non ! Le gaz brûlerait tranquillement, et nous descendrions peu à peu. Pareil accident est arrivé à une aéronaute française, madame Blanchard ; elle mit le feu à son ballon en lançant des pièces d'artifice, mais elle ne tomba pas, et elle ne se serait pas tuée, sans doute, si sa nacelle ne se fût heurtée à une cheminée, d'où elle fut jetée à terre.

— Espérons que rien de semblable ne nous arrivera, dit le chasseur ; jusqu'ici notre traversée ne me paraît pas dangereuse, et je ne vois pas de raison qui nous empêche d'arriver à notre but.

— Je n'en vois pas non plus, mon cher Dick ; les accidents, d'ailleurs, ont toujours été causés par l'imprudence des aéronautes ou par la mauvaise construction de leurs appareils. Cependant, sur plusieurs milliers d'ascensions aérostatiques, on ne compte pas vingt accidents ayant causé la mort. En général, ce sont les atterrissements et les départs qui offrent le plus de dangers. Aussi, en pareil cas, ne devons-nous négliger aucune précaution.

— Voici l'heure du déjeuner, dit Joe ; nous nous contenterons de viande conservée et de café, jusqu'à ce que M. Kennedy ait trouvé moyen de nous régaler d'un bon morceau de venaison. »

XX

LA BOUTEILLE CÉLESTE. — LES FIGUIERS-PALMIERS. —
LES «MAMMOTH TREES». — L'ARBRE DE GUERRE. —
L'ATTELAGE AILÉ. — COMBATS DE DEUX PEUPLADES. —
MASSACRE. — INTERVENTION DIVINE.

Le vent devenait violent et irrégulier. Le *Victoria* courait de véritables bordées dans les airs. Rejeté tantôt dans
le nord, tantôt dans le sud, il ne pouvait rencontrer un
souffle constant.

« Nous marchons très vite sans avancer beaucoup, dit
Kennedy, en remarquant les fréquentes oscillations de
l'aiguille aimantée.

— Le *Victoria* file avec une vitesse d'au moins trente
lieues à l'heure, dit Samuel Fergusson. Penchez-vous, et
voyez comme la campagne disparaît rapidement sous nos
pieds. Tenez ! cette forêt a l'air de se précipiter au-devant
de nous !

— La forêt est déjà devenue une clairière, répondit le
chasseur.

— Et la clairière un village, riposta Joe, quelques instants plus tard. Voilà-t-il des faces de Nègres assez ébahies !

— C'est bien naturel, répondit le docteur. Les paysans
de France, à la première apparition des ballons, ont tiré
dessus, les prenant pour des monstres aériens ; il est donc
permis à un Nègre du Soudan d'ouvrir de grands yeux.

— Ma foi ! dit Joe, pendant que le *Victoria* rasait un
village à cent pieds du sol, je m'en vais leur jeter une
bouteille vide, avec votre permission, mon maître ; si elle
arrive saine et sauve, ils l'adoreront ; si elle se casse, ils
se feront des talismans avec les morceaux ! »

Et, ce disant, il lança une bouteille, qui ne manqua pas
de se briser en mille pièces, tandis que les indigènes se
précipitaient dans leurs huttes rondes, en poussant de
grands cris.

Un peu plus loin, Kennedy s'écria :

« Regardez donc cet arbre singulier ! il est d'une espèce par en haut, et d'une autre par en bas.

— Bon ! fit Joe ; voilà un pays où les arbres poussent les uns sur les autres.

— C'est tout simplement un tronc de figuier, répondit le docteur, sur lequel il s'est répandu un peu de terre végétale. Le vent un beau jour y a jeté une graine de palmier, et le palmier a poussé comme en plein champ.

— Une fameuse mode, dit Joe, et que j'importerai en Angleterre ; cela fera bien dans les parcs de Londres ; sans compter que ce serait un moyen de multiplier les arbres à fruit ; on aurait des jardins en hauteur ; voilà qui sera goûté de tous les petits propriétaires. »

En ce moment, il fallut élever le *Victoria* pour franchir une forêt d'arbres hauts de plus de trois cents pieds, sortes de banians séculaires.

« Voilà de magnifiques arbres, s'écria Kennedy ; je ne connais rien de beau comme l'aspect de ces vénérables forêts. Vois donc, Samuel.

— La hauteur de ces banians est vraiment merveilleuse, mon cher Dick ; et cependant elle n'aurait rien d'étonnant dans les forêts du Nouveau Monde.

— Comment ! il existe des arbres plus élevés ?

— Sans doute, parmi ceux que nous appelons les "mammoth trees". Ainsi, en Californie, on a trouvé un cèdre élevé de quatre cent cinquante pieds, hauteur qui dépasse la tour du Parlement, et même la grande pyramide d'Égypte. La base avait cent vingt pieds de tour, et les couches concentriques de son bois lui donnaient plus de quatre mille ans d'existence.

— Eh ! monsieur, cela n'a rien d'étonnant alors ! Quand on vit quatre mille ans, quoi de plus naturel que d'avoir une belle taille ? »

Mais, pendant l'histoire du docteur et la réponse de Joe, la forêt avait déjà fait place à une grande réunion de huttes circulairement disposées autour d'une place. Au milieu croissait un arbre unique, et Joe de s'écrier à sa vue :

« Eh bien ! s'il y a quatre mille ans que celui-là produit de pareilles fleurs, je ne lui en fais pas mon compliment. »

Et il montrait un sycomore gigantesque dont le tronc disparaissait en entier sous un amas d'ossements humains. Les fleurs dont parlait Joe étaient des têtes fraîchement coupées, suspendues à des poignards fixés dans l'écorce.

« L'arbre de guerre des cannibales ! dit le docteur. Les Indiens enlèvent la peau du crâne, les Africains la tête entière.

— Affaire de mode », dit Joe.

Mais déjà le village aux têtes sanglantes disparaissait à l'horizon ; un autre plus loin offrait un spectacle non moins repoussant ; des cadavres à demi dévorés, des squelettes tombant en poussière, des membres humains épars çà et là, étaient laissés en pâture aux hyènes et aux chacals.

L'arbre des cannibales.

« Ce sont sans doute les corps des criminels ; ainsi que cela se pratique dans l'Abyssinie, on les expose aux bêtes féroces, qui achèvent de les dévorer à leur aise, après les avoir étranglés d'un coup de dent.

— Ce n'est pas beaucoup plus cruel que la potence, dit l'Écossais. C'est plus sale, voilà tout.

— Dans les régions du sud de l'Afrique, reprit le docteur, on se contente de renfermer le criminel dans sa propre hutte, avec ses bestiaux, et peut-être sa famille ; on y met le feu, et tout brûle en même temps. J'appelle cela de la cruauté, mais j'avoue avec Kennedy que, si la potence est moins cruelle, elle est aussi barbare. »

Joe, avec l'excellente vue dont il se servait si bien, signala quelques bandes d'oiseaux carnassiers qui planaient à l'horizon.

« Ce sont des aigles, s'écria Kennedy, après les avoir reconnus avec la lunette, de magnifiques oiseaux dont le vol est aussi rapide que le nôtre.

— Le Ciel nous préserve de leurs attaques ! dit le docteur ; ils sont plus à craindre pour nous que les bêtes féroces ou les tribus sauvages.

— Bah ! répondit le chasseur, nous les écarterions à coups de fusil.

— J'aime autant, mon cher Dick, ne pas recourir à ton adresse ; le taffetas de notre ballon ne résisterait pas à un de leurs coups de bec ; heureusement, je crois ces redoutables oiseaux plus effrayés qu'attirés par notre machine.

— Eh mais ! une idée, dit Joe, car aujourd'hui les idées me poussent par douzaines ; si nous parvenions à prendre un attelage d'aigles vivants, nous les attacherions à notre nacelle, et ils nous traîneraient dans les airs !

— Le moyen a été sérieusement proposé, répondit le docteur ; mais je le crois peu praticable avec des animaux assez rétifs de leur naturel.

— On les dresserait, reprit Joe ; au lieu de mors, on les guiderait avec des œillères qui leur intercepteraient la vue ; borgnes, ils iraient à droite ou à gauche ; aveugles, ils s'arrêteraient.

— Permets-moi, mon brave Joe, de préférer un vent

favorable à tes aigles attelés ; cela coûte moins cher à nourrir, et c'est plus sûr.

— Je vous le permets, monsieur, mais je garde mon idée. »

Il était midi ; le *Victoria*, depuis quelque temps, se tenait à une allure plus modérée ; le pays marchait au-dessous de lui, il ne fuyait plus.

Tout d'un coup, des cris et des sifflements parvinrent aux oreilles des voyageurs ; ceux-ci se penchèrent et aperçurent dans une plaine ouverte un spectacle fait pour les émouvoir.

Deux peuplades aux prises se battaient avec acharnement et faisaient voler des nuées de flèches dans les airs. Les combattants, avides de s'entre-tuer, ne s'apercevaient pas de l'arrivée du *Victoria* ; ils étaient environ trois cents, se choquant dans une inextricable mêlée ; la plupart d'entre eux, rouges du sang des blessés dans lequel ils se vautraient, formaient un ensemble hideux à voir.

À l'apparition de l'aérostat, il y eut un temps d'arrêt ; les hurlements redoublèrent ; quelques flèches furent lancées vers la nacelle, et l'une d'elles assez près pour que Joe l'arrêtât de la main.

« Montons hors de leur portée ! s'écria le docteur Fergusson ! Pas d'imprudence ! cela ne nous est pas permis. »

Le massacre continuait de part et d'autre, à coups de haches et de sagaies ; dès qu'un ennemi gisait sur le sol, son adversaire se hâtait de lui couper la tête ; les femmes, mêlées à cette cohue, ramassaient les têtes sanglantes et les empilaient à chaque extrémité du champ de bataille ; souvent elles se battaient pour conquérir ce hideux trophée.

« L'affreuse scène ! s'écria Kennedy avec un profond dégoût.

— Ce sont de vilains bonshommes ! dit Joe. Après cela, s'ils avaient un uniforme, ils seraient comme tous les guerriers du monde.

— J'ai une furieuse envie d'intervenir dans le combat, reprit le chasseur en brandissant sa carabine.

— Non pas, répondit vivement le docteur ! non pas !

mêlons-nous de ce qui nous regarde ! Sais-tu qui a tort ou raison, pour jouer le rôle de la Providence ? Fuyons au plus tôt ce spectacle repoussant ! Si les grands capitaines pouvaient dominer ainsi le théâtre de leurs exploits, ils finiraient peut-être par perdre le goût du sang et des conquêtes ! »

Le chef de l'un de ces partis sauvages se distinguait par une taille athlétique, jointe à une force d'hercule. D'une main il plongeait sa lance dans les rangs compacts de ses ennemis, et de l'autre y faisait de grandes trouées à coups de hache. À un moment, il rejeta loin de lui sa sagaie rouge de sang, se précipita sur un blessé dont il trancha le bras d'un seul coup, prit ce bras d'une main, et, le portant à sa bouche, il y mordit à pleines dents.

« Ah ! dit Kennedy, l'horrible bête ! je n'y tiens plus ! »

Et le guerrier, frappé d'une balle au front, tomba en arrière.

À sa chute, une profonde stupeur s'empara de ses guerriers ; cette mort surnaturelle les épouvanta en ranimant l'ardeur de leurs adversaires, et en une seconde le champ de bataille fut abandonné de la moitié des combattants.

« Allons chercher plus haut un courant qui nous emporte, dit le docteur. Je suis écœuré de ce spectacle. »

Mais il ne partit pas si vite qu'il ne pût voir la tribu victorieuse, se précipitant sur les morts et les blessés, se disputer cette chair encore chaude, et s'en repaître avidement.

« Pouah ! fit Joe, cela est repoussant ! »

Le *Victoria* s'élevait en se dilatant ; les hurlements de cette horde en délire le poursuivirent pendant quelques instants ; mais enfin, ramené vers le sud, il s'éloigna de cette scène de carnage et de cannibalisme.

Le terrain offrait alors des accidents variés, avec de nombreux cours d'eau qui s'écoulaient vers l'est ; ils se jetaient sans doute dans ces affluents du lac Nû ou du fleuve des Gazelles, sur lequel M. Guillaume Lejean a donné de si curieux détails.

La nuit venue, le *Victoria* jeta l'ancre par 27° de longitude, et 4° 20' de latitude septentrionale, après une traversée de 150 milles.

XXI

RUMEURS ÉTRANGES. — UNE ATTAQUE NOCTURNE. —
KENNEDY ET JOE DANS L'ARBRE. — DEUX COUPS DE FEU.
— « À MOI ! À MOI ! » — RÉPONSE EN FRANÇAIS. —
LE MATIN. — LE MISSIONNAIRE. — LE PLAN DE SAUVETAGE.

La nuit se faisait très obscure. Le docteur n'avait pu reconnaître le pays ; il s'était accroché à un arbre fort élevé, dont il distinguait à peine la masse confuse dans l'ombre.

Suivant son habitude, il prit le quart de neuf heures, et à minuit Dick vint le remplacer.

« Veille bien, Dick, veille avec grand soin.

— Est-ce qu'il y a quelque chose de nouveau ?

— Non ! cependant j'ai cru surprendre de vagues rumeurs au-dessous de nous ; je ne sais trop où le vent nous a portés ; un excès de prudence ne peut pas nuire.

— Tu auras entendu les cris de quelques bêtes sauvages.

— Non ! cela m'a semblé tout autre chose ; enfin, à la moindre alerte, ne manque pas de nous réveiller.

— Sois tranquille. »

Après avoir écouté attentivement une dernière fois, le docteur, n'entendant rien, se jeta sur sa couverture et s'endormit bientôt.

Le ciel était couvert d'épais nuages, mais pas un souffle n'agitait l'air. Le *Victoria*, retenu sur une seule ancre, n'éprouvait aucune oscillation.

Kennedy, accoudé sur la nacelle de manière à surveiller le chalumeau en activité, considérait ce calme obscur ; il interrogeait l'horizon, et, comme il arrive aux esprits

inquiets ou prévenus, son regard croyait parfois surprendre de vagues lueurs.

Un moment même, il crut distinctement en saisir une à
deux cents pas de distance ; mais ce ne fut qu'un éclair ;
après lequel il ne vit plus rien.

C'était sans doute l'une des sensations lumineuses que
l'œil perçoit dans les profondes obscurités.

Kennedy se rassurait et retombait dans sa contemplation indécise, quand un sifflement aigu traversa les airs.

Était-ce le cri d'un animal, d'un oiseau de nuit ? Sor-
tait-il de lèvres humaines ?

Kennedy, sachant toute la gravité de la situation, fut
sur le point d'éveiller ses compagnons ; mais il se dit
qu'en tout cas, hommes ou bêtes se trouvaient hors de
portée ; il visita donc ses armes, et, avec sa lunette de
nuit, il plongea de nouveau son regard dans l'espace.

Il crut bientôt entrevoir au-dessous de lui des formes
vagues qui se glissaient vers l'arbre ; à un rayon de lune
qui filtra comme un éclair entre deux nuages, il reconnut
distinctement un groupe d'individus s'agitant dans
l'ombre.

L'aventure des cynocéphales lui revint à l'esprit ; il mit
la main sur l'épaule du docteur.

Celui-ci se réveilla aussitôt.

« Silence, fit Kennedy, parlons à voix basse.

— Il y a quelque chose ?

— Oui, réveillons Joe. »

Dès que Joe se fut réveillé, le chasseur raconta ce qu'il
avait vu.

« Encore ces maudits singes ? dit Joe.

— C'est possible ; mais il faut prendre ses précautions.

— Joe et moi, dit Kennedy, nous allons descendre
dans l'arbre par l'échelle.

— Et pendant ce temps, repartit le docteur, je prendrai
mes mesures de manière à pouvoir nous enlever rapidement.

— C'est convenu.

— Descendons, dit Joe.

— Ne vous servez de vos armes qu'à la dernière extrémité, dit le docteur ; il est inutile de révéler notre présence dans ces parages. »

Dick et Joe répondirent par un signe. Ils se laissèrent glisser sans bruit vers l'arbre, et prirent position sur une fourche de fortes branches que l'ancre avait mordue.

Depuis quelques minutes, ils écoutaient muets et immobiles dans le feuillage. À un certain froissement d'écorce qui se produisit, Joe saisit la main de l'Écossais.

« N'entendez-vous pas ?

— Oui, cela approche.

— Si c'était un serpent ? Ce sifflement que vous avez surpris...

— Non ! il avait quelque chose d'humain.

— J'aime encore mieux des sauvages, se dit Joe. Ces reptiles me répugnent.

— Le bruit augmente, reprit Kennedy, quelques instants après.

— Oui ! on monte, on grimpe.

— Veille de ce côté, je me charge de l'autre.

— Bien. »

Ils se trouvaient tous les deux isolés au sommet d'une maîtresse branche poussée droit au milieu de cette forêt qu'on appelle un baobab ; l'obscurité accrue par l'épaisseur du feuillage était profonde ; cependant Joe, se penchant à l'oreille de Kennedy et lui indiquant la partie inférieure de l'arbre, dit :

« Des Nègres. »

Quelques mots échangés à voix basse parvinrent même jusqu'aux deux voyageurs.

Joe épaula son fusil.

« Attends », dit Kennedy.

Des sauvages avaient en effet escaladé le baobab ; ils surgissaient de toutes parts, se coulant sur les branches comme des reptiles, gravissant lentement, mais sûrement ; ils se trahissaient alors par les émanations de leurs corps frottés d'une graisse infecte.

Bientôt deux têtes apparurent aux regards de Kennedy et de Joe, au niveau même de la branche qu'ils occupaient.

« Attention, dit Kennedy, feu ! »

La double détonation retentit comme un tonnerre, et s'éteignit au milieu des cris de douleur. En un moment, toute la horde avait disparu.

Mais, au milieu des hurlements, il s'était produit un cri étrange, inattendu, impossible ! Une voix humaine avait manifestement proféré ces mots en français :

« À moi ! à moi ! »

Kennedy et Joe, stupéfaits, regagnèrent la nacelle au plus vite.

« Avez-vous entendu ? leur dit le docteur.

— Sans doute ! ce cri surnaturel : À moi ! à moi !

— Un Français aux mains de ces barbares !

— Un voyageur !

— Un missionnaire, peut-être !

— Le malheureux, s'écria le chasseur, on l'assassine, on le martyrise ! »

Le docteur cherchait vainement à déguiser son émotion.

« On ne peut en douter, dit-il. Un malheureux Français est tombé entre les mains de ces sauvages. Mais nous ne partirons pas sans avoir fait tout au monde pour le sauver. À nos coups de fusil, il aura reconnu un secours inespéré, une intervention providentielle. Nous ne mentirons pas à cette dernière espérance. Est-ce votre avis ?

— C'est notre avis, Samuel, et nous sommes prêts à t'obéir.

— Combinons donc nos manœuvres, et dès le matin, nous chercherons à l'enlever.

— Mais comment écarterons-nous ces misérables Nègres ? demanda Kennedy.

— Il est évident pour moi, dit le docteur, à la manière dont ils ont déguerpi, qu'ils ne connaissent pas les armes à feu ; nous devrons donc profiter de leur épouvante ; mais il faut attendre le jour avant d'agir, et nous formerons notre plan de sauvetage d'après la disposition des lieux.

— Ce pauvre malheureux ne doit pas être loin, dit Joe, car...

Le double coup de feu.

— À moi ! à moi ! répéta la voix plus affaiblie.

— Les barbares ! s'écria Joe palpitant. Mais s'ils le tuent cette nuit ?

— Entends-tu, Samuel, reprit Kennedy en saisissant la main du docteur, s'ils le tuent cette nuit ?

— Ce n'est pas probable, mes amis ; ces peuplades sauvages font mourir leurs prisonniers au grand jour ; il leur faut du soleil !

— Si je profitais de la nuit, dit l'Écossais, pour me glisser vers ce malheureux ?

— Je vous accompagne, monsieur Dick !

— Arrêtez, mes amis ! arrêtez ! Ce dessein fait honneur à votre cœur et à votre courage ; mais vous nous exposeriez tous, et vous nuiriez plus encore à celui que nous voulons sauver.

— Pourquoi cela ? reprit Kennedy. Ces sauvages sont effrayés, dispersés ! Ils ne reviendront pas.

— Dick, je t'en supplie, obéis-moi ; j'agis pour le salut commun ; si, par hasard, tu te laissais surprendre, tout serait perdu !

— Mais cet infortuné qui attend, qui espère ! Rien ne lui répond ! Personne ne vient à son secours ! Il doit croire que ses sens ont été abusés, qu'il n'a rien entendu !...

— On peut le rassurer », dit le docteur Fergusson.

Et debout, au milieu de l'obscurité, faisant de ses mains un porte-voix, il s'écria avec énergie dans la langue de l'étranger :

« Qui que vous soyez, ayez confiance ! Trois amis veillent sur vous ! »

Un hurlement terrible lui répondit, étouffant sans doute la réponse du prisonnier.

« On l'égorge ! on va l'égorger ! s'écria Kennedy. Notre intervention n'aura servi qu'à hâter l'heure de son supplice ! Il faut agir !

— Mais comment, Dick ? Que prétends-tu faire au milieu de cette obscurité ?

— Oh ! s'il faisait jour ! s'écria Joe.

— Eh bien, s'il faisait jour ? demanda le docteur d'un ton singulier.

— Rien de plus simple, Samuel, répondit le chasseur. Je descendrais à terre et je disperserais cette canaille à coups de fusil.

— Et toi, Joe ? demanda Fergusson.

— Moi, mon maître, j'agirais plus prudemment, en faisant savoir au prisonnier de s'enfuir dans une direction convenue.

— Et comment lui ferais-tu parvenir cet avis ?

— Au moyen de cette flèche que j'ai ramassée au vol, et à laquelle j'attacherais un billet, ou tout simplement en lui parlant à voix haute, puisque ces Nègres ne comprennent pas notre langue.

— Vos plans sont impraticables, mes amis ; la difficulté la plus grande serait pour cet infortuné de se sauver, en admettant qu'il parvînt à tromper la vigilance de ses bourreaux. Quant à toi, mon cher Dick, avec beaucoup d'audace, et en profitant de l'épouvante jetée par nos armes à feu, ton projet réussirait peut-être ; mais s'il échouait, tu serais perdu, et nous aurions deux personnes à sauver au lieu d'une. Non ! il faut mettre toutes les chances de notre côté et agir autrement.

— Mais agir tout de suite, répliqua le chasseur.

— Peut-être ! répondit Samuel en insistant sur ce mot.

— Mon maître, êtes-vous donc capable de dissiper ces ténèbres ?

— Qui sait, Joe ?

— Ah ! si vous faites une chose pareille, je vous proclame le premier savant du monde. »

Le docteur se tut pendant quelques instants ; il réfléchissait. Ses deux compagnons le considéraient avec émotion ; ils étaient surexcités par cette situation extraordinaire. Bientôt Fergusson reprit la parole :

« Voici mon plan, dit-il. Il nous reste deux cents livres de lest, puisque les sacs que nous avons emportés sont encore intacts. J'admets que ce prisonnier, un homme évidemment épuisé par les souffrances, pèse autant que l'un

de nous ; il nous restera encore une soixantaine de livres
à jeter afin de monter plus rapidement.

— Comment comptes-tu donc manœuvrer ? demanda
Kennedy.

— Voici, Dick : tu admets bien que si je parviens jusqu'au prisonnier, et que je jette une quantité de lest égale
à son poids, je n'ai rien changé à l'équilibre du ballon ;
mais alors, si je veux obtenir une ascension rapide pour
échapper à cette tribu de Nègres, il me faut employer
des moyens plus énergiques que le chalumeau ; or, en
précipitant cet excédant de lest au moment voulu, je suis
certain de m'enlever avec une grande rapidité.

— Cela est évident !

— Oui, mais il y a un inconvénient ; c'est que, pour
descendre plus tard, je devrai perdre une quantité de gaz
proportionnelle au surcroît de lest que j'aurai jeté. Or, ce
gaz est une chose précieuse ; mais on ne peut en regretter
la perte, quand il s'agit du salut d'un homme.

— Tu as raison, Samuel, nous devons tout sacrifier
pour le sauver !

— Agissons donc, et disposez ces sacs sur le bord de
la nacelle, de façon à ce qu'ils puissent être précipités
d'un seul coup.

— Mais cette obscurité ?

— Elle cache nos préparatifs, et ne se dissipera que
lorsqu'ils seront terminés. Ayez soin de tenir toutes les
armes à portée de notre main. Peut-être faudra-t-il faire
le coup de feu ; or nous avons pour la carabine un coup,
pour les deux fusils quatre, pour les deux revolvers douze,
en tout dix-sept, qui peuvent être tirés en un quart de
minute. Mais peut-être n'aurons-nous pas besoin de
recourir à tout ce fracas. Êtes-vous prêts ?

— Nous sommes prêts », répondit Joe.

Les sacs étaient disposés, les armes étaient en état.

« Bien, fit le docteur. Ayez l'œil à tout. Joe sera chargé
de précipiter le lest, et Dick d'enlever le prisonnier ; mais
que rien ne se fasse avant mes ordres. Joe, va d'abord
détacher l'ancre, et remonte promptement dans la
nacelle. »

Joe se laissa glisser par le câble, et reparut au bout de quelques instants. Le *Victoria* rendu libre flottait dans l'air, à peu près immobile.

Pendant ce temps, le docteur s'assura de la présence d'une suffisante quantité de gaz dans la caisse de mélange pour alimenter au besoin le chalumeau sans qu'il fût nécessaire de recourir pendant quelque temps à l'action de la pile de Bunzen ; il enleva les deux fils conducteurs parfaitement isolés qui servaient à la décomposition de l'eau ; puis, fouillant dans son sac de voyage, il en retira deux morceaux de charbon taillés en pointe, qu'il fixa à l'extrémité de chaque fil.

Ses deux amis le regardaient sans comprendre, mais ils se taisaient ; lorsque le docteur eut terminé son travail, il se tint debout au milieu de la nacelle ; il prit de chaque main les deux charbons, et en rapprocha les deux pointes.

Soudain, une intense et éblouissante lueur fut produite avec un insoutenable éclat entre les deux pointes de charbon ; une gerbe immense de lumière électrique brisait littéralement l'obscurité de la nuit.

« Oh ! fit Joe, mon maître !

— Pas un mot », dit le docteur.

XXII

LA GERBE DE LUMIÈRE. — LE MISSIONNAIRE. — ENLÈVE-
MENT DANS UN RAYON DE LUMIÈRE. — LE PRÊTRE LAZA-
RISTE. — PEU D'ESPOIR. — SOINS DU DOCTEUR. —
UNE VIE D'ABNÉGATION. — PASSAGE D'UN VOLCAN.

Fergusson projeta vers les divers points de l'espace son puissant rayon de lumière et l'arrêta sur un endroit où des cris d'épouvante se firent entendre. Ses deux compagnons y jetèrent un regard avide.

Le baobab au-dessus duquel se maintenait le *Victoria* presque immobile s'élevait au centre d'une clairière ;

entre des champs de sésame et de cannes à sucre, on distinguait une cinquantaine de huttes basses et coniques autour desquelles fourmillait une tribu nombreuse.

À cent pieds au-dessous du ballon se dressait un poteau. Au pied de ce poteau gisait une créature humaine, un jeune homme de trente ans au plus, avec de longs cheveux noirs, à demi nu, maigre, ensanglanté, couvert de blessures, la tête inclinée sur la poitrine, comme le Christ en croix. Quelques cheveux plus ras sur le sommet du crâne indiquaient encore la place d'une tonsure à demi effacée.

« Un missionnaire ! un prêtre ! s'écria Joe.

— Pauvre malheureux ! répondit le chasseur.

— Nous le sauverons, Dick ! fit le docteur, nous le sauverons ! »

La foule des Nègres, en apercevant le ballon, semblable à une comète énorme avec une queue de lumière éclatante, fut prise d'une épouvante facile à concevoir. À ces cris, le prisonnier releva la tête. Ses yeux brillèrent d'un rapide espoir, et sans trop comprendre ce qui se passait, il tendit ses mains vers ces sauveurs inespérés.

« Il vit ! il vit ! s'écria Fergusson ; Dieu soit loué ! Ces sauvages sont plongés dans un magnifique effroi ! Nous le sauverons ! Vous êtes prêts, mes amis ?

— Nous sommes prêts, Samuel.

— Joe, éteins le chalumeau. »

L'ordre du docteur fut exécuté. Une brise à peine saisissable poussait doucement le *Victoria* au-dessus du prisonnier, en même temps qu'il s'abaissait insensiblement avec la contraction du gaz. Pendant dix minutes environ, il resta flottant au milieu des ondes lumineuses. Fergusson plongeait sur la foule son faisceau étincelant qui dessinait çà et là de rapides et vives plaques de lumière. La tribu, sous l'empire d'une indescriptible crainte, disparut peu à peu dans ses huttes, et la solitude se fit autour du poteau. Le docteur avait donc eu raison de compter sur l'apparition fantastique du *Victoria* qui projetait des rayons de soleil dans cette intense obscurité.

La nacelle s'approcha du sol. Cependant quelques

La lumière électrique.

Nègres, plus audacieux, comprenant que leur victime allait leur échapper, revinrent avec de grands cris. Kennedy prit son fusil, mais le docteur lui ordonna de ne point tirer.

Le prêtre, agenouillé, n'ayant plus la force de se tenir debout, n'était pas même lié à ce poteau, car sa faiblesse rendait les liens inutiles. Au moment où la nacelle arriva près du sol, le chasseur, jetant son arme et saisissant le prêtre à bras-le-corps, le déposa dans la nacelle, à l'instant même où Joe précipitait brusquement les deux cents livres de lest.

Le docteur s'attendait à monter avec une rapidité extrême ; mais, contrairement à ses prévisions, le ballon, après s'être élevé de trois à quatre pieds au-dessus du sol, demeura immobile !

« Qui nous retient ? » s'écria-t-il avec l'accent de la terreur.

Quelques sauvages accouraient en poussant des cris féroces.

« Oh ! s'écria Joe en se penchant au-dehors. Un de ces maudits Noirs s'est accroché au-dessous de la nacelle !

— Dick ! Dick ! s'écria le docteur, la caisse à eau ! »

Dick comprit la pensée de son ami, et soulevant une des caisses à eau qui pesait plus de cent livres, il la précipita par-dessus bord.

Le *Victoria*, subitement délesté, fit un bond de trois cents pieds dans les airs, au milieu des rugissements de la tribu, à laquelle le prisonnier échappait dans un rayon d'une éblouissante lumière.

« Hurrah ! » s'écrièrent les deux compagnons du docteur.

Soudain le ballon fit un nouveau bond, qui le porta à plus de mille pieds d'élévation.

« Qu'est-ce donc ? demanda Kennedy qui faillit perdre l'équilibre.

— Ce n'est rien ! c'est ce gredin qui nous lâche », répondit tranquillement Samuel Fergusson.

Et Joe, se penchant rapidement, put encore apercevoir le sauvage, les mains étendues, tournoyant dans l'espace,

et bientôt se brisant contre terre. Le docteur écarta alors les deux fils électriques, et l'obscurité redevint profonde. Il était une heure du matin.

Le Français évanoui ouvrit enfin les yeux.

« Vous êtes sauvé, lui dit le docteur.

— Sauvé, répondit-il en anglais, avec un triste sourire, sauvé d'une mort cruelle ! Mes frères, je vous remercie ; mais mes jours sont comptés, mes heures même, et je n'ai plus beaucoup de temps à vivre ! »

Et le missionnaire, épuisé, retomba dans son assoupissement.

« Il se meurt, s'écria Dick.

— Non, non, répondit Fergusson en se penchant sur lui, mais il est bien faible ; couchons-le sous la tente. »

Ils étendirent doucement sur leurs couvertures ce pauvre corps amaigri, couvert de cicatrices et de blessures encore saignantes, où le fer et le feu avaient laissé en vingt endroits leurs traces douloureuses. Le docteur fit, avec un mouchoir, un peu de charpie qu'il étendit sur les plaies après les avoir lavées ; ces soins, il les donna adroitement, avec l'habileté d'un médecin ; puis, prenant un cordial dans sa pharmacie, il en versa quelques gouttes sur les lèvres du prêtre.

Celui-ci pressa faiblement ses lèvres compatissantes et eut à peine la force de dire : « Merci ! merci ! »

Le docteur comprit qu'il fallait lui laisser un repos absolu ; il ramena les rideaux de la tente, et revint prendre la direction du ballon.

Celui-ci, en tenant compte du poids de son nouvel hôte, avait été délesté de près de cent quatre-vingts livres ; il se maintenait donc sans l'aide du chalumeau. Au premier rayon du jour, un courant le poussait doucement vers l'ouest-nord-ouest. Fergusson alla considérer pendant quelques instants le prêtre assoupi.

« Puissions-nous conserver ce compagnon que le Ciel nous a envoyé ! dit le chasseur. As-tu quelque espoir ?

— Oui, Dick, avec des soins, dans cet air si pur.

— Comme cet homme a souffert ! dit Joe avec émotion. Savez-vous qu'il faisait là des choses plus hardies que nous, en venant seul au milieu de ces peuplades !

— Cela n'est pas douteux », répondit le chasseur.

Pendant toute cette journée, le docteur ne voulut pas que le sommeil du malheureux fût interrompu ; c'était un long assoupissement, entrecoupé de quelques murmures de souffrance qui ne laissaient pas d'inquiéter Fergusson.

Vers le soir, le *Victoria* demeurait stationnaire au milieu de l'obscurité, et pendant cette nuit, tandis que Joe et Kennedy se relayaient aux côtés du malade, Fergusson veilla à la sûreté de tous.

Le lendemain au matin, le *Victoria* avait à peine dérivé dans l'ouest. La journée s'annonçait pure et magnifique. Le malade put appeler ses nouveaux amis d'une voix meilleure. On releva les rideaux de la tente, et il aspira avec bonheur l'air vif du matin.

« Comment vous trouvez-vous ? lui demanda Fergusson.

— Mieux peut-être, répondit-il. Mais vous, mes amis, je ne vous ai encore vus que dans un rêve ! À peine puis-je me rendre compte de ce qui s'est passé ! Qui êtes-vous, afin que vos noms ne soient pas oubliés dans ma dernière prière ?

— Nous sommes des voyageurs anglais, répondit Samuel ; nous avons tenté de traverser l'Afrique en ballon, et, pendant notre passage, nous avons eu le bonheur de vous sauver.

— La science a ses héros, dit le missionnaire.

— Mais la religion a ses martyrs, répondit l'Écossais.

— Vous êtes missionnaire ? demanda le docteur.

— Je suis un prêtre de la mission des Lazaristes. Le Ciel vous a envoyés vers moi, le Ciel en soit loué ! Le sacrifice de ma vie était fait ! Mais vous venez d'Europe. Parlez-moi de l'Europe, de la France ! Je suis sans nouvelles depuis cinq ans.

— Cinq ans, seul, parmi ces sauvages ! s'écria Kennedy.

— Ce sont des âmes à racheter, dit le jeune prêtre, des frères ignorants et barbares, que la religion seule peut instruire et civiliser. »

Samuel Fergusson, répondant au désir du missionnaire, l'entretint longuement de la France.

Celui-ci l'écoutait avidement et des larmes coulèrent de ses yeux. Le pauvre jeune homme prenait tour à tour les mains de Kennedy et de Joe dans les siennes, brûlantes de fièvre ; le docteur lui prépara quelques tasses de thé qu'il but avec plaisir ; il eut alors la force de se relever un peu et de sourire en se voyant emporté dans ce ciel si pur !

« Vous êtes de hardis voyageurs, dit-il, et vous réussirez dans votre audacieuse entreprise ; vous reverrez vos parents, vos amis, votre patrie, vous !... »

La faiblesse du jeune prêtre devint si grande alors, qu'il fallut le coucher de nouveau. Une prostration de quelques heures le tint comme mort entre les mains de Fergusson. Celui-ci ne pouvait contenir son émotion ; il sentait cette existence s'enfuir. Allaient-ils donc perdre si vite celui qu'ils avaient arraché au supplice ? Il pansa de nouveau les plaies horribles du martyr et dut sacrifier la plus grande partie de sa provision d'eau pour rafraîchir ses membres brûlants. Il l'entoura des soins les plus tendres et les plus intelligents. Le malade renaissait peu à peu entre ses bras, et reprenait le sentiment, sinon la vie.

Le docteur surprit son histoire entre ses paroles entre-coupées.

« Parlez votre langue maternelle, lui avait-il dit ; je la comprends, et cela vous fatiguera moins. »

Le missionnaire était un pauvre jeune homme du vil-lage d'Aradon, en Bretagne, en plein Morbihan ; ses premiers instincts l'entraînèrent vers la carrière ecclé-siastique ; à cette vie d'abnégation il voulut encore joindre la vie de danger, en entrant dans l'ordre des prêtres de la Mission, dont saint Vincent de Paul fut le glorieux fondateur ; à vingt ans, il quittait son pays pour les plages inhospitalières de l'Afrique. Et de là peu à peu, franchissant les obstacles, bravant les privations, mar-chant et priant, il s'avança jusqu'au sein des tribus qui habitent les affluents du Nil supérieur ; pendant deux ans, sa religion fut repoussée, son zèle fut méconnu, ses cha-rités furent mal prises ; il demeura prisonnier de l'une des plus cruelles peuplades du Nyambarra, en butte à mille mauvais traitements. Mais toujours il enseignait, il ins-truisait, il priait. Cette tribu dispersée et lui laissé pour mort après un de ces combats si fréquents de peuplade à peuplade, au lieu de retourner sur ses pas, il continua son pèlerinage évangélique. Son temps le plus paisible fut celui où on le prit pour un fou ; il s'était familiarisé avec les idiomes de ces contrées ; il catéchisait. Enfin, pendant deux longues années encore, il parcourut ces régions bar-bares, poussé par cette force surhumaine qui vient de Dieu ; depuis un an, il résidait dans cette tribu des Nyam-Nyam, nommée Barafri, l'une des plus sauvages. Le chef étant mort il y a quelques jours, ce fut à lui qu'on attribua cette mort inattendue ; on résolut de l'immoler ; depuis quarante heures déjà durait son supplice ; ainsi que l'avait supposé le docteur, il devait mourir au soleil de midi. Quand il entendit le bruit des armes à feu, la nature l'em-porta : « À moi ! à moi ! » s'écria-t-il, et il crut avoir rêvé, lorsqu'une voix venue du ciel lui lança des paroles de consolation.

« Je ne regrette pas, ajouta-t-il, cette existence qui s'en va, ma vie est à Dieu !

— Espérez encore, lui répondit le docteur ; nous sommes près de vous ; nous vous sauverons de la mort comme nous vous avons arraché au supplice.

— Je n'en demande pas tant au Ciel, répondit le prêtre résigné ! Béni soit Dieu de m'avoir donné avant de mourir cette joie de presser des mains amies, et d'entendre la langue de mon pays. »

Le missionnaire s'affaiblit de nouveau. La journée se passa ainsi entre l'espoir et la crainte, Kennedy très ému et Joe s'essuyant les yeux à l'écart.

Le *Victoria* faisait peu de chemin, et le vent semblait vouloir ménager son précieux fardeau.

Joe signala vers le soir une lueur immense dans l'ouest. Sous des latitudes plus élevées, on eût pu croire à une vaste aurore boréale ; le ciel paraissait en feu. Le docteur vint examiner attentivement ce phénomène.

« Ce ne peut être qu'un volcan en activité, dit-il.

— Mais le vent nous porte au-dessus, répliqua Kennedy.

— Eh bien ! nous le franchirons à une hauteur rassurante. »

Trois heures après, le *Victoria* se trouvait en pleines montagnes ; sa position exacte était par 24° 15' de longitude et 4° 42' de latitude ; devant lui, un cratère embrasé déversait des torrents de lave en fusion, et projetait des quartiers de roches à une grande élévation ; il y avait des coulées de feu liquide qui retombaient en cascades éblouissantes. Magnifique et dangereux spectacle, car le vent, avec une fixité constante, portait le ballon vers cette atmosphère incendiée.

Cet obstacle que l'on ne pouvait tourner, il fallut le franchir ; le chalumeau fut développé à toute flamme, et le *Victoria* parvint à six mille pieds, laissant entre le volcan et lui un espace de plus de trois cents toises.

De son lit de douleur, le prêtre mourant put contempler

Le volcan.

ce cratère en feu d'où s'échappaient avec fracas mille gerbes éblouissantes.

« Que c'est beau, dit-il, et que la puissance de Dieu est infinie jusque dans ses plus terribles manifestations ! »

Cet épanchement de laves en ignition revêtait les flancs de la montagne d'un véritable tapis de flammes ; l'hémisphère inférieur du ballon resplendissait dans la nuit ; une chaleur torride montait jusqu'à la nacelle, et le docteur Fergusson eut hâte de fuir cette périlleuse situation.

Vers dix heures du soir, la montagne n'était plus qu'un point rouge à l'horizon, et le *Victoria* poursuivait tranquillement son voyage dans une zone moins élevée.

XXIII

COLÈRE DE JOE. — LA MORT D'UN JUSTE. — LA VEILLÉE DU CORPS. — ARIDITÉ. — L'ENSEVELISSEMENT. — LES BLOCS DE QUARTZ. — HALLUCINATION DE JOE. — UN LEST PRÉCIEUX. — RELÈVEMENT DES MONTAGNES AURIFÈRES. — COMMENCEMENT DES DÉSESPOIRS DE JOE.

Une nuit magnifique s'étendait sur la terre. Le prêtre s'endormit dans une prostration paisible.

« Il n'en reviendra pas, dit Joe ! Pauvre jeune homme ! trente ans à peine !

— Il s'éteindra dans nos bras ! dit le docteur avec désespoir. Sa respiration déjà si faible s'affaiblit encore, et je ne puis rien pour le sauver !

— Les infâmes gueux ! s'écriait Joe, que ces subites colères prenaient de temps à autre. Et penser que ce digne prêtre a trouvé encore des paroles pour les plaindre, pour les excuser, pour leur pardonner !

— Le Ciel lui fait une nuit bien belle, Joe, sa dernière nuit peut-être. Il souffrira peu désormais, et sa mort ne sera qu'un paisible sommeil. »

Le mourant prononça quelques paroles entrecoupées ;

le docteur s'approcha ; la respiration du malade devenait embarrassée ; il demandait de l'air ; les rideaux furent entièrement retirés, et il aspira avec délices les souffles légers de cette nuit transparente ; les étoiles lui adressaient leur tremblante lumière, et la lune l'enveloppait dans le blanc linceul de ses rayons.

« Mes amis, dit-il d'une voix affaiblie, je m'en vais ! Que le Dieu qui récompense vous conduise au port ! qu'il vous paie pour moi ma dette de reconnaissance !

— Espérez encore, lui répondit Kennedy. Ce n'est qu'un affaiblissement passager. Vous ne mourrez pas ! Peut-on mourir par cette belle nuit d'été ?

— La mort est là, reprit le missionnaire, je le sais ! Laissez-moi la regarder en face ! La mort, commencement des choses éternelles, n'est que la fin des soucis terrestres. Mettez-moi à genoux, mes frères, je vous en prie ! »

Kennedy le souleva ; ce fut pitié de voir ses membres sans forces se replier sous lui.

« Mon Dieu ! mon Dieu ! s'écria l'apôtre mourant, ayez pitié de moi ! »

Sa figure resplendit. Loin de cette terre dont il n'avait jamais connu les joies, au milieu de cette nuit qui lui jetait ses plus douces clartés, sur le chemin de ce ciel vers lequel il s'élevait comme dans une assomption miraculeuse, il semblait déjà revivre de l'existence nouvelle.

Son dernier geste fut une bénédiction suprême à ses amis d'un jour. Et il retomba dans les bras de Kennedy, dont le visage se baignait de grosses larmes.

« Mort ! dit le docteur en se penchant sur lui, mort ! »

Et d'un commun accord les trois amis s'agenouillèrent pour prier en silence.

« Demain matin, reprit bientôt Fergusson, nous l'ensevelirons dans cette terre d'Afrique arrosée de son sang. »

Pendant le reste de la nuit, le corps fut veillé tour à tour par le docteur, Kennedy, Joe, et pas une parole ne troubla ce religieux silence ; chacun pleurait.

Le lendemain, le vent venait du sud, et le *Victoria* marchait assez lentement au-dessus d'un vaste plateau de

montagnes ; là des cratères éteints, ici des ravins incultes ;
pas une goutte d'eau sur ces crêtes desséchées ; des rocs
amoncelés, des blocs erratiques, des marnières blanchâtres, tout dénotait une stérilité profonde.

Vers midi, le docteur, pour procéder à l'ensevelissement du corps, résolut de descendre dans un ravin, au
milieu de roches plutoniques de formation primitive ; les
montagnes environnantes devaient l'abriter et lui permettre d'amener sa nacelle jusqu'au sol, car il n'existait
aucun arbre qui pût lui offrir un point d'arrêt.

Mais, ainsi qu'il l'avait fait comprendre à Kennedy,
par suite de sa perte de lest lors de l'enlèvement du prêtre,
il ne pouvait descendre maintenant qu'à la condition de
lâcher une quantité proportionnelle de gaz ; il ouvrit donc
la soupape du ballon extérieur. L'hydrogène fusa, et le
Victoria s'abaissa tranquillement vers le ravin.

Dès que la nacelle toucha à terre, le docteur ferma sa
soupape ; Joe sauta sur le sol, tout en se retenant d'une
main au bord extérieur, et de l'autre, il ramassa un certain
nombre de pierres qui bientôt remplacèrent son propre
poids ; alors il put employer ses deux mains, et il eut
bientôt entassé dans la nacelle plus de cinq cents livres
de pierres ; alors le docteur et Kennedy purent descendre
à leur tour. Le *Victoria* se trouvait équilibré, et sa force
ascensionnelle était impuissante à l'enlever.

D'ailleurs, il ne fallut pas employer une grande quantité de ces pierres, car les blocs ramassés par Joe étaient
d'une pesanteur extrême, ce qui éveilla un instant l'attention de Fergusson. Le sol était parsemé de quartz et de
roches porphyriteuses.

« Voilà une singulière découverte », se dit mentalement
le docteur.

Pendant ce temps, Kennedy et Joe allèrent à quelques
pas choisir un emplacement pour la fosse. Il faisait une
chaleur extrême dans ce ravin encaissé comme une sorte
de fournaise. Le soleil de midi y versait d'aplomb ses
rayons brûlants.

Il fallut d'abord déblayer le terrain des fragments de
roc qui l'encombraient ; puis une fosse fut creusée assez

L'ensevelissement du missionnaire.

profondément pour que les animaux féroces ne pussent déterrer le cadavre.

Le corps du martyr y fut déposé avec respect.

La terre retomba sur ces dépouilles mortelles, et au-dessus de gros fragments de roches furent disposés comme un tombeau.

Le docteur cependant demeurait immobile et perdu dans ses réflexions. Il n'entendait pas l'appel de ses compagnons, il ne revenait pas avec eux chercher un abri contre la chaleur du jour.

« À quoi penses-tu donc, Samuel ? lui demanda Kennedy.

— À un contraste bizarre de la nature, à un singulier

effet du hasard. Savez-vous dans quelle terre cet homme d'abnégation, ce pauvre de cœur a été enseveli ?

— Que veux-tu dire ? Samuel, demanda l'Écossais.

— Ce prêtre, qui avait fait vœu de pauvreté, repose maintenant dans une mine d'or !

— Une mine d'or ! s'écrièrent Kennedy et Joe.

— Une mine d'or, répondit tranquillement le docteur. Ces blocs que vous foulez aux pieds comme des pierres sans valeur sont du minerai d'une grande pureté.

— Impossible ! impossible ! répéta Joe.

— Vous ne chercheriez pas longtemps dans ces fissures de schiste ardoisé sans rencontrer des pépites importantes. »

Joe se précipita comme un fou sur ces fragments épars. Kennedy n'était pas loin de l'imiter.

« Calme-toi, mon brave Joe, lui dit son maître.

— Monsieur, vous en parlez à votre aise.

— Comment ! un philosophe de ta trempe...

— Eh ! Monsieur, il n'y a pas de philosophie qui tienne.

— Voyons ! réfléchis un peu. À quoi nous servirait toute cette richesse ? nous ne pouvons pas l'emporter.

— Nous ne pouvons pas l'emporter ? par exemple !

— C'est un peu lourd pour notre nacelle ! J'hésitais même à te faire part de cette découverte, dans la crainte d'exciter tes regrets.

— Comment ! dit Joe, abandonner ces trésors ! Une fortune à nous ! bien à nous ! la laisser !

— Prends garde, mon ami. Est-ce que la fièvre de l'or te prendrait ? est-ce que ce mort, que tu viens d'ensevelir, ne t'as pas enseigné la valeur des choses humaines ?

— Tout cela est vrai, répondit Joe ; mais enfin, de l'or ! Monsieur Kennedy, est-ce que vous ne m'aiderez pas à ramasser un peu de ces millions ?

— Qu'en ferions-nous, mon pauvre Joe ? dit le chasseur qui ne put s'empêcher de sourire. Nous ne sommes pas venus ici chercher la fortune, et nous ne devons pas la rapporter.

— C'est un peu lourd, les millions, reprit le docteur, et cela ne se met pas aisément dans la poche.

— Mais enfin, répondit Joe, poussé dans ses derniers retranchements, ne peut-on, au lieu de sable, emporter ce minerai pour lest ?

— Eh bien ! j'y consens, dit Fergusson ; mais tu ne feras pas trop la grimace, quand nous jetterons quelques milliers de livres par-dessus le bord.

— Des milliers de livres ! reprenait Joe, est-il possible que tout cela soit de l'or !

— Oui, mon ami ; c'est un réservoir où la nature a entassé ses trésors depuis des siècles ; il y a là de quoi enrichir des pays tout entiers ! Une Australie et une Californie réunies au fond d'un désert !

— Et tout cela demeurera inutile !

— Peut-être ! En tout cas, voici ce que je ferai pour te consoler.

— Ce sera difficile, répliqua Joe d'un air contrit.

— Écoute. Je vais prendre la situation exacte de ce placer, je te la donnerai, et, à ton retour en Angleterre, tu en feras part à tes concitoyens, si tu crois que tant d'or puisse faire leur bonheur.

— Allons, mon maître, je vois bien que vous avez raison ; je me résigne, puisqu'il n'y a pas moyen de faire autrement. Emplissons notre nacelle de ce précieux minerai. Ce qui restera à la fin du voyage sera toujours autant de gagné. »

Et Joe se mit à l'ouvrage ; il y allait de bon cœur ; il eut bientôt entassé près de mille livres de fragments de quartz, dans lequel l'or se trouve renfermé comme dans une gangue d'une grande dureté.

Le docteur le regardait faire en souriant ; pendant ce travail, il prit ses hauteurs, trouva pour le gisement de la tombe du missionnaire 22° 23' de longitude, et 4° 55' de latitude septentrionale.

Puis, jetant un dernier regard sur ce renflement du sol sous lequel reposait le corps du pauvre Français, il revint vers la nacelle.

Il eût voulu dresser une croix modeste et grossière sur

ce tombeau abandonné au milieu des déserts de l'Afrique ; mais pas un arbre ne croissait aux environs.

« Dieu la reconnaîtra », dit-il.

Une préoccupation assez sérieuse se glissait aussi dans l'esprit de Fergusson ; il aurait donné beaucoup de cet or pour trouver un peu d'eau ; il voulait remplacer celle qu'il avait jetée avec la caisse pendant l'enlèvement du Nègre, mais c'était une chose impossible dans ces terrains arides ; cela ne laissait pas de l'inquiéter ; obligé d'alimenter sans cesse son chalumeau, il commençait à se trouver à court pour les besoins de la soif ; il se promit donc de ne négliger aucune occasion de renouveler sa réserve.

De retour à la nacelle, il la trouva encombrée par les pierres de l'avide Joe ; il y monta sans rien dire, Kennedy prit sa place habituelle, et Joe les suivit tous deux, non sans jeter un regard de convoitise sur les trésors du ravin.

Le docteur alluma son chalumeau ; le serpentin s'échauffa, le courant d'hydrogène se fit au bout de quelques minutes, le gaz se dilata, mais le ballon ne bougea pas.

Joe le regardait faire avec inquiétude et ne disait mot.

« Joe », fit le docteur.

Joe ne répondit pas.

« Joe, m'entends-tu ? »

Joe fit signe qu'il entendait, mais qu'il ne voulait pas comprendre.

« Tu vas me faire le plaisir, reprit Fergusson, de jeter une certaine quantité de ce minerai à terre.

— Mais, monsieur, vous m'avez permis...

— Je t'ai permis de remplacer le lest, voilà tout.

— Cependant...

— Veux-tu donc que nous restions éternellement dans ce désert ? »

Joe jeta un regard désespéré vers Kennedy ; mais le chasseur prit l'air d'un homme qui n'y pouvait rien.

« Eh bien, Joe ?

— Votre chalumeau ne fonctionne donc pas ? reprit l'entêté.

— Mon chalumeau est allumé, tu le vois bien ! mais

le ballon ne s'enlèvera que lorsque tu l'auras délesté un peu. »

Joe se gratta l'oreille, prit un fragment de quartz, le plus petit de tous, le pesa, le repesa, le fit sauter dans ses mains ; c'était un poids de trois ou quatre livres ; il le jeta.

Le *Victoria* ne bougea pas.

« Hein ! fit-il, nous ne montons pas encore ?

— Pas encore, répondit le docteur. Continue. »

Kennedy riait. Joe jeta encore une dizaine de livres. Le ballon demeurait toujours immobile. Joe pâlit.

« Mon pauvre garçon, dit Fergusson, Dick, toi et moi, nous pesons, si je ne me trompe, environ quatre cents livres ; il faut donc te débarrasser d'un poids au moins égal au nôtre, puisqu'il nous remplaçait.

— Quatre cents livres à jeter ! s'écria Joe piteusement.

— Et quelque chose avec pour nous enlever. Allons, courage ! »

Le digne garçon, poussant de profonds soupirs, se mit à délester le ballon. De temps en temps il s'arrêtait :

« Nous montons ! disait-il.

— Nous ne montons pas, lui était-il invariablement répondu.

— Il remue, dit-il enfin.

— Va encore, répétait Fergusson.

— Il monte ! j'en suis sûr.

— Va toujours », répliquait Kennedy.

Alors Joe, prenant un dernier bloc avec désespoir, le précipita en dehors de la nacelle. Le *Victoria* s'éleva d'une centaine de pieds, et, le chalumeau aidant, il dépassa bientôt les cimes environnantes.

« Maintenant, Joe, dit le docteur, il te reste encore une jolie fortune, si nous parvenons à garder cette provision jusqu'à la fin du voyage, et tu seras riche pour le reste de tes jours. »

Joe ne répondit rien et s'étendit moelleusement sur son lit de minerai.

« Vois, mon cher Dick, reprit le docteur, ce que peut la puissance de ce métal sur le meilleur garçon du monde.

Que de passions, que d'avidités, que de crimes enfanterait la connaissance d'une pareille mine ! Cela est attristant. »

Au soir, le *Victoria* s'était avancé de quatre-vingt-dix milles dans l'ouest ; il se trouvait alors en droite ligne à quatorze cents milles de Zanzibar.

XXIV

LE VENT TOMBE. — LES APPROCHES DU DÉSERT. — LE DÉCOMPTE DE LA PROVISION D'EAU. — LES NUITS DE L'ÉQUATEUR. — INQUIÉTUDES DE SAMUEL FERGUSSON. — LA SITUATION TELLE QU'ELLE EST. — ÉNERGIQUES RÉPONSES DE KENNEDY ET DE JOE. — ENCORE UNE NUIT.

Le *Victoria*, accroché à un arbre solitaire et presque desséché, passa la nuit dans une tranquillité parfaite ; les voyageurs purent goûter un peu de ce sommeil dont ils avaient si grand besoin ; les émotions des journées précédentes leur avaient laissé de tristes souvenirs.

Vers le matin, le ciel reprit sa limpidité brillante et sa chaleur. Le ballon s'éleva dans les airs ; après plusieurs essais infructueux, il rencontra un courant, peu rapide d'ailleurs, qui le porta vers le nord-ouest.

« Nous n'avançons plus, dit le docteur ; si je ne me trompe, nous avons accompli la moitié de notre voyage à peu près en dix jours ; mais, au train dont nous marchons, il nous faudra des mois pour le terminer. Cela est d'autant plus fâcheux que nous sommes menacés de manquer d'eau.

— Mais nous en trouverons, répondit Dick ; il est impossible de ne pas rencontrer quelque rivière, quelque ruisseau, quelque étang, dans cette vaste étendue de pays.

— Je le désire.

— Ne serait-ce pas le chargement de Joe qui retarderait notre marche ? »

Kennedy parlait ainsi pour taquiner le brave garçon ; il

le faisait d'autant plus volontiers, qu'il avait un instant
éprouvé les hallucinations de Joe ; mais, n'en ayant rien
fait paraître, il se posait en esprit fort ; le tout en riant, du
reste.

Joe lui lança un coup d'œil piteux. Mais le docteur ne
répondit pas. Il songeait, non sans de secrètes terreurs,
aux vastes solitudes du Sahara ; là, des semaines se pas-
sent sans que les caravanes rencontrent un puits où se
désaltérer. Aussi surveillait-il avec la plus soigneuse
attention les moindres dépressions du sol.

Ces précautions et les derniers incidents avaient sensiblement modifié la disposition d'esprit des trois
voyageurs ; ils parlaient moins ; ils s'absorbaient davantage dans leurs propres pensées.

Le digne Joe n'était plus le même depuis que ses
regards avaient plongé dans cet océan d'or ; il se taisait ;
il considérait avec avidité ces pierres entassées dans la
nacelle, sans valeur aujourd'hui, inestimables demain.

L'aspect de cette partie de l'Afrique était inquiétant
d'ailleurs. Le désert se faisait peu à peu. Plus un village,
pas même une réunion de quelques huttes. La végétation
se retirait. À peine quelques plantes rabougries comme
dans les terrains bruyéreux de l'Écosse, un commencement de sables blanchâtres et des pierres de feu, quelques
lentisques et des buissons épineux. Au milieu de cette
stérilité, la carcasse rudimentaire du globe apparaissant
en arêtes de roches vives et tranchantes. Ces symptômes
d'aridité donnaient à penser au docteur Fergusson.

Il ne semblait pas qu'une caravane eût jamais affronté
cette contrée déserte ; elle aurait laissé des traces visibles
de campement, les ossements blanchis de ses hommes ou
de ses bêtes. Mais rien. Et l'on sentait que bientôt une
immensité de sable s'emparerait de cette région désolée.

Cependant on ne pouvait reculer ; il fallait aller en
avant ; le docteur ne demandait pas mieux ; il eût souhaité
une tempête pour l'entraîner au-delà de ce pays. Et pas
un nuage au ciel ! À la fin de cette journée, le *Victoria*
n'avait pas franchi trente milles.

Si l'eau n'eût pas manqué ! Mais il en restait en tout

Le commencement du désert.

trois gallons [1] ! Fergusson mit de côté un gallon destiné à
étancher la soif ardente qu'une chaleur de quatre-vingt-
dix degrés [2] rendait intolérable ; deux gallons restaient
donc pour alimenter le chalumeau ; ils ne pouvaient produire que quatre cent quatre-vingts pieds cubes de gaz ;
or, le chalumeau en dépensait neuf pieds cubes par heure
environ ; on ne pouvait donc plus marcher que pendant
cinquante-quatre heures. Tout cela était rigoureusement
mathématique.

« Cinquante-quatre heures ! dit-il à ses compagnons.
Or, comme je suis bien décidé à ne pas voyager la nuit,

---

1. Treize litres et demi environ.   **2.** 50° centigrades.

de peur de manquer un ruisseau, une source, une mare, c'est trois jours et demi de voyage qu'il nous reste, et pendant lesquels il faut trouver de l'eau à tout prix. J'ai cru devoir vous prévenir de cette situation grave, mes amis, car je ne réserve qu'un seul gallon pour notre soif, et nous devrons nous mettre à une ration sévère.

— Rationne-nous, répondit le chasseur ; mais il n'est pas encore temps de se désespérer ; nous avons trois jours devant nous, dis-tu ?

— Oui, mon cher Dick.

— Eh bien ! comme nos regrets ne sauraient qu'y faire, dans trois jours il sera temps de prendre un parti ; jusque-là redoublons de vigilance. »

Au repas du soir, l'eau fut donc strictement mesurée ; la quantité d'eau-de-vie s'accrut dans les grogs ; mais il fallait se défier de cette liqueur plus propre à altérer qu'à rafraîchir.

La nacelle reposa pendant la nuit sur un immense plateau qui présentait une forte dépression. Sa hauteur était à peine de huit cents pieds au-dessus du niveau de la mer. Cette circonstance rendit quelque espoir au docteur ; elle lui rappela les présomptions des géographes sur l'existence d'une vaste étendue d'eau au centre de l'Afrique. Mais, si ce lac existait, il y fallait parvenir ; or, pas un changement ne se faisait dans le ciel immobile.

À la nuit paisible, à sa magnificence étoilée, succédèrent le jour immuable et les rayons ardents du soleil ; dès ses premières lueurs, la température devenait brûlante. À cinq heures du matin, le docteur donna le signal du départ, et pendant un temps assez long le *Victoria* demeura sans mouvement dans une atmosphère de plomb.

Le docteur aurait pu échapper à cette chaleur intense en s'élevant dans des zones supérieures ; mais il fallait dépenser une plus grande quantité d'eau, chose impossible alors. Il se contenta donc de maintenir son aérostat à cent pieds du sol ; là, un courant faible le poussait vers l'horizon occidental.

Le déjeuner se composa d'un peu de viande séchée et

de pemmican. Vers midi, le *Victoria* avait à peine fait quelques milles.

« Nous ne pouvons aller plus vite, dit le docteur. Nous ne commandons pas, nous obéissons.

— Ah ! mon cher Samuel, dit le chasseur, voilà une de ces occasions où un propulseur ne serait pas à dédaigner.

— Sans doute, Dick, en admettant toutefois qu'il ne dépensât pas d'eau pour se mettre en mouvement, car alors la situation serait exactement la même ; jusqu'ici, d'ailleurs, on n'a rien inventé qui fût praticable. Les ballons en sont encore au point où se trouvaient les navires avant l'invention de la vapeur. On a mis six mille ans à imaginer les aubes et les hélices ; nous avons donc le temps d'attendre.

— Maudite chaleur ! fit Joe en essuyant son front ruisselant.

— Si nous avions de l'eau, cette chaleur nous rendrait quelque service, car elle dilate l'hydrogène de l'aérostat et nécessite une flamme moins forte dans le serpentin ! Il est vrai que si nous n'étions pas à bout de liquide, nous n'aurions pas à l'économiser. Ah ! maudit sauvage qui nous a coûté cette précieuse caisse !

— Tu ne regrettes pas ce que tu as fait, Samuel ?

— Non, Dick, puisque nous avons pu soustraire cet infortuné à une mort horrible. Mais les cent livres d'eau que nous avons jetées nous seraient bien utiles ; c'étaient encore douze ou treize jours de marche assurés, et de quoi traverser certainement ce désert.

— Nous avons fait au moins la moitié du voyage ? demanda Joe.

— Comme distance, oui ; comme durée, non, si le vent nous abandonne. Or il a une tendance à diminuer tout à fait.

— Allons, monsieur, reprit Joe, il ne faut pas nous plaindre ; nous nous en sommes assez bien tirés jusqu'ici, et, quoi que je fasse, il m'est impossible de me désespérer. Nous trouverons de l'eau, c'est moi qui vous le dis. »

Le sol, cependant, se déprimait de mille en mille ; les ondulations des montagnes aurifères venaient mourir sur la plaine ; c'étaient les derniers ressauts d'une nature épuisée. Les herbes éparses remplaçaient les beaux arbres de l'est ; quelques bandes d'une verdure altérée luttaient encore contre l'envahissement des sables ; les grandes roches tombées des sommets lointains, écrasées dans leur chute, s'éparpillaient en cailloux aigus, qui bientôt se feraient sable grossier, puis poussière impalpable.

« Voici l'Afrique, telle que tu te la représentais, Joe ; j'avais raison de te dire : Prends patience !

— Eh bien, monsieur, répliqua Joe, voilà qui est naturel, au moins ! de la chaleur et du sable ! il serait absurde de rechercher autre chose dans un pareil pays. Voyez-vous, ajouta-t-il en riant, moi je n'avais pas confiance dans vos forêts et vos prairies ; c'était un contre-sens ! ce n'est pas la peine de venir si loin pour rencontrer la campagne d'Angleterre. Voici la première fois que je me crois en Afrique, et je ne suis pas fâché d'en goûter un peu. »

Vers le soir, le docteur constata que le *Victoria* n'avait pas gagné vingt milles pendant cette journée brûlante. Une obscurité chaude l'enveloppa dès que le soleil eut disparu derrière un horizon tracé avec la netteté d'une ligne droite.

Le lendemain était le 1er mai, un jeudi ; mais les jours se succédaient avec une monotonie désespérante ; le matin valait le matin qui l'avait précédé ; midi jetait à profusion ses mêmes rayons toujours inépuisables, et la nuit condensait dans son ombre cette chaleur éparse que le jour suivant devait léguer encore à la nuit suivante. Le vent, à peine sensible, devenait plutôt une expiration qu'un souffle, et l'on pouvait pressentir le moment où cette haleine s'éteindrait elle-même.

Le docteur réagissait contre la tristesse de cette situation ; il conservait le calme et le sang-froid d'un cœur aguerri. Sa lunette à la main, il interrogeait tous les points de l'horizon ; il voyait décroître insensiblement les dernières collines et s'effacer la dernière végétation ; devant lui s'étendait toute l'immensité du désert.

La responsabilité qui pesait sur lui l'affectait beaucoup; bien qu'il n'en laissât rien paraître. Ces deux hommes,

Le soleil disparaît derrière l'horizon.

Dick et Joe, deux amis tous les deux, il les avait entraînés au loin, presque par la force de l'amitié ou du devoir. Avait-il bien agi ? N'était-ce pas tenter les voies défendues ? N'essayait-il pas dans ce voyage de franchir les limites de l'impossible ? Dieu n'avait-il pas réservé à des siècles plus reculés la connaissance de ce continent ingrat ?

Toutes ces pensées, comme il arrive aux heures de découragement, se multiplièrent dans sa tête, et, par une irrésistible association d'idées, Samuel s'emportait au-delà de la logique et du raisonnement. Après avoir constaté ce qu'il n'eût pas dû faire, il se demandait ce qu'il fallait faire alors. Serait-il impossible de retourner sur ses pas ? N'existait-il pas des courants supérieurs qui le reporteraient vers des contrées moins arides ? Sûr du pays passé, il ignorait le pays à venir ; aussi, sa conscience parlant haut, il résolut de s'expliquer franchement avec ses deux compagnons ; il leur exposa nettement la situation ; il leur montra ce qui avait été fait et ce qui restait à faire ; à la rigueur on pouvait revenir, le tenter du moins ; quelle était leur opinion ?

« Je n'ai d'autre opinion que celle de mon maître, répondit Joe. Ce qu'il souffrira, je puis le souffrir, et mieux que lui. Où il ira, j'irai.

— Et toi, Kennedy ?

— Moi, mon cher Samuel, je ne suis pas homme à me désespérer ; personne n'ignorait moins que moi les périls de l'entreprise ; mais je n'ai plus voulu les voir du moment que tu les affrontais. Je suis donc à toi corps et âme. Dans la situation présente, mon avis est que nous devons persévérer, aller jusqu'au bout. Les dangers, d'ailleurs, me paraissent aussi grands pour revenir. Ainsi donc, en avant, tu peux compter sur nous.

— Merci, mes dignes amis, répondit le docteur véritablement ému. Je m'attendais à tant de dévouement ; mais il me fallait ces encourageantes paroles. Encore une fois, merci. »

Et ces trois hommes se serrèrent la main avec effusion.

« Écoutez-moi, reprit Fergusson. D'après mes relèvements, nous ne sommes pas à plus de trois cents milles du golfe de Guinée ; le désert ne peut donc s'étendre indéfiniment, puisque la côte est habitée et reconnue jusqu'à une certaine profondeur dans les terres. S'il le faut, nous nous dirigerons vers cette côte, et il est impossible que nous ne rencontrions pas quelque oasis, quelque puits où renouveler notre provision d'eau. Mais ce qui nous manque, c'est le vent, et, sans lui, nous sommes retenus en calme plat au milieu des airs.

— Attendons avec résignation », dit le chasseur.

Mais chacun à son tour interrogea vainement l'espace pendant cette interminable journée ; rien n'apparut qui pût faire naître une espérance. Les derniers mouvements du sol disparurent au soleil couchant, dont les rayons horizontaux s'allongèrent en longues lignes de feu sur cette plate immensité. C'était le désert.

Les voyageurs n'avaient pas franchi une distance de quinze milles, ayant dépensé, ainsi que le jour précédent, cent trente-cinq pieds cubes de gaz pour alimenter le chalumeau, et deux pintes d'eau sur huit durent être sacrifiées à l'étanchement d'une soif ardente.

La nuit se passa tranquille, trop tranquille ! Le docteur ne dormit pas.

XXV

UN PEU DE PHILOSOPHIE. — UN NUAGE À L'HORIZON. — AU MILIEU D'UN BROUILLARD. — LE BALLON INATTENDU. — LES SIGNAUX. — VUE EXACTE DU « VICTORIA ». — LES PALMIERS. — TRACES D'UNE CARAVANE. — LE PUITS AU MILIEU DU DÉSERT.

Le lendemain, même pureté du ciel, même immobilité de l'atmosphère. Le *Victoria* s'éleva jusqu'à une hauteur de cinq cents pieds ; mais c'est à peine s'il se déplaça sensiblement dans l'ouest.

« Nous sommes en plein désert, dit le docteur. Voici l'immensité de sable ! Quel étrange spectacle ! Quelle singulière disposition de la nature ! Pourquoi là-bas cette végétation excessive, ici cette extrême aridité, et cela, par la même latitude, sous les mêmes rayons de soleil ?

— Le pourquoi, mon cher Samuel, m'inquiète peu, répondit Kennedy ; la raison me préoccupe moins que le fait. Cela est ainsi, voilà l'important.

— Il faut bien philosopher un peu, mon cher Dick ; cela ne peut pas faire de mal.

— Philosophons, je le veux bien ; nous en avons le temps ; à peine si nous marchons. Le vent a peur de souffler, il dort.

— Cela ne durera pas, dit Joe, il me semble apercevoir quelques bandes de nuages dans l'est.

— Joe a raison, répondit le docteur.

— Bon, fit Kennedy, est-ce que nous tiendrions notre nuage, avec une bonne pluie et un bon vent qu'il nous jetterait au visage ?

— Nous verrons bien, Dick, nous verrons bien.

— C'est pourtant vendredi, mon maître, et je me défie des vendredis.

— Eh bien ! j'espère qu'aujourd'hui même tu reviendras de tes préventions.

— Je le désire, monsieur. Ouf ! fit-il en s'épongeant le visage, la chaleur est une bonne chose, en hiver surtout ; mais en été, il ne faut pas en abuser.

— Est-ce que tu ne crains pas l'ardeur du soleil pour notre ballon ? demanda Kennedy au docteur.

— Non ; la gutta-percha dont le taffetas est enduit supporte des températures beaucoup plus élevées. Celle à laquelle je l'ai soumise intérieurement au moyen du serpentin a été quelquefois de cent cinquante-huit degrés [1], et l'enveloppe ne paraît pas avoir souffert.

— Un nuage ! un vrai nuage ! » s'écria en ce moment Joe, dont la vue perçante défiait toutes les lunettes.

En effet, une bande épaisse et maintenant distincte

---

1. 70° centigrades.

s'élevait lentement au-dessus de l'horizon ; elle paraissait profonde et comme boursouflée ; c'était un amoncellement de petits nuages qui conservaient invariablement leur forme première, d'où le docteur conclut qu'il n'existait aucun courant d'air dans leur agglomération.

Cette masse compacte avait paru vers huit heures du matin, et à onze heures seulement, elle atteignait le disque du soleil, qui disparut tout entier derrière cet épais rideau ; à ce moment même, la bande inférieure du nuage abandonnait la ligne de l'horizon qui éclatait en pleine lumière.

« Ce n'est qu'un nuage isolé, dit le docteur, il ne faut pas trop compter sur lui. Regarde, Dick, sa forme est encore exactement celle qu'il avait ce matin.

— En effet, Samuel, il n'y a là ni pluie ni vent, pour nous du moins.

— C'est à craindre, car il se maintient à une très grande hauteur.

— Eh bien ! Samuel, si nous allions chercher ce nuage qui ne veut pas crever sur nous ?

— J'imagine que cela ne servira pas à grand-chose, répondit le docteur ; ce sera une dépense de gaz et par conséquent d'eau plus considérable. Mais, dans notre situation, il ne faut rien négliger ; nous allons monter. »

Le docteur poussa toute grande la flamme du chalumeau dans les spirales du serpentin ; une violente chaleur se développa, et bientôt le ballon s'éleva sous l'action de son hydrogène dilaté.

À quinze cents pieds environ du sol, il rencontra la masse opaque du nuage, et entra dans un épais brouillard, se maintenant à cette élévation ; mais il n'y trouva pas le moindre souffle de vent ; ce brouillard paraissait même dépourvu d'humidité, et les objets exposés à son contact furent à peine humectés. Le *Victoria*, enveloppé dans cette vapeur, y gagna peut-être une marche plus sensible, mais ce fut tout.

Le docteur constatait avec tristesse le médiocre résultat obtenu par sa manœuvre, quand il entendit Joe s'écrier avec les accents de la plus vive surprise :

« Ah ! par exemple !

— Qu'est-ce donc, Joe ?

— Mon maître ! monsieur Kennedy ! voilà qui est étrange !

— Qu'y a-t-il donc ?

— Nous ne sommes pas seuls ici ! il y a des intrigants ! On nous a volé notre invention !

— Devient-il fou ? » demanda Kennedy.

Joe représentait la statue de la stupéfaction ! Il restait immobile.

« Est-ce que le soleil aurait dérangé l'esprit de ce pauvre garçon ? dit le docteur en se tournant vers lui.

« Me diras-tu ?... dit-il.

— Mais voyez, monsieur, dit Joe en indiquant un point dans l'espace.

— Par saint Patrick ! s'écria Kennedy à son tour, ceci n'est pas croyable ! Samuel, Samuel, vois donc !

— Je vois, répondit tranquillement le docteur.

— Un autre ballon ! d'autres voyageurs comme nous ! »

En effet, à deux cents pieds, un aérostat flottait dans l'air avec sa nacelle et ses voyageurs ; il suivait exactement la même route que le *Victoria*.

« Eh bien ! dit le docteur, il ne nous reste qu'à lui faire des signaux ; prends le pavillon, Kennedy, et montrons nos couleurs. »

Il paraît que les voyageurs du second aérostat avaient eu au même moment la même pensée, car le même drapeau répétait identiquement le même salut dans une main qui l'agitait de la même façon.

« Qu'est-ce que cela signifie ? demanda le chasseur.

— Ce sont des singes, s'écria Joe, ils se moquent de nous !

— Cela signifie, répondit Fergusson en riant, que c'est toi-même qui te fais ce signal, mon cher Dick ; cela veut dire que nous-mêmes nous sommes dans cette seconde nacelle, et que ce ballon est tout bonnement notre *Victoria*.

Le ballon inattendu.

— Quant à cela, mon maître, sauf votre respect, dit Joe, vous ne me le ferez jamais croire.

— Monte sur le bord, Joe, agite tes bras, et tu verras. »

Joe obéit : il vit ses gestes exactement et instantanément reproduits.

« Ce n'est qu'un effet de mirage, dit le docteur, et pas autre chose ; un simple phénomène d'optique ; il est dû à la raréfaction inégale des couches de l'air, et voilà tout.

— C'est merveilleux ! répétait Joe, qui ne pouvait se rendre et multipliait ses expériences à tour de bras.

— Quel curieux spectacle ! reprit Kennedy. Cela fait plaisir de voir notre brave *Victoria* ! Savez-vous qu'il a bon air et se tient majestueusement ?

— Vous avez beau expliquer la chose à votre façon, répliqua Joe, c'est un singulier effet tout de même. »

Mais bientôt cette image s'effaça graduellement ; les nuages s'élevèrent à une plus grande hauteur, abandonnant le *Victoria*, qui n'essaya plus de les suivre, et, au bout d'une heure, ils disparurent en plein ciel.

Le vent, à peine sensible, sembla diminuer encore. Le docteur désespéré se rapprocha du sol.

Les voyageurs, que cet incident avait arrachés à leurs préoccupations, retombèrent dans de tristes pensées, accablés par une chaleur dévorante.

Vers quatre heures, Joe signala un objet en relief sur l'immense plateau de sable, et il put affirmer bientôt que deux palmiers s'élevaient à une distance peu éloignée.

« Des palmiers ! dit Fergusson, mais il y a donc une fontaine, un puits ? »

Il prit une lunette et s'assura que les yeux de Joe ne le trompaient pas.

« Enfin, répéta-t-il, de l'eau ! de l'eau ! et nous sommes sauvés, car, si peu que nous marchions, nous avançons toujours et nous finirons par arriver !

— Eh bien, monsieur ! dit Joe, si nous buvions en attendant ? L'air est vraiment étouffant.

— Buvons, mon garçon. »

Personne ne se fit prier. Une pinte entière y passa, ce qui réduisit la provision à trois pintes et demie seulement.

« Ah ! cela fait du bien ! fit Joe. Que c'est bon ! Jamais bière de Perkins ne m'a fait autant de plaisir.

— Voilà les avantages de la privation, répondit le docteur.

— Ils sont faibles, en somme, dit le chasseur, et quand je devrais ne jamais éprouver de plaisir à boire de l'eau, j'y consentirais à la condition de n'en être jamais privé. »

À six heures, le *Victoria* planait au-dessus des palmiers.

C'étaient deux maigres arbres, chétifs, desséchés, deux spectres d'arbres sans feuillage, plus morts que vivants. Fergusson les considéra avec effroi.

À leur pied, on distinguait les pierres à demi rongées d'un puits ; mais ces pierres, effritées sous les ardeurs du soleil, semblaient ne former qu'une impalpable poussière. Il n'y avait pas apparence d'humidité. Le cœur de Samuel se serra, et il allait faire part de ses craintes à ses compagnons, quand les exclamations de ceux-ci attirèrent son attention.

À perte de vue dans l'ouest s'étendait une longue ligne d'ossements blanchis ; des fragments de squelettes entouraient la fontaine ; une caravane avait poussé jusque-là, marquant son passage par ce long ossuaire ; les plus faibles étaient tombés peu à peu sur le sable ; les plus forts, parvenus à cette source tant désirée, avaient trouvé sur ses bords une mort horrible.

Les voyageurs se regardèrent en pâlissant.

« Ne descendons pas, dit Kennedy, fuyons ce hideux spectacle ! Il n'y a pas là une goutte d'eau à recueillir.

— Non pas, Dick, il faut en avoir la conscience nette. Autant passer la nuit ici qu'ailleurs. Nous fouillerons ce puits jusqu'au fond ; il y a eu là une source ; peut-être en reste-t-il quelque chose. »

Le *Victoria* prit terre ; Joe et Kennedy mirent dans la nacelle un poids de sable équivalent au leur et ils descendirent. Ils coururent au puits et pénétrèrent à l'intérieur par un escalier qui n'était plus que poussière. La source paraissait tarie depuis de longues années. Ils creusèrent dans un sable sec et friable, le plus aride des sables ; il n'y avait pas trace d'humidité.

Le docteur les vit remonter à la surface du désert, suants, défaits, couverts d'une poussière fine, abattus, découragés, désespérés.

Il comprit l'inutilité de leurs recherches ; il s'y attendait, il ne dit rien. Il sentait qu'à partir de ce moment il devrait avoir du courage et de l'énergie pour trois.

Joe rapportait les fragments d'une outre racornie, qu'il jeta avec colère au milieu des ossements dispersés sur le sol.

Pendant le souper, pas une parole ne fut échangée entre les voyageurs ; ils mangeaient avec répugnance.

Et pourtant, ils n'avaient pas encore véritablement enduré les tourments de la soif, et ils ne se désespéraient que pour l'avenir.

XXVI

CENT TREIZE DEGRÉS. — RÉFLEXIONS DU DOCTEUR. — RECHERCHE DÉSESPÉRÉE. — LE CHALUMEAU S'ÉTEINT. — CENT VINGT-DEUX DEGRÉS. — LA CONTEMPLATION DU DÉSERT. — UNE PROMENADE DANS LA NUIT. — SOLITUDE. — DÉFAILLANCE. — PROJETS DE JOE. — IL SE DONNE UN JOUR ENCORE.

La route parcourue par le *Victoria* pendant la journée précédente n'excédait pas dix milles, et, pour se maintenir, on avait dépensé cent soixante-deux pieds cubes de gaz.

Le samedi matin, le docteur donna le signal du départ.

« Le chalumeau ne peut plus marcher que six heures, dit-il. Si dans six heures nous n'avons découvert ni un puits, ni une source, Dieu seul sait ce que nous deviendrons.

— Peu de vent ce matin, maître ! dit Joe, mais il se lèvera peut-être », ajouta-t-il en voyant la tristesse mal dissimulée de Fergusson.

Vain espoir ! Il faisait dans l'air un calme plat, un de ces calmes qui dans les mers tropicales enchaînent obstinément les navires. La chaleur devint intolérable, et le thermomètre à l'ombre, sous la tente, marqua cent treize degrés [1].

Joe et Kennedy, étendus l'un près de l'autre, cherchaient sinon dans le sommeil, au moins dans la torpeur, l'oubli de la situation. Une inactivité forcée leur faisait de pénibles loisirs. L'homme est plus à plaindre qui ne peut s'arracher à sa pensée par un travail ou une occupation matérielle ; mais ici, rien à surveiller ; à tenter, pas davantage ; il fallait subir la situation sans pouvoir l'améliorer.

Les souffrances de la soif commencèrent à se faire sentir cruellement ; l'eau-de-vie, loin d'apaiser ce besoin impérieux, l'accroissait au contraire, et méritait bien ce nom de « lait de tigres » que lui donnent les naturels de l'Afrique. Il restait à peine deux pintes d'un liquide échauffé. Chacun couvait du regard ces quelques gouttes si précieuses, et personne n'osait y tremper ses lèvres. Deux pintes d'eau, au milieu d'un désert !

Alors le docteur Fergusson, plongé dans ses réflexions, se demanda s'il avait prudemment agi. N'aurait-il pas mieux valu conserver cette eau qu'il avait décomposée en pure perte pour se maintenir dans l'atmosphère ? Il avait fait un peu de chemin sans doute, mais en était-il plus avancé ? Quand il se trouverait de soixante milles en arrière sous cette latitude, qu'importait, puisque l'eau lui manquait en ce lieu ? Le vent, s'il se levait enfin, soufflerait-il là-bas comme ici, moins vite ici même, s'il venait de l'est ! Mais l'espoir poussait Samuel en avant ! Et cependant, ces deux gallons d'eau dépensés en vain, c'était de quoi suffire à neuf jours de halte dans ce désert ! Et quels changements pouvaient se produire en

---

1. 45° centigrades.

neuf jours ! Peut-être aussi, tout en conservant cette eau, eût-il dû s'élever en jetant du lest, quitte à perdre du gaz pour redescendre après ! Mais le gaz de son ballon, c'était son sang, c'était sa vie !

Ces mille réflexions se heurtaient dans sa tête qu'il prenait dans ses mains, et pendant des heures entières il ne la relevait pas.

« Il faut faire un dernier effort ! se dit-il vers dix heures du matin. Il faut tenter une dernière fois de découvrir un courant atmosphérique qui nous emporte ! Il faut risquer nos dernières ressources. »

Et, pendant que ses compagnons sommeillaient, il porta à une haute température l'hydrogène de l'aérostat ; celui-ci s'arrondit sous la dilatation du gaz et monta droit dans les rayons perpendiculaires du soleil. Le docteur chercha vainement un souffle de vent depuis cent pieds jusqu'à cinq milles ; son point de départ demeura obstinément au-dessous de lui ; un calme absolu semblait régner jusqu'aux dernières limites de l'air respirable.

Enfin l'eau d'alimentation s'épuisa ; le chalumeau s'éteignit faute de gaz ; la pile de Bunsen cessa de fonctionner, et le *Victoria*, se contractant, descendit doucement sur le sable à la place même que la nacelle y avait creusée.

Il était midi ; le relèvement donna 19° 35' de longitude et 6° 51' de latitude, à près de cinq cents milles du lac Tchad, à plus de quatre cents milles des côtes occidentales de l'Afrique.

En prenant terre, Dick et Joe sortirent de leur pesante torpeur.

« Nous nous arrêtons, dit l'Écossais.

— Il le faut », répondit Samuel d'un ton grave.

Ses compagnons le comprirent. Le niveau du sol se trouvait alors au niveau de la mer, par suite de sa constante dépression ; aussi le ballon se maintint-il dans un équilibre parfait et une immobilité absolue.

Le poids des voyageurs fut remplacé par une charge équivalente de sable, et ils mirent pied à terre ; chacun s'absorba dans ses pensées, et, pendant plusieurs heures, ils ne parlèrent pas. Joe prépara le souper, composé de biscuit et de pemmican, auquel on toucha à peine ; une gorgée d'eau brûlante compléta ce triste repas.

Pendant la nuit, personne ne veilla, mais personne ne dormit. La chaleur fut étouffante. Le lendemain, il ne restait plus qu'une demi-pinte d'eau ; le docteur la mit en réserve, et on résolut de n'y toucher qu'à la dernière extrémité.

« J'étouffe, s'écria bientôt Joe, la chaleur redouble ! Cela ne m'étonne pas, dit-il après avoir consulté le thermomètre, cent quarante degrés [1] !

— Le sable vous brûle, répondit le chasseur, comme s'il sortait d'un four. Et pas un nuage dans ce ciel en feu ! C'est à devenir fou !

— Ne nous désespérons pas, dit le docteur ; à ces grandes chaleurs succèdent inévitablement des tempêtes sous cette latitude, et elles arrivent avec la rapidité de l'éclair ; malgré l'accablante sérénité du ciel, il peut s'y produire de grands changements en moins d'une heure.

— Mais enfin, reprit Kennedy, il y aurait quelque indice !

— Eh bien ! dit le docteur, il me semble que le baromètre a une légère tendance à baisser.

— Le Ciel t'entende ! Samuel, car nous voici cloués à ce sol comme un oiseau dont les ailes sont brisées.

— Avec cette différence pourtant, mon cher Dick, que nos ailes sont intactes, et j'espère bien qu'elles pourront nous servir encore.

— Ah ! du vent ! du vent ! s'écria Joe. De quoi nous rendre à un ruisseau, à un puits, et il ne nous manquera rien ; nos vivres sont suffisants, et avec de l'eau nous attendrons un mois sans souffrir ! Mais la soif est une cruelle chose. »

La soif, mais aussi la contemplation incessante du désert fatiguaient l'esprit ; il n'y avait pas un accident de terrain, pas un monticule de sable, pas un caillou pour arrêter le regard. Cette planité écœurait et donnait ce

---

1. 60° centigrades.

La nuit dans le désert.

malaise qu'on appelle le mal du désert. L'impassibilité de
ce bleu aride du ciel et de ce jaune immense du sable
finissait par effrayer. Dans cette atmosphère incendiée, la
chaleur paraissait vibrante, comme au-dessus d'un foyer
incandescent ; l'esprit se désespérait à voir ce calme
immense, et n'entrevoyait aucune raison pour qu'un tel
état de choses vînt à cesser, car l'immensité est une sorte
d'éternité.

Aussi les malheureux, privés d'eau sous cette température torride, commencèrent à ressentir des symptômes
d'hallucination ; leurs yeux s'agrandissaient, leur regard
devenait trouble.

Lorsque la nuit fût venue, le docteur résolut de
combattre cette disposition inquiétante par une marche
rapide ; il voulut parcourir cette plaine de sable pendant
quelques heures, non pour chercher, mais pour marcher.

« Venez, dit-il à ses compagnons, croyez-moi, cela
vous fera du bien.

— Impossible, répondit Kennedy, je ne pourrais faire
un pas.

— J'aime encore mieux dormir, fit Joe.

— Mais le sommeil ou le repos vous seront funestes,
mes amis. Réagissez donc contre cette torpeur. Voyons,
venez. »

Le docteur ne put rien obtenir d'eux, et il partit seul au
milieu de la transparence étoilée de la nuit. Ses premiers
pas furent pénibles, les pas d'un homme affaibli et désha-
bitué de la marche ; mais il reconnut bientôt que cet exercice lui serait salutaire ; il s'avança de plusieurs milles
dans l'ouest, et son esprit se réconfortait déjà, lorsque,
tout d'un coup, il fut pris de vertige ; il se crut penché sur
un abîme ; il sentit ses genoux plier ; cette vaste solitude
l'effraya ; il était le point mathématique, le centre d'une
circonférence infinie, c'est-à-dire, rien ! Le *Victoria* disparaissait entièrement dans l'ombre. Le docteur fut
envahi par un insurmontable effroi, lui, l'impassible, l'audacieux voyageur ! Il voulut revenir sur ses pas, mais en
vain ; il appela ! pas même un écho pour lui répondre, et
sa voix tomba dans l'espace comme une pierre dans un

gouffre sans fond. Il se coucha défaillant sur le sable, seul, au milieu des grands silences du désert.

À minuit, il reprenait connaissance entre les bras de son fidèle Joe ; celui-ci, inquiet de l'absence prolongée de son maître, s'était lancé sur ses traces nettement imprimées dans la plaine ; il l'avait trouvé évanoui.

« Qu'avez-vous eu, mon maître ? demanda-t-il.

— Ce ne sera rien, mon brave Joe ; un moment de faiblesse, voilà tout.

— Ce ne sera rien, en effet, monsieur ; mais relevez-vous ; appuyez-vous sur moi, et regagnons le *Victoria*. »

Le docteur, au bras de Joe, reprit la route qu'il avait suivie.

« C'était imprudent, monsieur, on ne s'aventure pas ainsi. Vous auriez pu être dévalisé, ajouta-t-il en riant. Voyons, monsieur, parlons sérieusement.

— Parle, je t'écoute !

— Il faut absolument prendre un parti. Notre situation ne peut pas durer plus de quelques jours encore, et si le vent n'arrive pas, nous sommes perdus. »

Le docteur ne répondit pas.

« Eh bien ! il faut que quelqu'un se dévoue au sort commun, et il est tout naturel que ce soit moi !

— Que veux-tu dire ? quel est ton projet ?

— Un projet bien simple : prendre des vivres, et marcher toujours devant moi jusqu'à ce que j'arrive quelque part, ce qui ne peut manquer. Pendant ce temps, si le Ciel vous envoie un vent favorable, vous ne m'attendrez pas, vous partirez. De mon côté, si je parviens à un village, je me tirerai d'affaire avec les quelques mots d'arabe que vous me donnerez par écrit, et je vous ramènerai du secours, ou j'y laisserai ma peau ! Que dites-vous de mon dessein ?

— Il est insensé, mais digne de ton brave cœur, Joe. Cela est impossible, tu ne nous quitteras pas.

— Enfin, monsieur, il faut tenter quelque chose ; cela ne peut vous nuire en rien, puisque, je vous le répète, vous ne m'attendrez pas, et, à la rigueur, je peux réussir !

— Non, Joe ! non ! ne nous séparons pas ! ce serait une douleur ajoutée aux autres. Il était écrit qu'il en serait ainsi, et il est très probablement écrit qu'il en sera autrement plus tard. Ainsi, attendons avec résignation.

— Soit, monsieur ; mais je vous préviens d'une chose : je vous donne encore un jour ; je n'attendrai pas davantage ; c'est aujourd'hui dimanche, ou plutôt lundi, car il est une heure du matin ; si mardi nous ne partons pas, je tenterai l'aventure ; c'est un projet irrévocablement décidé. »

Le docteur ne répondit pas ; bientôt il rejoignait la nacelle, et il y prit place auprès de Kennedy. Celui-ci était plongé dans un silence absolu qui ne devait pas être le sommeil.

XXVII

CHALEUR EFFRAYANTE. — HALLUCINATIONS. — LES DER-
NIÈRES GOUTTES D'EAU. — NUIT DE DÉSESPOIR. — TENTA-
TIVE DE SUICIDE. — LE SIMOUN. — L'OASIS. — LION ET
LIONNE.

Le premier soin du docteur fut, le lendemain, de
consulter le baromètre. C'est à peine si la colonne de
mercure avait subi une dépression appréciable.

« Rien ! se dit-il, rien ! »

Il sortit de la nacelle, et vint examiner le temps ; même
chaleur, même pureté, même implacabilité.

« Faut-il donc désespérer ? » s'écria-t-il.

Joe ne disait mot, absorbé dans sa pensée, et méditant
son projet d'exploration.

Kennedy se releva fort malade, et en proie à une surex-
citation inquiétante. Il souffrait horriblement de la soif.
Sa langue et ses lèvres tuméfiées pouvaient à peine articu-
ler un son.

Il y avait encore là quelques gouttes d'eau ; chacun le
savait, chacun y pensait et se sentait attiré vers elles ;
mais personne n'osait faire un pas.

Ces trois compagnons, ces trois amis se regardaient
avec des yeux hagards, avec un sentiment d'avidité bes-
tiale, qui se décelait surtout chez Kennedy ; sa puissante
organisation succombait plus vite à ces intolérables privations ; pendant toute la journée, il fut en proie au délire ;
il allait et venait, poussant des cris rauques, se mordant
les poings, prêt à s'ouvrir les veines pour en boire le sang.

« Ah ! s'écria-t-il ! pays de la soif ! tu serais bien
nommé pays du désespoir ! »

Puis il tomba dans une prostration profonde ; on n'entendit plus que le sifflement de sa respiration entre ses
lèvres altérées.

Vers le soir, Joe fut pris à son tour d'un commencement
de folie ; cette vaste oasis de sable lui paraissait comme un
étang immense, avec des eaux claires et limpides ; plus

d'une fois il se précipita sur ce sol enflammé pour boire à même, et il se relevait la bouche pleine de poussière.

« Malédiction ! dit-il avec colère ! c'est de l'eau salée ! »

Alors, tandis que Fergusson et Kennedy demeuraient étendus sans mouvement, il fut saisi par l'invincible pensée d'épuiser les quelques gouttes d'eau mises en réserve. Ce fut plus fort que lui ; il s'avança vers la nacelle en se traînant sur les genoux, il couva des yeux la bouteille où s'agitait ce liquide, il y jeta un regard démesuré, il la saisit et la porta à ses lèvres.

En ce moment, ces mots : « À boire ! à boire ! » furent prononcés avec un accent déchirant.

C'était Kennedy qui se traînait près de lui ; le malheureux faisait pitié, il demandait à genoux, il pleurait.

Joe, pleurant aussi, lui présenta la bouteille, et jusqu'à la dernière goutte, Kennedy en épuisa le contenu.

« Merci », fit-il.

Mais Joe ne l'entendit pas ; il était comme lui retombé sur le sable.

Ce qui se passa pendant cette nuit affreuse, on l'ignore. Mais le mardi matin, sous ces douches de feu que versait le soleil, les infortunés sentirent leurs membres se dessécher peu à peu. Quand Joe voulut se lever, cela lui fut impossible ; il ne put mettre son projet à exécution.

Il jeta les yeux autour de lui. Dans la nacelle, le docteur accablé, les bras croisés sur la poitrine, regardait dans l'espace un point imaginaire avec une fixité idiote. Kennedy était effrayant ; il balançait la tête de droite et de gauche comme une bête féroce en cage.

Tout d'un coup, les regards du chasseur se portèrent sur sa carabine, dont la crosse dépassait le bord de la nacelle.

« Ah ! » s'écria-t-il en se relevant par un effort surhumain.

Il se précipita sur l'arme, éperdu, fou, et il en dirigea le canon vers sa bouche.

« Monsieur ! monsieur ! fit Joe, se précipitant sur lui.

— Laisse-moi ! va-t'en », dit en râlant l'Écossais.

Tous les deux luttaient avec acharnement.

« Va-t'en, ou je te tue », répéta Kennedy.

Mais Joe s'accrochait à lui avec force ; ils se débattirent ainsi, sans que le docteur parût les apercevoir, et pendant près d'une minute ; dans la lutte, la carabine partit soudain ; au bruit de la détonation, le docteur se releva droit comme un spectre ; il regarda autour de lui.

Mais, tout d'un coup, voici que son regard s'anime, sa main s'étend vers l'horizon, et, d'une voix qui n'avait plus rien d'humain, il s'écrie :

« Là ! là ! là-bas ! »

Il y avait une telle énergie dans son geste, que Joe et Kennedy se séparèrent, et tous deux regardèrent.

La plaine s'agitait comme une mer en fureur par un jour de tempête ; des vagues de sable déferlaient les unes sur les autres au milieu d'une poussière intense ; une immense colonne venait du sud-est en tournoyant avec une extrême rapidité ; le soleil disparaissait derrière un nuage opaque dont l'ombre démesurée s'allongeait jusqu'au *Victoria* ; les grains de sable fin glissaient avec la facilité de molécules liquides, et cette marée montante gagnait peu à peu.

Un regard énergique d'espoir brilla dans les yeux de Fergusson.

« Le simoun ! s'écria-t-il.

— Le simoun ! répéta Joe sans trop comprendre.

— Tant mieux, s'écria Kennedy avec une rage désespérée ! tant mieux ! nous allons mourir !

— Tant mieux ! répliqua le docteur, nous allons vivre au contraire ! »

Il se mit à rejeter rapidement le sable qui lestait la nacelle.

Ses compagnons le comprirent enfin, se joignirent à lui, et prirent place à ses côtés.

« Et maintenant, Joe, dit le docteur, jette-moi en dehors une cinquantaine de livres de ton minerai ! »

Joe n'hésita pas, et cependant il éprouva quelque chose comme un regret rapide. Le ballon s'enleva.

« Il était temps », s'écria le docteur.

Le simoun arrivait en effet avec la rapidité de la foudre. Un peu plus le *Victoria* était écrasé, mis en pièces, anéanti. L'immense trombe allait l'atteindre ; il fut couvert d'une grêle de sable.

« Encore du lest ! cria le docteur à Joe.

— Voilà », répondit ce dernier en précipitant un énorme fragment de quartz.

Le *Victoria* monta rapidement au-dessus de la trombe ; mais, enveloppé dans l'immense déplacement d'air, il fut entraîné avec une vitesse incalculable au-dessus de cette mer écumante.

Samuel, Dick et Joe ne parlaient pas ; ils regardaient, ils espéraient, rafraîchis d'ailleurs par le vent de ce tourbillon.

À trois heures, la tourmente cessait ; le sable, en retombant, formait une innombrable quantité de monticules ; le ciel reprenait sa tranquillité première.

Le *Victoria*, redevenu immobile, planait en vue d'une oasis, île couverte d'arbres verts et remontés à la surface de cet océan.

« L'eau ! l'eau est là ! » s'écria le docteur.

Aussitôt, ouvrant la soupape supérieure, il donna passage à l'hydrogène, et descendit doucement à deux cents pas de l'oasis.

En quatre heures, les voyageurs avaient franchi un espace de deux cent quarante milles[1].

La nacelle fut aussitôt équilibrée, et Kennedy, suivi de Joe, s'élança sur le sol.

« Vos fusils ! s'écria le docteur, vos fusils, et soyez prudents. »

Dick se précipita sur sa carabine, et Joe s'empara de l'un des fusils. Ils s'avancèrent rapidement jusqu'aux arbres et pénétrèrent sous cette fraîche verdure qui leur annonçait des sources abondantes ; ils ne prirent pas garde à de larges piétinements, à des traces fraîches qui marquaient çà et là le sol humide.

Soudain, un rugissement retentit à vingt pas d'eux.

---

1. Cent lieues.

« Le rugissement d'un lion ! dit Joe.

— Tant mieux ! répliqua le chasseur exaspéré, nous nous battrons ! On est fort quand il ne s'agit que de se battre.

— De la prudence, monsieur Dick, de la prudence ! de la vie de l'un dépend la vie de tous. »

Mais Kennedy ne l'écoutait pas ; il s'avançait, l'œil flamboyant, la carabine armée, terrible dans son audace. Sous un palmier, un énorme lion à crinière noire se tenait dans une posture d'attaque. À peine eut-il aperçu le chasseur qu'il bondit ; mais il n'avait pas touché terre qu'une balle au cœur le foudroyait ; il tomba mort.

« Hourra ! hourra ! » s'écria Joe.

Kennedy se précipita vers le puits, glissa sur les marches humides, et s'étala devant une source fraîche, dans laquelle il trempa ses lèvres avidement ; Joe l'imita, et l'on entendit plus que ces clappements de langue des animaux qui se désaltèrent.

« Prenons garde, monsieur Dick, dit Joe en respirant. N'abusons pas ! »

Mais Dick, sans répondre, buvait toujours. Il plongeait sa tête et ses mains dans cette eau bienfaisante ; il s'enivrait.

« Et M. Fergusson ? » dit Joe.

Ce seul mot rappela Kennedy à lui-même ; il remplit une bouteille qu'il avait apportée, et s'élança sur les marches du puits.

Mais quelle fut sa stupéfaction ! Un corps opaque, énorme, en fermait l'ouverture. Joe, qui suivait Dick, dut reculer avec lui.

« Nous sommes enfermés !

— C'est impossible ! qu'est-ce que cela veut dire ?... »

Dick n'acheva pas ; un rugissement terrible lui fit comprendre à quel nouvel ennemi il avait affaire.

« Un autre lion ! s'écria Joe.

— Non pas, une lionne ! Ah ! maudite bête, attends », dit le chasseur en rechargeant prestement sa carabine.

Un instant après, il faisait feu, mais l'animal avait disparu.

« En avant ! s'écria-t-il.

— Non, monsieur Dick, non, vous ne l'avez pas tuée

Un rugissement retentit.

du coup ; son corps eût roulé jusqu'ici ; elle est là prête
à bondir sur le premier d'entre nous qui paraîtra, et celui-
là est perdu !

— Mais que faire ? Il faut sortir ! Et Samuel qui nous
attend !

— Attirons l'animal ; prenez mon fusil, et passez-moi
votre carabine.

— Quel est ton projet ?

— Vous allez voir. »

Joe, retirant sa veste de toile, la disposa au bout de
l'arme et la présenta comme appât au-dessus de l'ouverture. La bête furieuse se précipita dessus ; Kennedy l'attendait au passage, et d'une balle il lui fracassa l'épaule.
La lionne rugissante roula sur l'escalier, renversant Joe.
Celui-ci croyait déjà sentir les énormes pattes de l'animal
s'abattre sur lui, quand une seconde détonation retentit,
et le docteur Fergusson apparut à l'ouverture, son fusil à
la main et fumant encore.

Joe se releva prestement, franchit le corps de la bête,
et passa à son maître la bouteille pleine d'eau.

La porter à ses lèvres, la vider à demi fut pour Fergusson l'affaire d'un instant, et les trois voyageurs remerciè-
rent du fond du cœur la Providence qui les avait si
miraculeusement sauvés.

XXVIII

SOIRÉE DÉLICIEUSE. — LA CUISINE DE JOE. — DISSERTATION
SUR LA VIANDE CRUE. — HISTOIRE DE JAMES BRUCE. —
LE BIVAC. — LES RÊVES DE JOE. — LE BAROMÈTRE BAISSE. —
LE BAROMÈTRE REMONTE. — PRÉPARATIFS DE DÉPART. —
L'OURAGAN.

La soirée fut charmante et se passa sous de frais
ombrages de mimosas, après un repas réconfortant ; le thé
et le grog n'y furent pas ménagés.

Kennedy avait parcouru ce petit domaine dans tous les sens, il en avait fouillé les buissons ; les voyageurs étaient les seuls êtres animés de ce paradis terrestre ; ils s'étendirent sur leurs couvertures et passèrent une nuit paisible, qui leur apporta l'oubli des douleurs passées.

Le lendemain, 7 mai, le soleil brillait de tout son éclat, mais ses rayons ne pouvaient traverser l'épais rideau d'ombrage. Comme il avait des vivres en suffisante quantité, le docteur résolut d'attendre en cet endroit un vent favorable.

Joe y avait transporté sa cuisine portative, et il se livrait à une foule de combinaisons culinaires, en dépensant l'eau avec une insouciante prodigalité.

« Quelle étrange succession de chagrins et de plaisirs ! s'écria Kennedy ; cette abondance après cette privation ! ce luxe succédant à cette misère ! Ah ! j'ai été bien près de devenir fou !

— Mon cher Dick, lui dit le docteur, sans Joe, tu ne serais pas là en train de discourir sur l'instabilité des choses humaines.

— Brave ami ! fit Dick en tendant la main à Joe.

— Il n'y a pas de quoi, répondit celui-ci. À charge de revanche, monsieur Dick, en préférant toutefois que l'occasion ne se présente pas de me rendre la pareille !

— C'est une pauvre nature que la nôtre ! reprit Fergusson. Se laisser abattre pour si peu !

— Pour si peu d'eau, voulez-vous dire, mon maître ! Il faut que cet élément soit bien nécessaire à la vie !

— Sans doute, Joe, et les gens privés de manger résistent plus longtemps que les gens privés de boire.

— Je le crois ; d'ailleurs, au besoin, on mange ce qui se rencontre, même son semblable, quoique cela doive faire un repas à vous rester longtemps sur le cœur !

— Les sauvages ne s'en font pas faute, cependant, dit Kennedy.

— Oui, mais ce sont des sauvages, et qui sont habitués à manger de la viande crue ; voilà une coutume qui me répugnerait !

— Cela est assez répugnant, en effet, reprit le docteur,

pour que personne n'ait ajouté foi aux récits des premiers
voyageurs en Afrique ; ceux-ci rapportèrent que plusieurs
peuplades se nourrissaient de viande crue, et on refusa
généralement d'admettre le fait. Ce fut dans ces circonstances qu'il arriva une singulière aventure à James Bruce.

— Contez-nous cela, monsieur ; nous avons le temps
de vous entendre, dit Joe en s'étalant voluptueusement
sur l'herbe fraîche.

— Volontiers. James Bruce était un Écossais du comté
de Stirling, qui, de 1768 à 1772, parcourut toute l'Abyssinie jusqu'au lac Tyana, à la recherche des sources du Nil ;
puis, il revint en Angleterre, où il publia ses voyages en
1790 seulement. Ses récits furent accueillis avec une
incrédulité extrême, incrédulité qui sans doute est réservée aux nôtres. Les habitudes des Abyssiniens semblaient
si différentes des us et coutumes anglais, que personne ne
voulait y croire. Entre autres détails, James Bruce avait
avancé que les peuples de l'Afrique orientale mangeaient
de la viande crue. Ce fait souleva tout le monde contre
lui. Il pouvait en parler à son aise ! on n'irait point voir !
Bruce était un homme très courageux et très rageur. Ces
doutes l'irritaient au suprême degré. Un jour, dans un
salon d'Édimbourg, un Écossais reprit en sa présence le
thème des plaisanteries quotidiennes, et à l'endroit de la
viande crue, il déclara nettement que la chose n'était ni
possible ni vraie. Bruce ne dit rien ; il sortit, et rentra
quelques instants après avec un beefsteack cru, saupoudré
de sel et de poivre à la mode africaine. "Monsieur, dit-il
à l'Écossais, en doutant d'une chose que j'ai avancée,
vous m'avez fait une injure grave ; en la croyant impraticable, vous vous êtes complètement trompé. Et, pour le
prouver à tous, vous allez manger tout de suite ce beefsteack cru, ou vous me rendrez raison de vos paroles."
L'Écossais eut peur, et il obéit non sans de fortes grimaces. Alors, avec le plus grand sang-froid, James Bruce
ajouta : "En admettant même que la chose ne soit pas
vraie, monsieur, vous ne soutiendrez plus, du moins,
qu'elle est impossible."

— Bien riposté, fit Joe. Si l'Écossais a pu attraper une

indigestion, il n'a eu que ce qu'il méritait. Et si, à notre retour en Angleterre, on met notre voyage en doute...

— Eh bien ! que feras-tu ? Joe.

— Je ferai manger aux incrédules les morceaux du *Victoria*, sans sel et sans poivre ! »

Et chacun de rire des expédients de Joe. La journée se passa de la sorte, en agréables propos ; avec la force revenait l'espoir ; avec l'espoir, l'audace. Le passé s'effaçait devant l'avenir avec une providentielle rapidité.

Joe n'aurait jamais voulu quitter cet asile enchanteur ; c'était le royaume de ses rêves ; il se sentait chez lui ; il fallut que son maître lui en donnât le relèvement exact, et ce fut avec un grand sérieux qu'il inscrivit sur ses tablettes de voyage : 15° 43' de longitude et 8° 32' de latitude.

Kennedy ne regrettait qu'une seule chose, de ne pouvoir chasser dans cette forêt en miniature ; selon lui, la situation manquait un peu de bêtes féroces.

« Cependant, mon cher Dick, reprit le docteur, tu oublies promptement. Et ce lion, et cette lionne ?

— Ça ! fit-il avec le dédain du vrai chasseur pour l'animal abattu ! Mais, au fait, leur présence dans cette oasis peut faire supposer que nous ne sommes pas très éloignés de contrées plus fertiles.

— Preuve médiocre, Dick ; ces animaux-là, pressés par la faim ou la soif, franchissent souvent des distances considérables ; pendant la nuit prochaine, nous ferons même bien de veiller avec plus de vigilance et d'allumer des feux.

— Par cette température, fit Joe ! Enfin, si cela est nécessaire, on le fera. Mais j'éprouverai une véritable peine à brûler ce joli bois, qui nous a été si utile.

— Nous ferons surtout attention à ne pas l'incendier, répondit le docteur, afin que d'autres puissent y trouver quelque jour un refuge au milieu du désert !

— On y veillera, monsieur ; mais pensez-vous que cette oasis soit connue ?

— Certainement. C'est un lieu de halte pour les caravanes qui fréquentent le centre de l'Afrique, et leur visite pourrait bien ne pas te plaire, Joe.

La sieste dans l'oasis.

— Est-ce qu'il y a encore par ici de ces affreux Nyam-Nyam ?

— Sans doute, c'est le nom général de toutes ces populations, et, sous le même climat, les mêmes races doivent avoir des habitudes pareilles.

— Pouah ! fit Joe ! Après tout, cela est bien naturel ! Si des sauvages avaient les goûts des gentlemen, où serait la différence ? Par exemple, voilà des braves gens qui ne se seraient pas fait prier pour avaler le beefsteack de l'Écossais, et même l'Écossais par-dessus le marché. »

Sur cette réflexion très sensée, Joe alla dresser ses bûchers pour la nuit, les faisant aussi minces que possible. Ces précautions furent heureusement inutiles, et chacun s'endormit tour à tour dans un profond sommeil.

Le lendemain, le temps ne changea pas encore ; il se maintenait au beau avec obstination. Le ballon demeurait immobile, sans qu'aucune oscillation ne vînt trahir un souffle de vent.

Le docteur recommençait à s'inquiéter : si le voyage devait ainsi se prolonger, les vivres seraient insuffisants. Après avoir failli succomber faute d'eau, en serait-on réduit à mourir de faim ?

Mais il reprit assurance en voyant le mercure baisser très sensiblement dans le baromètre ; il y avait des signes évidents d'un changement prochain dans l'atmosphère ; il résolut donc de faire ses préparatifs de départ pour profiter de la première occasion ; la caisse d'alimentation et la caisse à eau furent entièrement remplies toutes les deux.

Fergusson dut rétablir ensuite l'équilibre de l'aérostat, et Joe fut obligé de sacrifier une notable partie de son précieux minerai. Avec la santé, les idées d'ambition lui étaient revenues ; il fit plus d'une grimace avant d'obéir à son maître ; mais celui-ci lui démontra qu'il ne pouvait enlever un poids aussi considérable ; il lui donna à choisir entre l'eau ou l'or ; Joe n'hésita plus, et il jeta sur le sable une forte quantité de ses précieux cailloux.

« Voilà pour ceux qui viendront après nous, dit-il ; ils seront bien étonnés de trouver la fortune en pareil lieu.

— Eh ! fit Kennedy, si quelque savant voyageur vient à rencontrer ces échantillons ?...

— Ne doute pas, mon cher Dick, qu'il n'en soit fort surpris et qu'il ne publie sa surprise en nombreux in-folios ! Nous entendrons parler quelque jour d'un merveilleux gisement de quartz aurifère au milieu des sables de l'Afrique.

— Et c'est Joe qui en sera la cause. »

L'idée de mystifier peut-être quelque savant consola le brave garçon et le fit sourire.

Pendant le reste de la journée, le docteur attendit vainement un changement dans l'atmosphère. La température s'éleva et, sans les ombrages de l'oasis, elle eût été insoutenable. Le thermomètre marqua au soleil cent quarante-neuf degrés [1]. Une véritable pluie de feu traversait l'air. Ce fut la plus haute chaleur qui eût encore été observée.

Joe disposa comme la veille le bivac du soir, et, pendant les quarts du docteur et de Kennedy, il ne se produisit aucun incident nouveau.

Mais, vers trois heures du matin, Joe veillant, la température s'abaissa subitement, le ciel se couvrit de nuages, et l'obscurité augmenta.

« Alerte ! s'écria Joe en réveillant ses deux compagnons ! alerte ! voici le vent.

— Enfin ! dit le docteur en considérant le ciel, c'est une tempête ! Au *Victoria* ! au *Victoria* ! »

Il était temps d'y arriver. Le *Victoria* se courbait sous l'effort de l'ouragan et entraînait la nacelle qui rayait le sable. Si, par hasard, une partie du lest eût été précipitée à terre, le ballon serait parti, et tout espoir de le retrouver eût été à jamais perdu.

Mais le rapide Joe courut à toutes jambes et arrêta la

---

1. 69° centigrades.

nacelle, tandis que l'aérostat se couchait sur le sable au risque de se déchirer. Le docteur prit sa place habituelle, alluma son chalumeau, et jeta l'excès de poids.

Les voyageurs regardèrent une dernière fois les arbres de l'oasis qui pliaient sous la tempête, et bientôt, ramassant le vent d'est à deux cents pieds du sol, ils disparurent dans la nuit.

XXIX

SYMPTÔMES DE VÉGÉTATION. — IDÉE FANTAISISTE D'UN AUTEUR FRANÇAIS. — PAYS MAGNIFIQUE. — LE ROYAUME D'ADAMOVA. — LES EXPLORATIONS DE SPEKE ET BURTON RELIÉES À CELLES DE BARTH. — LES MONTS ATLANTIKA. — LE FLEUVE BENOUÉ. — LA VILLE D'YOLA. — LE BAGÉLÉ — LE MONT MENDIF.

Depuis le moment de leur départ, les voyageurs marchèrent avec une grande rapidité ; il leur tardait de quitter ce désert qui avait failli leur être si funeste.

Vers neuf heures un quart du matin, quelques symptômes de végétation furent entrevus, herbes flottant sur cette mer de sable, et leur annonçant, comme à Christophe Colomb, la proximité de la terre ; des pousses vertes pointaient timidement entre des cailloux qui allaient eux-mêmes redevenir les rochers de cet Océan.

Des collines encore peu élevées ondulaient à l'horizon ; leur profil, estompé par la brume, se dessinait vaguement ; la monotonie disparaissait.

Le docteur saluait avec joie cette contrée nouvelle, et, comme un marin en vigie, il était sur le point de s'écrier :

« Terre ! terre ! »

Une heure plus tard, le continent s'étalait sous ses yeux, d'un aspect encore sauvage, mais moins plat, moins nu, quelques arbres se profilaient sur le ciel gris.

« Nous sommes donc en pays civilisé ? dit le chasseur.

— Civilisé ? monsieur Dick ; c'est une manière de parler ; on ne voit pas encore d'habitants.

— Ce ne sera pas long, répondit Fergusson, au train dont nous marchons.

— Est-ce que nous sommes toujours dans le pays des Nègres, monsieur Samuel ?

— Toujours, Joe, en attendant le pays des Arabes.

— Des Arabes, monsieur, de vrais Arabes, avec leurs chameaux ?

— Non, sans chameaux ; ces animaux sont rares, pour ne pas dire inconnus dans ces contrées ; il faut remonter quelques degrés au nord pour les rencontrer.

— C'est fâcheux.

— Et pourquoi, Joe ?

— Parce que, si le vent devenait contraire, ils pourraient nous servir.

— Comment ?

— Monsieur, c'est une idée qui me vient : on pourrait les atteler à la nacelle et se faire remorquer par eux. Qu'en dites-vous ?

— Mon pauvre Joe, cette idée, un autre l'a eue avant toi ; elle a été exploitée par un très spirituel auteur français [1]... dans un roman, il est vrai. Des voyageurs se font traîner en ballon par des chameaux ; arrive un lion qui dévore les chameaux, avale la remorque, et traîne à leur place ; ainsi de suite. Tu vois que tout ceci est de la haute fantaisie, et n'a rien de commun avec notre genre de locomotion. »

Joe, un peu humilié à la pensée que son idée avait déjà servi, chercha quel animal aurait pu dévorer le lion ; mais il ne trouva pas et se remit à examiner le pays.

Un lac d'une moyenne étendue s'étendait sous ses regards, avec un amphithéâtre de collines qui n'avaient pas encore le droit de s'appeler des montagnes ; là, serpentaient des vallées nombreuses et fécondes, et leurs inextricables fouillis d'arbres les plus variés ; l'élaïs dominait cette masse, portant des feuilles de quinze pieds de longueur sur sa tige hérissée d'épines aiguës ; le bombax chargeait le vent à son passage du fin duvet de ses semences ; les parfums actifs du pendanus, ce « kenda » des Arabes, embaumaient les airs jusqu'à la zone que traversait le *Victoria* ; le papayer aux feuilles palmées, le sterculier qui produit la noix du Soudan, le baobab et les bananiers complétaient cette flore luxuriante des régions intertropicales.

« Le pays est superbe, dit le docteur.

— Voici les animaux, fit Joe ; les hommes ne sont pas loin.

— Ah ! les magnifiques éléphants ! s'écria Kennedy. Est-ce qu'il n'y aurait pas moyen de chasser un peu ?

— Et comment nous arrêter, mon cher Dick, avec un courant de cette violence ? Non, goûte un peu le supplice de Tantale ! Tu te dédommageras plus tard. »

Il y avait de quoi, en effet, exciter l'imagination d'un

---

1. M. Méry.

chasseur ; le cœur de Dick bondissait dans sa poitrine, et ses doigts se crispaient sur la crosse de son Purdey.

La faune de ce pays en valait la flore. Le bœuf sauvage se vautrait dans une herbe épaisse sous laquelle il disparaissait tout entier ; des éléphants gris, noirs ou jaunes, de la plus grande taille, passaient comme une trombe au milieu des forêts, brisant, rongeant, saccageant, marquant leur passage par une dévastation ; sur le versant boisé des collines suintaient des cascades et des cours d'eau entraînés vers le nord ; là, les hippopotames se baignaient à grand bruit, et des lamantins de douze pieds de long, au corps pisciforme, s'étalaient sur les rives, en dressant vers le ciel leurs rondes mamelles gonflées de lait.

C'était toute une ménagerie rare dans une serre merveilleuse, où des oiseaux sans nombre et de mille couleurs chatoyaient à travers les plantes arborescentes.

À cette prodigalité de la nature, le docteur reconnut le superbe royaume d'Adamova.

« Nous empiétons, dit-il, sur les découvertes modernes ; j'ai repris la piste interrompue des voyageurs ; c'est une heureuse fatalité, mes amis ; nous allons pouvoir rattacher les travaux des capitaines Burton et Speke aux explorations du docteur Barth ; nous avons quitté des Anglais pour retrouver un Hambourgeois, et bientôt nous arriverons au point extrême atteint par ce savant audacieux.

— Il me semble, dit Kennedy, qu'entre ces deux explorations, il y a une vaste étendue de pays, si j'en juge par le chemin que nous avons fait.

— C'est facile à calculer ; prends la carte et vois quelle est la longitude de la pointe méridionale du lac Ukéréoué atteinte par Speke.

— Elle se trouve à peu près sur le trente-septième degré.

— Et la ville d'Yola, que nous relèverons ce soir, et à laquelle Barth parvint, comment est-elle située ?

— Sur le douzième degré de longitude environ.

— Cela fait donc vingt-cinq degrés ; à soixante milles chaque, soit quinze cents milles [1].

— Un joli bout de promenade, fit Joe, pour les gens qui iraient à pied.

— Cela se fera cependant. Livingstone et Moffat montent toujours vers l'intérieur ; le Nyassa, qu'ils ont découvert, n'est pas très éloigné du lac Tanganayka, reconnu par Burton ; avant la fin du siècle, ces contrées immenses seront certainement explorées. Mais, ajouta le docteur en consultant sa boussole, je regrette que le vent nous porte tant à l'ouest ; j'aurais voulu remonter au nord. »

Après douze heures de marche, le *Victoria* se trouva sur les confins de la Nigritie. Les premiers habitants de cette terre, des Arabes Chouas, paissaient leurs troupeaux nomades. Les vastes sommets des monts Atlantika passaient par-dessus l'horizon, montagnes que nul pied européen n'a encore foulées, et dont l'altitude est estimée à treize cents toises environ. Leur pente occidentale détermine l'écoulement de toutes les eaux de cette partie de l'Afrique vers l'Océan ; ce sont les montagnes de la Lune de cette région.

Enfin, un vrai fleuve apparut aux yeux des voyageurs, et, aux immenses fourmilières qui l'avoisinaient, le docteur reconnut le Bénoué, l'un des grands affluents du

---

1. Six cent vingt-cinq lieues.

Niger, celui que les indigènes ont nommé la « Source des eaux ».

« Ce fleuve, dit le docteur à ses compagnons, deviendra un jour la voie naturelle de communication avec l'intérieur de la Nigritie ; sous le commandement de l'un de nos braves capitaines, le steamboat *La Pléiade* l'a déjà remonté jusqu'à la ville d'Yola ; vous voyez que nous sommes en pays de connaissance. »

De nombreux esclaves s'occupaient des travaux des champs, cultivant le sorgho, sorte de millet qui forme la base de leur alimentation ; les plus stupides étonnements se succédaient au passage du *Victoria*, qui filait comme un météore. Le soir, il s'arrêtait à quarante milles d'Yola, et devant lui, mais au loin, se dressaient les deux cônes aigus du mont Mendif.

Le docteur fit jeter les ancres, et s'accrocha au sommet d'un arbre élevé ; mais un vent très dur ballottait le *Victoria* jusqu'à le coucher horizontalement, et rendait parfois la position de la nacelle extrêmement dangereuse. Fergusson ne ferma pas l'œil de la nuit ; souvent il fut sur le point de couper le câble d'attache et de fuir devant la tourmente. Enfin la tempête se calma, et les oscillations de l'aérostat n'eurent plus rien d'inquiétant.

Le lendemain, le vent se montra plus modéré, mais il éloignait les voyageurs de la ville d'Yola, qui, nouvellement reconstruite par les Foullannes, excitait la curiosité de Fergusson ; néanmoins il fallut se résigner à s'élever dans le nord, et même un peu dans l'est.

Kennedy proposa de faire une halte dans ce pays de chasse ; Joe prétendait que le besoin de viande fraîche se faisait sentir ; mais les mœurs sauvages de ce pays, l'attitude de la population, quelques coups de fusil tirés dans la direction du *Victoria*, engagèrent le docteur à continuer son voyage. On traversait alors une contrée, théâtre de massacres et d'incendies, où les luttes guerrières sont incessantes, et dans lesquelles les sultans jouent leur royaume au milieu des plus atroces carnages.

Des villages nombreux, populeux, à longues cases, s'étendaient entre les grands pâturages, dont l'herbe

épaisse était semée de fleurs violettes ; les huttes, semblables à de vastes ruches, s'abritaient derrière des palissades hérissées. Les versants sauvages des collines
rappelaient les « glen » des hautes terres d'Écosse, et
Kennedy en fit plusieurs fois la remarque.

En dépit de ses efforts, le docteur portait en plein dans
le nord-est, vers le mont Mendif, qui disparaissait au
milieu des nuages ; les hauts sommets de ces montagnes
séparent le bassin du Niger du bassin du lac Tchad.

Bientôt apparut le Bagelé, avec ses dix-huit villages
accrochés à ses flancs, comme toute une nichée d'enfants
au sein de leur mère, magnifique spectacle pour des
regards qui dominaient et saisissaient cet ensemble ; les
ravins se montraient couverts de champs de riz et d'ara-
chides.

À trois heures, le *Victoria* se trouvait en face du mont
Mendif. On n'avait pu l'éviter, il fallut le franchir. Le
docteur, au moyen d'une température qu'il accrut de cent
quatre-vingts degrés [1], donna au ballon une nouvelle force
ascensionnelle de près de seize cents livres ; il s'éleva à
plus de huit mille pieds. Ce fut la plus grande élévation
obtenue pendant le voyage, et la température s'abaissa
tellement que le docteur et ses compagnons durent recourir à leurs couvertures.

Fergusson eut hâte de descendre, car l'enveloppe de
l'aérostat se tendait à rompre ; il eut le temps de constater
cependant l'origine volcanique de la montagne, dont les
cratères éteints ne sont plus que de profonds abîmes. De
grandes agglomérations de fientes d'oiseaux donnaient
aux flancs du Mendif l'apparence de roches calcaires, et
il y avait là de quoi fumer les terres de tout le Royaume-
Uni.

À cinq heures, le *Victoria*, abrité des vents du sud,
longeait doucement les pentes de la montagne, et s'arrêtait dans une vaste clairière éloignée de toute habitation ;
dès qu'il eut touché le sol, les précautions furent prises
pour l'y retenir fortement, et Kennedy, son fusil à la main,

_____

1. 100° centigrades.

Le cratère du mont Mendif.

s'élança dans la plaine inclinée ; il ne tarda pas à revenir avec une demi-douzaine de canards sauvages et une sorte de bécassine, que Joe accommoda de son mieux. Le repas fut agréable, et la nuit se passa dans un repos profond.

XXX

MOSFEIA. — LE CHEIK. — DENHAM, CLAPPERTON, OUD-NEY. — VOGEL. — LA CAPITALE DU LOGGOUM. — TOOLE. — CALME AU-DESSUS DU KERNAK. — LE GOUVERNEUR ET SA COUR. — L'ATTAQUE. — LES PIGEONS INCENDIAIRES.

Le lendemain, 11 mai, le *Victoria* reprit sa course aventureuse ; les voyageurs avaient en lui la confiance d'un marin pour son navire.

D'ouragans terribles, de chaleurs tropicales, de départs dangereux, de descentes plus dangereuses encore, il s'était partout et toujours tiré avec bonheur. On peut dire que Fergusson le guidait d'un geste ; aussi, sans connaître le point d'arrivée, le docteur n'avait plus de craintes sur l'issue du voyage. Seulement, dans ce pays de barbares et de fanatiques, la prudence l'obligeait à prendre les plus sévères précautions ; il recommanda donc à ses compagnons d'avoir l'œil ouvert à tout venant et à toute heure.

Le vent les ramenait un peu plus au nord, et vers neuf heures, ils entrevirent la grande ville de Mosfeia, bâtie sur une éminence encaissée elle-même entre deux hautes montagnes ; elle était située dans une position inexpugnable ; une route étroite entre un marais et un bois y donnait seule accès.

En ce moment, un cheik, accompagné d'une escorte à cheval, revêtu de vêtements aux couleurs vives, précédé de joueurs de trompette et de coureurs qui écartaient les branches sur son passage, faisait son entrée dans la ville.

Le docteur descendit, afin de contempler ces indigènes de plus près ; mais, à mesure que le ballon grossissait à

leurs yeux, les signes d'une profonde terreur se manifes-
tèrent, et ils ne tardèrent pas à détaler de toute la vitesse
de leurs jambes ou de celles de leurs chevaux.

Seul, le cheik ne bougea pas ; il prit son long mousquet, l'arma et attendit fièrement. Le docteur s'approcha
à cent cinquante pieds à peine, et, de sa plus belle voix,
il lui adressa le salut en arabe.

Mais, à ces paroles descendues du ciel, le cheik mit
pied à terre, se prosterna sur la poussière du chemin, et
le docteur ne put le distraire de son adoration.

« Il est impossible, dit-il, que ces gens-là ne nous prennent pas pour des êtres surnaturels, puisque, à l'arrivée
des premiers Européens parmi eux, ils les crurent d'une
race surhumaine. Et quand ce cheik parlera de cette rencontre, il ne manquera pas d'amplifier le fait avec toutes
les ressources d'une imagination arabe. Jugez donc un
peu de ce que les légendes feront de nous quelque jour.

— Ce sera peut-être fâcheux, répondit le chasseur ; au
point de vue de la civilisation, il vaudrait mieux passer
pour de simples hommes ; cela donnerait à ces Nègres
une bien autre idée de la puissance européenne.

— D'accord, mon cher Dick ; mais que pouvons-nous
y faire ? Tu expliquerais longuement aux savants du pays
le mécanisme d'un aérostat, qu'ils ne sauraient te
comprendre, et admettraient toujours là une intervention
surnaturelle.

— Monsieur, demanda Joe, vous avez parlé des premiers Européens qui ont exploré ce pays ; quels sont-ils
donc, s'il vous plaît ?

— Mon cher garçon, nous sommes précisément sur la
route du major Denham ; c'est à Mosfeia même qu'il fut
reçu par le sultan du Mandara ; il avait quitté le Bornou,
il accompagnait le cheik dans une expédition contre les
Fellatahs, il assista à l'attaque de la ville, qui résista bra-
vement avec ses flèches aux balles arabes et mit en fuite
les troupes du cheik ; tout cela n'était que prétexte à
meurtres, à pillages, à razzias ; le major fut complètement
dépouillé, mis à nu, et sans un cheval sous le ventre
duquel il se glissa et qui lui permit de fuir les vainqueurs

par son galop effréné, il ne fût jamais rentré dans Kouka, la capitale du Bornou.

— Mais quel était ce major Denham ?

— Un intrépide Anglais, qui de 1822 à 1824 commanda une expédition dans le Bornou en compagnie du capitaine Clapperton et du docteur Oudney. Ils partirent de Tripoli au mois de mars, parvinrent à Mourzouk, la capitale du Fezzan, et, suivant le chemin que plus tard devait prendre le docteur Barth pour revenir en Europe, ils arrivèrent le 16 février 1823 à Kouka, près du lac Tchad. Denham fit diverses explorations dans le Bornou, dans le Mandara, et aux rives orientales du lac ; pendant ce temps, le 15 décembre 1823, le capitaine Clapperton et le docteur Oudney s'enfonçaient dans le Soudan jusqu'à Sackatou, et Oudney mourait de fatigue et d'épuisement dans la ville de Murmur.

— Cette partie de l'Afrique, demanda Kennedy, a donc payé un large tribut de victimes à la science ?

— Oui, cette contrée est fatale ! Nous marchons directement vers le royaume de Barghimi, que Vogel traversa en 1856 pour pénétrer dans le Wadaï, où il a disparu. Ce jeune homme, à vingt-trois ans, était envoyé pour coopérer aux travaux du docteur Barth ; ils se rencontrèrent tous deux le 1er décembre 1854 ; puis Vogel commença les explorations du pays ; vers 1856, il annonça dans ses dernières lettres son intention de reconnaître le royaume du Wadaï, dans lequel aucun Européen n'avait encore pénétré ; il paraît qu'il parvint jusqu'à Wara, la capitale, où il fut fait prisonnier suivant les uns, mis à mort suivant les autres, pour avoir tenté l'ascension d'une montagne sacrée des environs ; mais il ne faut pas admettre légèrement la mort des voyageurs, car cela dispense d'aller à leur recherche ; ainsi, que de fois la mort du docteur Barth n'a-t-elle pas été officiellement répandue, ce qui lui a causé souvent une légitime irritation ! Il est donc fort possible que Vogel soit retenu prisonnier par le sultan du Wadaï, qui espère le rançonner. Le baron de Neimans se mettait en route pour le Wadaï, quand il mourut au Caire en 1855. Nous savons maintenant que M. de Heuglin,

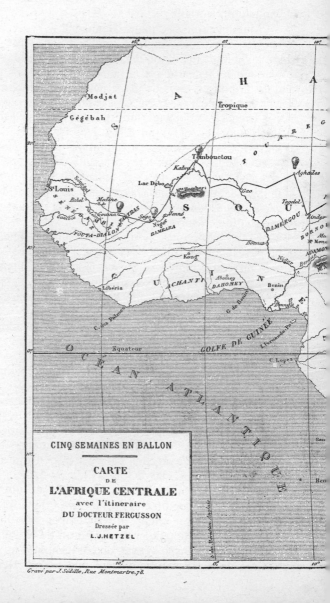

CINQ SEMAINES EN BALLON

CARTE
DE
L'AFRIQUE CENTRALE
avec l'itineraire
DU DOCTEUR FERGUSSON
Dressée par
L.J. HETZEL

Gravé par J. Sédille, Rue Montmartre, 76.

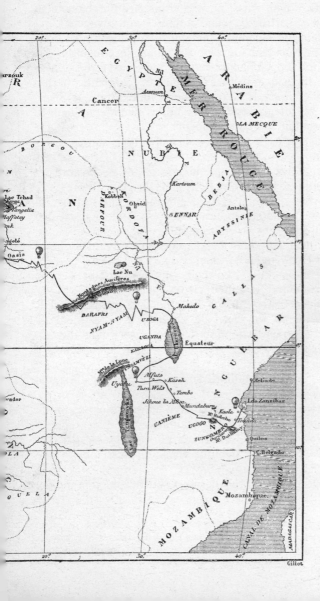

Gillot

avec l'expédition envoyée de Leipzig, s'est lancé sur les traces de Vogel. Aussi nous devrons être prochainement fixés sur le sort de ce jeune et intéressant voyageur [1]. »

Mosfeia avait depuis longtemps déjà disparu à l'horizon. Le Mandara développait sous les regards des voyageurs son étonnante fertilité avec ses forêts d'acacias, de locustes aux fleurs rouges, et les plantes herbacées des champs de cotonniers et d'indigotiers ; le Shari, qui va se jeter quatre-vingts milles plus loin dans le Tchad, roulait son cours impétueux.

Le docteur le fit suivre à ses compagnons sur les cartes de Barth.

« Vous voyez, dit-il, que les travaux de ce savant sont d'une extrême précision ; nous nous dirigeons droit sur le district du Loggoum, et peut-être même sur Kernak, sa capitale. C'est là que mourut le pauvre Toole, à peine âgé de vingt-deux ans : c'était un jeune Anglais, enseigne au 80e régiment, qui avait depuis quelques semaines rejoint le major Denham en Afrique, et il ne tarda pas à y rencontrer la mort. Ah ! l'on peut appeler justement cette immense contrée le cimetière des Européens ! »

Quelques canots, longs de cinquante pieds, descendaient le cours du Shari ; le *Victoria*, à 1 000 pieds de terre, attirait peu l'attention des indigènes ; mais le vent, qui jusque-là soufflait avec une certaine force, tendit à diminuer.

« Est-ce que nous allons encore être pris par un calme plat ? dit le docteur.

— Bon, mon maître ! nous n'aurons toujours ni le manque d'eau ni le désert à craindre.

— Non, mais des populations plus redoutables encore.

— Voici, dit Joe, quelque chose qui ressemble à une ville.

— C'est Kernak. Les derniers souffles du vent nous y

---

1. Depuis le départ du docteur, des lettres adressées d'El'Obeid par M. Munzinger, le nouveau chef de l'expédition, ne laissent malheureusement plus de doute sur la mort de Vogel.

portent, et, si cela nous convient, nous pourrons en lever le plan exact.

— Ne nous rapprocherons-nous pas ? demanda Kennedy.

— Rien n'est plus facile, Dick ; nous sommes droit au-dessus de la ville ; permets-moi de tourner un peu le robinet du chalumeau, et nous ne tarderons pas à descendre. »

Le *Victoria*, une demi-heure après, se maintenait immobile à deux cents pieds du sol.

« Nous voici plus près de Kernak, dit le docteur, que ne le serait de Londres un homme juché dans la boule de Saint-Paul. Ainsi nous pouvons voir à notre aise.

— Quel est donc ce bruit de maillets que l'on entend de tous côtés ? »

Joe regarda attentivement, et vit que ce bruit était produit par les nombreux tisserands qui frappaient en plein air leurs toiles tendues sur de vastes troncs d'arbres.

La capitale du Loggoum se laissait saisir alors dans tout son ensemble, comme sur un plan déroulé ; c'était une véritable ville, avec des maisons alignées et des rues assez larges ; au milieu d'une vaste place se tenait un marché d'esclaves ; il y avait grande affluence de chalands, car les mandaraines, aux pieds et aux mains d'une extrême petitesse, sont fort recherchées et se placent avantageusement.

À la vue du *Victoria*, l'effet si souvent produit se reproduisit encore : d'abord des cris, puis une stupéfaction profonde ; les affaires furent abandonnées, les travaux suspendus ; le bruit cessa. Les voyageurs demeuraient dans une immobilité parfaite et ne perdaient pas un détail de cette populeuse cité ; ils descendirent même à soixante pieds du sol.

Alors le gouverneur de Loggoum sortit de sa demeure, déployant son étendard vert, et accompagné de ses musiciens qui soufflaient à tout rompre, excepté leurs poumons, dans de rauques cornes de buffle. La foule se rassembla autour de lui. Le docteur Fergusson voulut se faire entendre ; il ne put y parvenir.

Cette population au front haut, aux cheveux bouclés,

au nez presque aquilin, paraissait fière et intelligente ;
mais la présence du *Victoria* la troublait singulièrement ;
on voyait des cavaliers courir dans toutes les directions ;
bientôt il devint évident que les troupes du gouverneur se
rassemblaient pour combattre un ennemi si extraordinaire.
Joe eut beau déployer des mouchoirs de toutes les couleurs, il n'obtint aucun résultat.

Cependant le cheik, entouré de sa cour, réclama le
silence et prononça un discours auquel le docteur ne put
rien comprendre ; de l'arabe mêlé de baghrimi ; seulement il reconnut, à la langue universelle des gestes, une
invitation expresse de s'en aller ; il n'eût pas mieux
demandé, mais, faute de vent, cela devenait impossible.
Son immobilité exaspéra le gouverneur, et ses courtisans
se prirent à hurler pour obliger le monstre à s'enfuir.

C'étaient de singuliers personnages que ces courtisans,
avec leurs cinq ou six chemises bariolées sur le corps ;
ils avaient des ventres énormes, dont quelques-uns semblaient postiches. Le docteur étonna ses compagnons en
leur apprenant que c'était la manière de faire sa cour au
sultan. La rotondité de l'abdomen indiquait l'ambition
des gens. Ces gros hommes gesticulaient et criaient, un
d'entre eux surtout, qui devait être premier ministre, si
son ampleur trouvait ici-bas sa récompense. La foule des
Nègres unissait ses hurlements aux cris de la cour, répé-
tant ses gesticulations à la manière des singes, ce qui produisait un mouvement unique et instantané de dix mille
bras.

À ces moyens d'intimidation qui furent jugés insuffisants, s'en joignirent d'autres plus redoutables. Des soldats armés d'arcs et de flèches se rangèrent en ordre de
bataille ; mais déjà le *Victoria* se gonflait et s'élevait tranquillement hors de leur portée. Le gouverneur, saisissant
alors un mousquet, le dirigea vers le ballon. Mais Kennedy le surveillait, et, d'une balle de sa carabine, il brisa
l'arme dans la main du cheik.

À ce coup inattendu, ce fut une déroute générale ; chacun rentra au plus vite dans sa case, et, pendant le reste
du jour, la ville demeura absolument déserte.

Le gouverneur de Loggoum.

La nuit vint. Le vent ne soufflait plus. Il fallut se résoudre à rester immobile à trois cents pieds du sol. Pas un feu ne brillait dans l'ombre ; il régnait un silence de mort. Le docteur redoubla de prudence ; ce calme pouvait cacher un piège.

Et Fergusson eut raison de veiller. Vers minuit, toute la ville parut comme embrasée ; des centaines de raies de feu se croisaient comme des fusées, formant un enchevêtrement de lignes de flamme.

« Voilà qui est singulier ! fit le docteur.

— Mais, Dieu me pardonne ! répliqua Kennedy, on dirait que l'incendie monte et s'approche de nous. »

En effet, au bruit de cris effroyables et des détonations des mousquets, cette masse de feu s'élevait vers le *Victoria*. Joe se prépara à jeter du lest. Fergusson ne tarda pas à avoir l'explication de ce phénomène.

Des milliers de pigeons, la queue garnie de matières combustibles, avaient été lancés contre le *Victoria* ; effrayés, ils montaient en traçant dans l'atmosphère leurs zigzags de feu. Kennedy se mit à faire une décharge de toutes ses armes au milieu de cette masse ; mais que pouvait-il contre une innombrable armée ? Déjà les pigeons environnaient la nacelle et le ballon, dont les parois, réfléchissant cette lumière, semblaient enveloppées dans un réseau de feu.

Le docteur n'hésita pas, et précipitant un fragment de quartz, il se tint hors des atteintes de ces oiseaux dangereux. Pendant deux heures, on les aperçut courant çà et là dans la nuit ; puis peu à peu leur nombre diminua, et ils s'éteignirent.

« Maintenant nous pouvons dormir tranquilles, dit le docteur.

— Pas mal imaginé pour des sauvages ! fit Joe.

— Oui, ils emploient assez communément ces pigeons pour incendier les chaumes des villages ; mais cette fois, le village volait encore plus haut que leurs volatiles incendiaires !

— Décidément un ballon n'a pas d'ennemis à craindre, dit Kennedy.

— Si fait, répliqua le docteur.

— Lesquels, donc ?

— Les imprudents qu'il porte dans sa nacelle ; ainsi, mes amis, de la vigilance partout, de la vigilance toujours. »

XXXI

DÉPART DANS LA NUIT. — TOUS LES TROIS. — LES INSTINCTS DE KENNEDY. — PRÉCAUTIONS. — LE COURS DU SHARI. — LE LAC TCHAD. — L'EAU DU LAC. — L'HIPPOPOTAME. — UNE BALLE PERDUE.

Vers trois heures du matin, Joe, étant de quart, vit enfin la ville se déplacer sous ses pieds. Le *Victoria* reprenait sa marche. Kennedy et le docteur se réveillèrent.

Ce dernier consulta la boussole, et reconnut avec satisfaction que le vent les portait vers le nord-nord-est.

« Nous jouons de bonheur, dit-il ; tout nous réussit ; nous découvrirons le lac Tchad aujourd'hui même.

— Est-ce une grande étendue d'eau ? demanda Kennedy.

— Considérable, mon cher Dick ; dans sa plus grande longueur et sa plus grande largeur, ce lac peut mesurer cent vingt milles.

— Cela variera un peu notre voyage de nous promener sur une nappe liquide.

— Mais il me semble que nous n'avons pas à nous plaindre ; il est très varié, et surtout il se passe dans les meilleures conditions possibles.

— Sans doute, Samuel ; sauf les privations du désert, nous n'aurons couru aucun danger sérieux.

— Il est certain que notre brave *Victoria* s'est toujours merveilleusement comporté. C'est aujourd'hui le 12 mai ; nous sommes partis le 18 avril ; c'est donc vingt-cinq jours de marche. Encore une dizaine de jours, et nous serons arrivés.

— Où ?

— Je n'en sais rien ; mais que nous importe ?

— Tu as raison, Samuel ; fions-nous à la Providence du soin de nous diriger et de nous maintenir en bonne santé, comme nous voilà ! On n'a pas l'air d'avoir traversé les pays les plus pestilentiels du monde !

— Nous étions à même de nous élever, et c'est ce que nous avons fait.

— Vivent les voyages aériens ! s'écria Joe. Nous voici, après vingt-cinq jours, bien portants, bien nourris, bien reposés, trop reposés peut-être, car mes jambes commencent à se rouiller, et je ne serais pas fâché de les dégourdir pendant une trentaine de milles.

— Tu te donneras ce plaisir-là dans les rues de Londres, Joe ; mais, pour conclure, nous sommes partis trois comme Denham, Clapperton, Overweg, comme Barth, Richardson et Vogel, et, plus heureux que nos devanciers, tous trois nous nous retrouvons encore ! Mais il est bien important de ne pas nous séparer. Si pendant que l'un de nous est à terre, le *Victoria* devait s'enlever pour éviter un danger subit, imprévu, qui sait si nous le reverrions jamais ? Aussi, je le dis franchement à Kennedy, je n'aime pas qu'il s'éloigne sous prétexte de chasse.

— Tu me permettras pourtant bien, ami Samuel, de me passer encore cette fantaisie ; il n'y a pas de mal à renouveler nos provisions ; d'ailleurs, avant notre départ, tu m'as fait entrevoir toute une série de chasses superbes, et jusqu'ici j'ai peu fait dans la voie des Anderson et des Cumming.

— Mais, mon cher Dick, la mémoire te fait défaut, ou ta modestie t'engage à oublier tes prouesses ; il me semble que, sans parler du menu gibier, tu as déjà une antilope, un éléphant et deux lions sur la conscience.

— Bon ! qu'est-ce que cela pour un chasseur africain qui voit passer tous les animaux de la création au bout de son fusil ? Tiens ! tiens ! regarde cette troupe de girafes !

— Ça, des girafes ! fit Joe : elles sont grosses comme le poing !

— Parce que nous sommes à mille pieds au-dessus d'elles ; mais, de près, tu verrais qu'elles ont trois fois ta hauteur.

— Et que dis-tu de ce troupeau de gazelles ? reprit Kennedy, et ces autruches qui fuient avec la rapidité du vent ?

— Ça ! des autruches ! fit Joe, ce sont des poules, tout ce qu'il y a de plus poules !

— Voyons, Samuel, ne peut-on s'approcher ?

— On peut s'approcher, Dick, mais non prendre terre. À quoi bon, dès lors, frapper ces animaux qui ne te seront d'aucune utilité ? S'il s'agissait de détruire un lion, un chat-tigre, une hyène, je le comprendrais ; ce serait toujours une bête dangereuse de moins ; mais une antilope, une gazelle, sans autre profit que la vaine satisfaction de tes instincts de chasseur, cela n'en vaut vraiment pas la peine. Après tout, mon ami, nous allons nous maintenir à cent pieds du sol, et si tu distingues quelque animal féroce, tu nous feras plaisir en lui envoyant une balle dans le cœur. »

Le *Victoria* descendit peu à peu, et se maintint néanmoins à une hauteur rassurante. Dans cette contrée sauvage et très peuplée, il fallait se défier de périls inattendus.

Les voyageurs suivaient directement alors le cours du Shari ; les bords charmants de ce fleuve disparaissaient sous les ombrages d'arbres aux nuances variées ; des lianes et des plantes grimpantes serpentaient de toutes parts et produisaient de curieux enchevêtrements de couleurs. Les crocodiles s'ébattaient en plein soleil ou plongeaient sous les eaux avec une vivacité de lézard ; en se jouant, ils accostaient les nombreuses îles vertes qui rompaient le courant du fleuve.

Ce fut ainsi, au milieu d'une nature riche et verdoyante, que passa le district de Maffatay. Vers neuf heures du matin, le docteur Fergusson et ses amis atteignaient enfin la rive méridionale du lac Tchad.

C'était donc là cette Caspienne de l'Afrique, dont l'existence fut si longtemps reléguée au rang des fables, cette mer intérieure à laquelle parvinrent seulement les expéditions de Denham et de Barth.

Le docteur essaya d'en fixer la configuration actuelle, bien différente déjà de celle de 1847 ; en effet, la carte de ce lac est impossible à tracer ; il est entouré de marais fangeux et presque infranchissables, dans lesquels Barth pensa périr ; d'une année à l'autre, ces marais, couverts de roseaux et de papyrus de quinze pieds, deviennent le lac lui-même ; souvent aussi, les villes étalées sur ses bords sont à demi submergées, comme il arriva à Ngornou en 1856, et maintenant les hippopotames et les alligators plongent aux lieux mêmes où s'élevaient les habitations du Bornou.

Le soleil versait ses rayons éblouissants sur cette eau tranquille, et au nord les deux éléments se confondaient dans un même horizon.

Le docteur voulut constater la nature de l'eau, que longtemps on crut salée ; il n'y avait aucun danger à s'approcher de la surface du lac, et la nacelle vint de raser comme un oiseau à cinq pieds de distance.

Joe plongea une bouteille, et la ramena à demi pleine ; cette eau fut goûtée et trouvée peu potable, avec un certain goût de natron.

Tandis que le docteur inscrivait le résultat de son expérience, un coup de fusil éclata à ses côtés. Kennedy n'avait pu résister au désir d'envoyer une balle à un monstrueux hippopotame ; celui-ci, qui respirait tranquillement, disparut au bruit de la détonation, et la balle conique du chasseur ne parut pas le troubler autrement.

« Il aurait mieux valu le harponner, dit Joe.

— Et comment ?

— Avec une de nos ancres. C'eût été un hameçon convenable pour un pareil animal.

— Mais, dit Kennedy, Joe a vraiment une idée...

— Que je vous prie de ne pas mettre à exécution ! répliqua le docteur. L'animal nous aurait vite entraînés où nous n'avons que faire.

— Surtout maintenant que nous sommes fixés sur la qualité de l'eau du Tchad. Est-ce que cela se mange, ce poisson-là, monsieur Fergusson ?

— Ton poisson, Joe, est tout bonnement un mammifère du genre des pachydermes ; sa chair est excellente, dit-on, et fait l'objet d'un grand commerce entre les tribus riveraines du lac.

— Alors je regrette que le coup de fusil de M. Dick n'ait pas mieux réussi.

— Cet animal n'est vulnérable qu'au ventre et entre les cuisses ; la balle de Dick ne l'aura pas même entamé. Mais, si le terrain me paraît propice, nous nous arrêterons à l'extrêmité septentrionale du lac ; là, Kennedy se trouvera en pleine ménagerie, et il pourra se dédommager à son aise.

— Eh bien ! dit Joe, que monsieur Dick chasse un peu à l'hippopotame ! Je voudrais goûter la chair de cet amphibie. Il n'est vraiment pas naturel de pénétrer jusqu'au centre de l'Afrique pour y vivre de bécassines et de perdrix comme en Angleterre ! »

XXXII

LA CAPITALE DU BORNOU. — LES ÎLES DES BIDDIOMAHS. — LES GYPAÈTES. — LES INQUIÉTUDES DU DOCTEUR. — SES PRÉCAUTIONS. — UNE ATTAQUE AU MILIEU DES AIRS. — L'ENVELOPPE DÉCHIRÉE. — LA CHUTE. — DÉVOUEMENT SUBLIME. — LA CÔTE SEPTENTRIONALE DU LAC.

Depuis son arrivée au lac Tchad, le *Victoria* avait rencontré un courant qui s'inclinait plus à l'ouest ; quelques nuages tempéraient alors la chaleur du jour ; on sentait d'ailleurs un peu d'air sur cette vaste étendue d'eau ; mais, vers une heure, le ballon, ayant coupé de biais cette partie du lac, s'avança de nouveau dans les terres pendant l'espace de sept ou huit milles.

Le docteur, un peu fâché d'abord de cette direction, ne pensa plus à s'en plaindre quand il aperçut la ville de Kouka, la célèbre capitale du Bornou ; il put l'entrevoir un instant, ceinte de ses murailles d'argile blanche ; quelques mosquées assez grossières s'élevaient lourdement au-dessus de cette multitude de dés à jouer qui forment les maisons arabes. Dans les cours des maisons et

Vue de la ville de Kouka.

sur les places publiques poussaient des palmiers et des arbres à caoutchouc, couronnés par un dôme de feuillage large de plus de cent pieds. Joe fit observer que ces immenses parasols étaient en rapport avec l'ardeur des rayons solaires, et il en tira des conclusions fort aimables pour la Providence.

Kouka se compose réellement de deux villes distinctes, séparées par le « dendal », large boulevard de trois cents toises, alors encombré de piétons et de cavaliers. D'un côté se carre la ville riche avec ses cases hautes et aérées ; de l'autre se presse la ville pauvre, triste assemblage de huttes basses et coniques, où végète une indigente population, car Kouka n'est ni commerçante ni industrielle.

Kennedy lui trouva quelque ressemblance avec un Édimbourg qui s'étalerait dans une plaine, avec ses deux villes parfaitement déterminées.

Mais à peine les voyageurs purent-ils saisir ce coup d'œil, car, avec la mobilité qui caractérise les courants de cette contrée, un vent contraire les saisit brusquement et les ramena pendant une quarantaine de milles sur le Tchad.

Ce fut alors un nouveau spectacle ; ils pouvaient compter les îles nombreuses du lac, habitées par les Biddiomahs, pirates sanguinaires très redoutés, et dont le voisinage est aussi craint que celui des Touareg du Sahara. Ces sauvages se préparaient à recevoir courageusement le *Victoria* à coups de flèches et de pierres, mais celui-ci eut bientôt fait de dépasser ces îles, sur lesquelles il semblait papillonner comme un scarabée gigantesque.

En ce moment, Joe regardait l'horizon, et, s'adressant à Kennedy, il lui dit :

« Ma foi, monsieur Dick, vous qui êtes toujours à rêver chasse, voilà justement votre affaire.

— Qu'est-ce donc, Joe ?

— Et, cette fois, mon maître ne s'opposera pas à vos coups de fusil.

— Mais qu'y a-t-il ?

— Voyez-vous là-bas cette troupe de gros oiseaux qui se dirigent sur nous ?

— Des oiseaux ! fit le docteur en saisissant sa lunette.

— Je les vois, répliqua Kennedy ; ils sont au moins une douzaine.

— Quatorze, si vous voulez bien, répondit Joe.

— Fasse le Ciel qu'ils soient d'une espèce assez malfaisante pour que le tendre Samuel n'ait rien à m'objecter !

— Je n'aurai rien à dire, répondit Fergusson, mais j'aimerais mieux voir ces oiseaux-là loin de nous !

— Vous avez peur de ces volatiles ! fit Joe.

— Ce sont des gypaètes, Joe, et de la plus grande taille ; et s'ils nous attaquent...

— Eh bien ! nous nous défendrons, Samuel ! Nous avons un arsenal pour les recevoir ! Je ne pense pas que ces animaux-là soient bien redoutables !

— Qui sait ? » répondit le docteur.

Dix minutes après, la troupe s'était approchée à portée de fusil ; ces quatorze oiseaux faisaient retentir l'air de leurs cris rauques ; ils s'avançaient vers le *Victoria*, plus irrités qu'effrayés de sa présence.

« Comme ils crient ! fit Joe ; quel tapage ! Cela ne leur convient probablement pas qu'on empiète sur leurs domaines, et que l'on se permette de voler comme eux ?

— À la vérité, dit le chasseur, ils ont un air assez terrible, et je les croirais assez redoutables s'ils étaient armés d'une carabine de Purdey Moore !

— Ils n'en ont pas besoin », répondit Fergusson qui devenait très sérieux.

Les gypaètes volaient en traçant d'immenses cercles, et leurs orbes se rétrécissaient peu à peu autour du *Victoria* ; ils rayaient le ciel dans une fantastique rapidité, se précipitant parfois avec la vitesse d'un boulet, et brisant leur ligne de projection par un angle brusque et hardi.

Le docteur, inquiet, résolut de s'élever dans l'atmosphère pour échapper à ce dangereux voisinage ; il dilata l'hydrogène du ballon, qui ne tarda pas à monter.

Mais les gypaètes montèrent avec lui, peu disposés à l'abandonner.

« Ils ont l'air de nous en vouloir », dit le chasseur en armant sa carabine.

En effet, ces oiseaux s'approchaient, et plus d'un, arrivant à cinquante pieds à peine, semblait braver les armes de Kennedy.

« J'ai une furieuse envie de tirer dessus, dit celui-ci.

— Non, Dick, non pas ! Ne les rendons point furieux sans raison ! Ce serait les exciter à nous attaquer.

— Mais j'en viendrai facilement à bout.

— Tu te trompes, Dick.

— Nous avons une balle pour chacun d'eux.

— Et s'ils s'élancent vers la partie supérieure du ballon, comment les atteindras-tu ? Figure-toi donc que tu te trouves en présence d'une troupe de lions sur terre, ou de requins en plein Océan ! Pour des aéronautes, la situation est aussi dangereuse.

— Parles-tu sérieusement, Samuel ?

— Très sérieusement, Dick.

— Attendons alors.

— Attends. Tiens-toi prêt en cas d'attaque, mais ne fais pas feu sans mon ordre. »

Les oiseaux se massaient alors à une faible distance ; on distinguait parfaitement leur gorge pelée tendue sous l'effort de leurs cris, leur crête cartilagineuse, garnie de papilles violettes, qui se dressait avec fureur. Ils étaient de la plus forte taille ; leur corps dépassait trois pieds en longueur, et le dessous de leurs ailes blanches resplendissait au soleil ; on eût dit des requins ailés, avec lesquels ils avaient une formidable ressemblance.

« Ils nous suivent, dit le docteur en les voyant s'élever avec lui, et nous aurions beau monter, leur vol les porterait plus haut que nous encore !

— Eh bien, que faire ? » demanda Kennedy.

Le docteur ne répondit pas.

« Écoute, Samuel, reprit le chasseur : ces oiseaux sont quatorze ; nous avons dix-sept coups à notre disposition, en faisant feu de toutes nos armes. N'y a-t-il pas moyen de les détruire ou de les disperser ? Je me charge d'un certain nombre d'entre eux.

— Je ne doute pas de ton adresse, Dick ; je regarde volontiers comme morts ceux qui passeront devant ta carabine ; mais, je te le répète, pour peu qu'ils s'attaquent à l'hémisphère supérieur du ballon, tu ne pourras plus les voir ; ils crèveront cette enveloppe qui nous soutient, et nous sommes à trois mille pieds de hauteur ! »

En cet instant, l'un des plus farouches oiseaux piqua droit sur le *Victoria*, le bec et les serres ouvertes, prêt à mordre, prêt à déchirer.

« Feu ! feu ! » s'écria le docteur.

Il avait à peine achevé, que l'oiseau, frappé à mort, tombait en tournoyant dans l'espace.

Kennedy avait saisi l'un des fusils à deux coups. Joe épaulait l'autre.

Effrayés de la détonation, les gypaètes s'écartèrent un instant ; mais ils revinrent presque aussitôt à la charge avec une rage extrême. Kennedy d'une première balle coupa net le cou du plus rapproché. Joe fracassa l'aile de l'autre.

« Plus que onze », dit-il.

Mais alors les oiseaux changèrent de tactique, et d'un commun accord ils s'élevèrent au-dessus du *Victoria*. Kennedy regarda Fergusson.

Malgré son énergie et son impassibilité, celui-ci devint pâle. Il y eut un moment de silence effrayant. Puis un déchirement strident se fit entendre comme celui de la soie qu'on arrache, et la nacelle manqua sous les pieds des trois voyageurs.

« Nous sommes perdus ! » s'écria Fergusson en portant les yeux sur le baromètre qui montait avec rapidité.

Puis il ajouta : « Dehors le lest, dehors ! »

En quelques secondes tous les fragments de quartz avaient disparu.

« Nous tombons toujours !... Videz les caisses à eau !... Joe ! entends-tu ?... Nous sommes précipités dans le lac ! »

Joe obéit. Le docteur se pencha. Le lac semblait venir à lui comme une marée montante ; les objets grossissaient à vue d'œil ; la nacelle n'était pas à deux cents pieds de la surface du Tchad.

« Les provisions ! les provisions ! » s'écria le docteur.

Et la caisse qui les renfermait fut jetée dans l'espace.

La chute devint moins rapide, mais les malheureux tombaient toujours !

« Jetez ! jetez encore ! s'écria une dernière fois le docteur.

— Il n'y a plus rien, dit Kennedy.

— Si ! » répondit laconiquement Joe en se signant d'une main rapide.

Et il disparut par-dessus le bord de la nacelle.

« Joe ! Joe ! » fit le docteur terrifié.

Mais Joe ne pouvait plus l'entendre. Le *Victoria* délesté reprenait sa marche ascensionnelle, remontait à mille pieds dans les airs, et le vent s'engouffrant dans l'enveloppe dégonflée l'entraînait vers les côtes septentrionales du lac.

« Perdu ! dit le chasseur avec un geste de désespoir.

— Perdu pour nous sauver ! » répondit Fergusson.

Et ces hommes si intrépides sentirent deux grosses larmes couler de leurs yeux. Ils se penchèrent, en cherchant à distinguer quelque trace du malheureux Joe, mais ils étaient déjà loin.

« Quel parti prendre ? demanda Kennedy.

— Descendre à terre, dès que cela sera possible, Dick, et puis attendre. »

Après une marche de soixante milles, le *Victoria* s'abattit sur une côte déserte, au nord du lac. Les ancres s'accrochèrent dans un arbre peu élevé, et le chasseur les assujettit fortement.

La nuit vint, mais ni Fergusson ni Kennedy ne purent trouver un instant de sommeil.

La chute de Joe.

XXXIII

CONJECTURES. — RÉTABLISSEMENT DE L'ÉQUILIBRE DU
« VICTORIA ». — NOUVEAUX CALCULS DU DOCTEUR FER-
GUSSON. — CHASSE DE KENNEDY. — EXPLORATION
COMPLÈTE DU LAC TCHAD. — TANGALIA. — RETOUR. —
LARI.

Le lendemain, 13 mai, les voyageurs reconnurent tout
d'abord la partie de la côte qu'ils occupaient. C'était un
sorte d'île de terre ferme au milieu d'un immense marais.
Autour de ce morceau de terrain solide s'élevaient des
roseaux grands comme des arbres d'Europe et qui s'étendaient à perte de vue.

Ces marécages infranchissables rendaient sûre la position du *Victoria* ; il fallait seulement surveiller le côté du
lac ; la vaste nappe d'eau allait s'élargissant, surtout dans
l'est, et rien ne paraissait à l'horizon, ni continent ni îles.

Les deux amis n'avaient pas encore osé parler de leur
infortuné compagnon. Kennedy fut le premier à faire part
de ses conjectures au docteur.

« Joe n'est peut-être pas perdu, dit-il. C'est un garçon
adroit, un nageur comme il en existe peu. Il n'était pas
embarrassé de traverser le Frith of Forth à Édimbourg.
Nous le reverrons, quand et comment, je l'ignore ; mais,
de notre côté, ne négligeons rien pour lui donner l'occasion de nous rejoindre.

— Dieu t'entende, Dick, répondit le docteur d'une
voix émue. Nous ferons tout au monde pour retrouver
notre ami ! Orientons-nous d'abord. Mais, avant tout,
débarrassons le *Victoria* de cette enveloppe extérieure,
qui n'est plus utile ; ce sera nous délivrer d'un poids
considérable, six cent cinquante livres, ce qui en vaut la
peine. »

Le docteur et Kennedy se mirent à l'ouvrage ; ils
éprouvèrent de grandes difficultés ; il fallut arracher morceau par morceau ce taffetas très résistant, et le découper
en minces bandes pour le dégager des mailles du filet. La

déchirure produite par le bec des oiseaux de proie s'étendait sur une longueur de plusieurs pieds.

Cette opération prit quatre heures au moins ; mais enfin le ballon intérieur, entièrement dégagé, parut n'avoir aucunement souffert. Le *Victoria* était alors diminué d'un cinquième. Cette différence fut assez sensible pour étonner Kennedy.

« Sera-t-il suffisant ? demanda-t-il au docteur.

— Ne crains rien à cet égard, Dick ; je rétablirai l'équilibre, et si notre pauvre Joe revient, nous saurons bien reprendre avec lui notre route accoutumée.

— Au moment de notre chute, Samuel, si mes souvenirs sont exacts, nous ne devions pas être éloignés d'une île.

— Je me le rappelle en effet ; mais cette île, comme toutes celles du Tchad, est sans doute habitée par une race de pirates et de meurtriers ; ces sauvages auront été certainement témoins de notre catastrophe, et si Joe tombe entre leurs mains, à moins que la superstition ne le protège, que deviendra-t-il ?

— Il est homme à se tirer d'affaire, je te le répète ; j'ai confiance dans son adresse et son intelligence.

— Je l'espère. Maintenant, Dick, tu vas chasser aux environs, sans t'éloigner toutefois ; il devient urgent de renouveler nos vivres, dont la plus grande partie a été sacrifiée.

— Bien, Samuel ; je ne serai pas longtemps absent. »

Kennedy prit un fusil à deux coups et s'avança dans les grandes herbes vers un taillis assez rapproché ; de fréquentes détonations apprirent bientôt au docteur que sa chasse serait fructueuse.

Pendant ce temps, celui-ci s'occupa de faire le relevé des objets conservés dans la nacelle et d'établir l'équilibre du second aérostat ; il restait une trentaine de livres de pemmican, quelques provisions de thé et de café, environ un gallon et demi d'eau-de-vie, une caisse à eau parfaitement vide ; toute la viande sèche avait disparu.

Le docteur savait que, par la perte de l'hydrogène du premier ballon, sa force ascensionnelle se trouvait réduite de neuf cents livres environ ; il dut donc se baser sur cette différence pour reconstituer son équilibre. Le nouveau

Le chasseur fait bonne chasse.

Victoria cubait soixante-sept mille pieds et renfermait trente-trois mille quatre cent quatre-vingts pieds cubes de gaz ; l'appareil de dilatation paraissait être en bon état ; ni la pile ni le serpentin n'avaient été endommagés.

La force ascensionnelle du nouveau ballon était donc de trois mille livres environ ; en réunissant les poids de l'appareil, des voyageurs, de la provision d'eau, de la nacelle et de ses accessoires, en embarquant cinquante gallons d'eau et cent livres de viande fraîche, le docteur arrivait à un total de deux mille huit cent trente livres. Il pouvait donc emporter cent soixante-dix livres de lest pour les cas imprévus, et l'aérostat se trouverait alors équilibré avec l'air ambiant.

Ses dispositions furent prises en conséquence, et il remplaça le poids de Joe par un supplément de lest. Il employa la journée entière à ces divers préparatifs, et ceux-ci se terminaient au retour de Kennedy. Le chasseur avait fait bonne chasse ; il apportait une véritable charge d'oies, de canards sauvages, de bécassines, de sarcelles et de pluviers. Il s'occupa de préparer ce gibier et de le fumer. Chaque pièce, embrochée par une mince baguette, fut suspendue au-dessus d'un foyer de bois vert. Quand la préparation parut convenable à Kennedy, qui s'y entendait d'ailleurs, le tout fut emmagasiné dans la nacelle.

Le lendemain, le chasseur devait compléter ses approvisionnements.

Le soir surprit les voyageurs au milieu de ces travaux. Leur souper se composa de pemmican, de biscuits et de thé. La fatigue, après leur avoir donné l'appétit, leur donna le sommeil. Chacun pendant son quart interrogea les ténèbres, croyant parfois saisir la voix de Joe ; mais, hélas ! elle était bien loin, cette voix qu'ils eussent voulu entendre !

Aux premiers rayons du jour, le docteur réveilla Kennedy.

« J'ai longuement médité, lui dit-il, sur ce qu'il convient de faire pour retrouver notre compagnon.

— Quel que soit ton projet, Samuel, il me va ; parle.

— Avant tout, il est important que Joe ait de nos nouvelles.

— Sans doute ! Si ce digne garçon allait se figurer que nous l'abandonnons !

— Lui ! il nous connaît trop ! Jamais pareille idée ne lui viendrait à l'esprit ; mais il faut qu'il apprenne où nous sommes.

— Comment cela ?

— Nous allons reprendre notre place dans la nacelle et nous élever dans l'air.

— Mais si le vent nous entraîne ?

— Il n'en sera rien, heureusement. Vois, Dick ; la brise nous ramène sur le lac, et cette circonstance, qui eût été fâcheuse hier, est propice aujourd'hui. Nos efforts se borneront donc à nous maintenir sur cette vaste étendue d'eau pendant toute la journée. Joe ne pourra manquer de nous voir là où ses regards doivent se diriger sans cesse. Peut-être même parviendra-t-il à nous informer du lieu de sa retraite.

— S'il est seul et libre, il le fera certainement.

— Et s'il est prisonnier, reprit le docteur, l'habitude des indigènes n'étant pas d'enfermer leurs captifs, il nous verra et comprendra le but de nos recherches.

— Mais enfin, reprit Kennedy — car il faut prévoir tous les cas —, si nous ne trouvons aucun indice, s'il n'a pas laissé une trace de son passage, que ferons-nous ?

— Nous essaierons de regagner la partie septentrionale du lac, en nous maintenant le plus en vue possible ; là, nous attendrons, nous explorerons les rives, nous fouillerons ces bords, auxquels Joe tentera certainement de parvenir, et nous ne quitterons pas la place sans avoir tout fait pour le retrouver.

— Partons donc », répondit le chasseur.

Le docteur prit le relèvement exact de ce morceau de terre ferme qu'il allait quitter ; il estima, d'après sa carte et son point, qu'il se trouvait au nord du Tchad, entre la ville de Lari et le village d'Ingemini, visités tous deux par le major Denham. Pendant ce temps, Kennedy compléta ses approvisionnements de viande fraîche. Bien que les marais environnants portassent des marques de rhinocéros, de lamantins et d'hippopotames, il n'eut pas l'occasion de rencontrer un seul de ces énormes animaux.

À sept heures du matin, non sans de grandes difficultés dont le pauvre Joe savait se tirer à merveille, l'ancre fut détachée de l'arbre. Le gaz se dilata et le nouveau *Victoria* parvint à deux cents pieds dans l'air. Il hésita d'abord en tournant sur lui-même ; mais enfin, pris par un courant assez vif, il s'avança sur le lac et bientôt fut emporté avec une vitesse de vingt milles à l'heure.

Le docteur se maintint constamment à une hauteur qui variait entre deux cents et cinq cents pieds. Kennedy déchargeait souvent sa carabine. Au-dessus des îles, les voyageurs se rapprochaient même imprudemment, fouillant du regard les taillis, les buissons, les halliers, partout où quelque ombrage, quelque anfractuosité de roc eût pu donner asile à leur compagnon. Ils descendaient près des longues pirogues qui sillonnaient le lac. Les pêcheurs, à leur vue, se précipitaient à l'eau et regagnaient leur île avec les démonstrations de crainte les moins dissimulées.

« Nous ne voyons rien, dit Kennedy après deux heures de recherches.

— Attendons, Dick, et ne perdons pas courage ; nous ne devons pas être éloignés du lieu de l'accident. »

À onze heures, le *Victoria* s'était avancé de quatre-vingt-dix milles ; il rencontra alors un nouveau courant qui, sous un angle presque droit, le poussa vers l'est pendant une soixantaine de milles. Il planait au-dessus d'une île très vaste et très peuplée que le docteur jugea devoir être Farram, où se trouve la capitale des Biddiomahs. Il s'attendait à voir Joe surgir de chaque buisson, s'échappant, l'appelant. Libre, on l'eût enlevé sans difficulté ; prisonnier, en renouvelant la manœuvre employée pour le missionnaire, il aurait bientôt rejoint ses amis ; mais rien ne parut, rien ne bougea ! C'était à se désespérer.

Le *Victoria* arrivait à deux heures et demie en vue de Tangalia, village situé sur la rive orientale du Tchad, et qui marqua le point extrême atteint par Denham à l'époque de son exploration.

Le docteur devint inquiet de cette direction persistante du vent. Il se sentait rejeté vers l'est, repoussé dans le centre de l'Afrique, vers d'interminables déserts.

« Il faut absolument nous arrêter, dit-il, et même prendre terre ; dans l'intérêt de Joe surtout, nous devons revenir sur le lac ; mais, auparavant, tâchons de trouver un courant opposé. »

Pendant plus d'une heure, il chercha à différentes zones. Le *Victoria* dérivait toujours sur la terre ferme ; mais, heureusement, à mille pieds un souffle très violent le ramena dans le nord-ouest.

Il n'était pas possible que Joe fût retenu sur une des îles du lac ; il eût certainement trouvé moyen de manifester sa présence ; peut-être l'avait-on entraîné sur terre. Ce fut

ainsi que raisonna le docteur, quand il revit la rive septentrionale du Tchad.

Quant à penser que Joe se fût noyé, c'était inadmis-
sible. Il y eut bien une idée horrible qui traversa l'esprit
de Fergusson et de Kennedy : les caïmans sont nombreux
dans ces parages ! Mais ni l'un ni l'autre n'eut le courage
de formuler cette appréhension. Cependant elle vint si
manifestement à leur pensée, que le docteur dit sans autre
préambule :

« Les crocodiles ne se rencontrent que sur les rives des
îles ou du lac ; Joe aura assez d'adresse pour les éviter ;
d'ailleurs, ils sont peu dangereux, et les Africains se bai-
gnent impunément sans craindre leurs attaques. »

Kennedy ne répondit pas ; il préférait se taire à discuter
cette terrible possibilité.

Le docteur signala la ville de Lari vers les cinq heures
du soir. Les habitants travaillaient à la récolte du coton
devant les cabanes de roseaux tressés, au milieu d'enclos
propres et soigneusement entretenus. Cette réunion d'une
cinquantaine de cases occupait une légère dépression de
terrain dans une vallée étendue entre de basses montagnes. La violence du vent portait plus avant qu'il ne
convenait au docteur ; mais il changea une seconde fois
et le ramena précisément à son point de départ, dans cette
sorte d'île ferme où il avait passé la nuit précédente.
L'ancre, au lieu de rencontrer les branches de l'arbre, se
prit dans des paquets de roseaux mêlés à la vase épaisse
du marais et d'une résistance considérable.

Le docteur eut beaucoup de peine à contenir l'aérostat ;
mais enfin le vent tomba avec la nuit, et les deux amis
veillèrent ensemble, presque désespérés.

XXXIV

L'OURAGAN. — DÉPART FORCÉ. — PERTE D'UNE ANCRE. —
TRISTES RÉFLEXIONS. — RÉSOLUTION PRISE. — LA
TROMBE. — LA CARAVANE ENGLOUTIE. — VENT
CONTRAIRE ET FAVORABLE. —.RETOUR AU SUD. —
KENNEDY À SON POSTE.

À trois heures du matin, le vent faisait rage, et soufflait
avec une violence telle que le *Victoria* ne pouvait demeu-
rer près de terre sans danger ; les roseaux froissaient son
enveloppe, qu'ils menaçaient de déchirer.

« Il faut partir, Dick, fit le docteur ; nous ne pouvons
rester dans cette situation.

— Mais Joe, Samuel ?

— Je ne l'abandonne pas ! non certes ! et dût l'ouragan m'emporter à cent milles dans le nord, je reviendrai !
Mais ici nous compromettons la sûreté de tous.

— Partir sans lui ! s'écria l'Écossais avec l'accent
d'une profonde douleur.

— Crois-tu donc, reprit Fergusson, que le cœur ne me
saigne pas comme à toi ? Est-ce que je n'obéis pas à une
impérieuse nécessité ?

— Je suis à tes ordres, répondit le chasseur. Partons. »

Mais le départ présentait de grandes difficultés.
L'ancre, profondément engagée, résistait à tous les
efforts, et le ballon, tirant en sens inverse, accroissait
encore sa tenue. Kennedy ne put parvenir à l'arracher ;
d'ailleurs, dans la position actuelle, sa manœuvre devenait fort périlleuse, car le *Victoria* risquait de s'enlever
avant qu'il ne l'eût rejoint.

Le docteur, ne voulant pas courir une pareille chance,
fit rentrer l'Écossais dans la nacelle, et se résigna à couper
la corde de l'ancre. Le *Victoria* fit un bon de trois cents
pieds dans l'air, et prit directement la route du nord.

Fergusson ne pouvait qu'obéir à cette tourmente ; il se
croisa les bras et s'absorba dans ses tristes réflexions.

Après quelques instants d'un profond silence, il se retourna vers Kennedy non moins taciturne.

« Nous avons peut-être tenté Dieu, dit-il. Il n'appartenait pas à des hommes d'entreprendre un pareil voyage ! »

Et un soupir de douleur s'échappa de sa poitrine.

« Il y a quelques jours à peine, répondit le chasseur, nous nous félicitions d'avoir échappé à bien des dangers ! Nous nous serrions la main tous les trois !

— Pauvre Joe ! bonne et excellente nature ! cœur brave et franc ! Un moment ébloui par ses richesses, il faisait volontiers le sacrifice de ses trésors ! Le voilà maintenant loin de nous ! Et le vent nous emporte avec une irrésistible vitesse !

— Voyons, Samuel, en admettant qu'il ait trouvé asile parmi les tribus du lac, ne pourra-t-il faire comme les voyageurs qui les ont visitées avant nous, comme Denham, comme Barth ? Ceux-là ont revu leur pays.

— Eh ! mon pauvre Dick, Joe ne sait pas un mot de la langue ! Il est seul et sans ressources ! Les voyageurs dont tu parles ne s'avançaient qu'en envoyant aux chefs de nombreux présents, au milieu d'une escorte, armés et préparés pour ces expéditions. Et encore, ils ne pouvaient éviter des souffrances et des tribulations de la pire espèce ! Que veux-tu que devienne notre infortuné compagnon ? C'est horrible à penser, et voilà l'un des plus grands chagrins qu'il m'ait été donné de ressentir !

— Mais nous reviendrons, Samuel.

— Nous reviendrons, Dick, dussions-nous abandonner le *Victoria*, quand il nous faudrait regagner à pied le lac Tchad, et nous mettre en communication avec le sultan du Bornou ! Les Arabes ne peuvent avoir conservé un mauvais souvenir des premiers Européens.

— Je te suivrai, Samuel, répondit le chasseur avec énergie, tu peux compter sur moi ! Nous renoncerons plutôt à terminer ce voyage ! Joe s'est dévoué pour nous, nous nous sacrifierons pour lui ! »

Cette résolution ramena quelque courage au cœur de ces deux hommes. Ils se sentirent forts de la même idée.

Fergusson mit tout en œuvre pour se jeter dans un courant contraire qui pût le rapprocher du Tchad ; mais c'était impossible alors, et la descente même devenait impraticable sur un terrain dénudé et par un ouragan de cette violence.

Le *Victoria* traversa ainsi le pays des Tibbous ; il franchit le Belad el Djérid, désert épineux qui forme la lisière du Soudan, et pénétra dans le désert de sable, sillonné par de longues traces de caravanes ; la dernière ligne de végétation se confondit bientôt avec le ciel à l'horizon méridional, non loin de la principale oasis de cette partie de l'Afrique, dont les cinquante puits sont ombragés par des arbres magnifiques ; mais il fut impossible de s'arrêter. Un campement arabe, des tentes d'étoffes rayées, quelques chameaux allongeant sur le sable leur tête de vipère, animaient cette solitude ; mais le *Victoria* passa comme une étoile filante, et parcourut ainsi une distance de soixante milles en trois heures, sans que Fergusson parvînt à maîtriser sa course.

« Nous ne pouvons faire halte ! dit-il, nous ne pouvons descendre ! pas un arbre ! pas une saillie de terrain ! allons-nous donc franchir le Sahara ? Décidément le ciel est contre nous ! »

Il parlait ainsi avec une rage de désespéré, quand il vit dans le nord les sables du désert se soulever au milieu d'une épaisse poussière, et tournoyer sous l'impulsion des courants opposés.

Au milieu du tourbillon, brisée, rompue, renversée, une caravane entière disparaissait sous l'avalanche de sable ; les chameaux pêle-mêle poussaient des gémissements sourds et lamentables ; des cris, des hurlements sortaient de ce brouillard étouffant. Quelquefois, un vêtement bariolé tranchait avec ces couleurs vives dans ce chaos, et le mugissement de la tempête dominait cette scène de destruction.

Bientôt le sable s'accumula en masses compactes, et là où naguère s'étendait la plaine unie, s'élevait une colline agitée, tombe immense d'une caravane engloutie.

Le docteur et Kennedy, pâles, assistaient à ce terrible

spectacle ; ils ne pouvaient plus manœuvrer leur ballon,
qui tournoyait au milieu des courants contraires et
n'obéissait plus aux différentes dilatations du gaz. Enlacé
dans ces remous de l'air, il tourbillonnait avec une rapidité
vertigineuse ; la nacelle décrivait de larges oscillations ; les
instruments suspendus sous la tente s'entrechoquaient à se
briser, les tuyaux du serpentin se courbaient à se rompre,
les caisses à eau se déplaçaient avec fracas ; à deux pieds
l'un de l'autre, les voyageurs ne pouvaient s'entendre, et
d'une main crispée s'accrochant aux cordages, ils
essayaient de se maintenir contre la fureur de l'ouragan.

Kennedy, les cheveux épars, regardait sans parler ; le
docteur avait repris son audace au milieu du danger, et
rien ne parut sur ses traits de ses violentes émotions, pas
même quand, après un dernier tournoiement, le *Victoria*
se trouva subitement arrêté dans un calme inattendu ; le
vent du nord avait pris le dessus et le chassait en sens
inverse sur la route du matin avec une rapidité non moins
égale.

« Où allons-nous ? s'écria Kennedy.

— Laissons faire la Providence, mon cher Dick ; j'ai

eu tort de douter d'elle ; ce qui convient, elle le sait mieux que nous, et nous voici retournant vers les lieux que nous n'espérions plus revoir. »

Le sol si plat, si égal pendant l'aller, était alors bouleversé comme les flots après la tempête ; une suite de petits monticules à peine fixés jalonnaient le désert ; le vent soufflait avec violence, et le *Victoria* volait dans l'espace.

La direction suivie par les voyageurs différait un peu de celle qu'ils avaient prise le matin ; aussi vers les neuf heures, au lieu de retrouver les rives du Tchad, ils virent encore le désert s'étendre devant eux.

Kennedy en fit l'observation.

« Peu importe, répondit le docteur ; l'important est de revenir au sud ; nous rencontrerons les villes de Bornou, Wouddie ou Kouka, et je n'hésiterai pas à m'y arrêter.

— Si tu es satisfait, je le suis, répondit le chasseur ; mais fasse le Ciel que nous ne soyons pas réduits à traverser le désert comme ces malheureux Arabes ! Ce que nous avons vu est horrible.

— Et se reproduit fréquemment, Dick. Les traversées du désert sont autrement dangereuses que celles de l'Océan ; le désert a tous les périls de la mer, même l'engloutissement, et de plus, des fatigues et des privations insoutenables.

— Il me semble, dit Kennedy, que le vent tend à se calmer ; la poussière des sables est moins compacte, leurs ondulations diminuent, l'horizon s'éclaircit.

— Tant mieux, il faut examiner attentivement avec la lunette, et que pas un point n'échappe à notre vue !

— Je m'en charge, Samuel, et le premier arbre n'apparaîtra pas sans que tu en sois prévenu. »

Et Kennedy, la lunette à la main, se plaça sur le devant de la nacelle.

XXXV

L'HISTOIRE DE JOE. — L'ÎLE DES BIDDIOMAHS. — L'ADO-
RATION. — L'ÎLE ENGLOUTIE. — LES RIVES DU LAC. —
L'ARBRE AUX SERPENTS. — VOYAGE À PIED. — SOUF-
FRANCES. — MOUSTIQUES ET FOURMIS. — LA FAIM.. — PAS-
SAGE DU « VICTORIA ». — DISPARITION DU « VICTO-
RIA ». — DÉSESPOIR. — LE MARAIS. — UN DERNIER CRI.

Qu'était devenu Joe pendant les vaines recherches de
son maître ?

Lorsqu'il se fut précipité dans le lac, son premier mouvement à la surface fut de lever les yeux en l'air ; il vit le
Victoria, déjà fort élevé au-dessus du lac, remonter avec
rapidité, diminuer peu à peu, et, pris bientôt par un courant rapide, disparaître vers le nord. Son maître, ses amis
étaient sauvés.

« Il est heureux, se dit-il, que j'aie eu cette pensée de
me jeter dans le Tchad ; elle n'eût pas manqué de venir
à l'esprit de M. Kennedy, et certes il n'aurait pas hésité
à faire comme moi, car il est bien naturel qu'un homme
se sacrifie pour en sauver deux autres. C'est mathématique. »

Rassuré sur ce point, Joe se mit à songer à lui ; il était
au milieu d'un lac immense, entouré de peuplades inconnues, et probablement féroces. Raison de plus pour se
tirer d'affaire en ne comptant que sur lui ; il ne s'effraya
donc pas autrement.

Avant l'attaque des oiseaux de proie, qui, selon lui,
s'étaient conduits comme de vrais gypaètes, il avait avisé
une île à l'horizon ; il résolut donc de se diriger vers elle,
et se mit à déployer toutes ses connaissances dans l'art
de la natation, après s'être débarrassé de la partie la plus
gênante de ses vêtements ; il ne s'embarrassait guère
d'une promenade de cinq ou six milles ; aussi, tant qu'il
fut en plein lac, il ne songea qu'à nager vigoureusement
et directement.

Joe dans le lac Tchad.

Au bout d'une heure et demie, la distance qui le séparait de l'île se trouvait fort diminuée.

Mais à mesure qu'il s'approchait de terre, une pensée d'abord fugitive, tenace alors, s'empara de son esprit. Il savait que les rives du lac sont hantées par d'énormes alligators, et il connaissait la voracité de ces animaux.

Quelle que fût sa manie de trouver tout naturel en ce monde, le digne garçon se sentait invinciblement ému ; il craignait que la chair blanche ne fût particulièrement du goût des crocodiles, et il ne s'avança donc qu'avec une extrême précaution, l'œil aux aguets. Il n'était plus qu'à une centaine de brasses d'un rivage ombragé d'arbres verts, quand une bouffée d'air chargé de l'odeur pénétrante du musc arriva jusqu'à lui.

« Bon, se dit-il ! voilà ce que je craignais ! le caïman n'est pas loin. »

Et il plongea rapidement, mais pas assez pour éviter le contact d'un corps énorme dont l'épiderme écailleux l'écorcha au passage ; il se crut perdu, et se mit à nager avec une vitesse désespérée ; il revint à la surface de l'eau, respira et disparut de nouveau. Il eut là un quart d'heure d'une indicible angoisse que toute sa philosophie ne put surmonter, et croyait entendre derrière lui le bruit de cette vaste mâchoire prête à le happer. Il filait alors entre deux eaux, le plus doucement possible, quand il se sentit saisir par un bras, puis par le milieu du corps.

Pauvre Joe ! il eut une dernière pensée pour son maître, et se prit à lutter avec désespoir, en se sentant attiré non vers le fond du lac, ainsi que les crocodiles ont l'habitude de faire pour dévorer leur proie, mais à la surface même.

À peine eut-il pu respirer et ouvrir les yeux, qu'il se vit entre deux Nègres d'un noir d'ébène ; ces Africains le tenaient vigoureusement et poussaient des cris étranges.

« Tiens ! ne put s'empêcher de s'écrier Joe ! des Nègres au lieu de caïmans ! Ma foi, j'aime encore mieux cela ! Mais comment ces gaillards-là osent-ils se baigner dans ces parages ! »

Joe ignorait que les habitants des îles du Tchad, comme beaucoup de Noirs, plongent impunément dans les eaux infestées d'alligators, sans se préoccuper de leur présence ; les amphibies de ce lac ont particulièrement une réputation assez méritée de sauriens inoffensifs.

Mais Joe n'avait-il évité un danger que pour tomber dans un autre ? C'est ce qu'il donna aux événements à décider, et puisqu'il ne pouvait faire autrement, il se laissa conduire jusqu'au rivage sans montrer aucune crainte.

« Évidemment, se disait-il, ces gens-là ont vu le *Victoria* raser les eaux du lac comme un monstre des airs ; ils ont été les témoins éloignés de ma chute, et ils ne peuvent manquer d'avoir des égards pour un homme tombé du ciel ! Laissons-les faire ! »

Joe en était là de ses réflexions, quand il prit terre au milieu d'une foule hurlante, de tout sexe, de tout âge, mais non de toutes couleurs. Il se trouvait au milieu d'une tribu de Biddiomahs d'un noir superbe. Il n'eut même pas à rougir de la légèreté de son costume ; il se trouvait « déshabillé » à la dernière mode du pays.

Mais avant qu'il eût le temps de se rendre compte de sa situation, il ne put se méprendre aux adorations dont il devint l'objet. Cela ne laissa pas de le rassurer, bien que l'histoire de Kazeh lui revînt à la mémoire.

« Je pressens que je vais redevenir un dieu, un fils de la Lune quelconque ! Eh bien, autant ce métier-là qu'un autre quand on n'a pas le choix. Ce qu'il importe, c'est de gagner du temps. Si le *Victoria* vient à repasser, je profiterai de ma nouvelle position pour donner à mes adorateurs le spectacle d'une ascension miraculeuse. »

Pendant que Joe réfléchissait de la sorte, la foule se resserrait autour de lui ; elle se prosternait, elle hurlait, elle le palpait, elle devenait familière ; mais, au moins, elle eut la pensée de lui offrir un festin magnifique, composé de lait aigre avec du riz pilé dans du miel ; le digne garçon, prenant son parti de toutes choses, fit alors un des meilleurs repas de sa vie et donna à son peuple une haute idée de la façon dont les dieux dévorent dans les grandes occasions.

Lorsque le soir fut arrivé, les sorciers de l'île le prirent respectueusement par la main, et le conduisirent à une espèce de case entourée de talismans ; avant d'y pénétrer. Joe jeta un regard assez inquiet sur des monceaux d'ossements qui s'élevaient autour de ce sanctuaire ; il eut d'ailleurs tout le temps de réfléchir à sa position quand il fut enfermé dans sa cabane.

Pendant la soirée et une partie de la nuit, il entendit des chants de fête, les retentissements d'une espèce de tambour et un bruit de ferraille bien doux pour des oreilles africaines ; des chœurs hurlés accompagnèrent d'interminables danses qui enlaçaient la cabane sacrée de leurs contorsions et de leurs grimaces.

Joe pouvait saisir cet ensemble assourdissant à travers les murailles de boue et de roseau de la case ; peut-être, en toute autre circonstance, eût-il pris un plaisir assez vif à ces étranges cérémonies ; mais son esprit fut bientôt tourmenté d'une idée fort déplaisante. Tout en prenant les choses de leur bon côté, il trouvait stupide et même triste d'être perdu dans cette contrée sauvage, au milieu de pareilles peuplades. Peu de voyageurs avaient revu leur patrie, de ceux qui osèrent s'aventurer jusqu'à ces contrées. D'ailleurs pouvait-il se fier aux adorations dont il se voyait l'objet ! Il avait de bonnes raisons de croire à la vanité des grandeurs humaines ! Il se demanda si, dans ce pays, l'adoration n'allait pas jusqu'à manger l'adoré !

Malgré cette fâcheuse perspective, après quelques heures de réflexion, la fatigue l'emporta sur les idées noires, et Joe tomba dans un sommeil assez profond, qui se fût prolongé sans doute jusqu'au lever du jour, si une humidité inattendue n'eût réveillé le dormeur.

Bientôt cette humidité se fit eau, et cette eau monta si bien que Joe en eut jusqu'à mi-corps.

« Qu'est-ce là ? dit-il, une inondation ! une trombe ! un nouveau supplice de ces Nègres ! Ma foi, je n'attendrai pas d'en avoir jusqu'au cou ! »

Et ce disant, il enfonça la muraille d'un coup d'épaule et se trouva où ? en plein lac ! D'île, il n'y en avait plus ! Submergée pendant la nuit ! À sa place l'immensité du Tchad !

« Triste pays pour les propriétaires ! » se dit Joe, et il reprit avec vigueur l'exercice de ses facultés natatoires.

Un de ces phénomènes assez fréquents sur le lac Tchad avait délivré le brave garçon ; plus d'une île a disparu ainsi, qui paraissait avoir la solidité du roc, et souvent les populations riveraines durent recueillir les malheureux échappés à ces terribles catastrophes.

Joe ignorait cette particularité, mais il ne se fit pas faute d'en profiter. Il avisa une barque errante et l'accosta rapidement. C'était une sorte de tronc d'arbre grossièrement creusé. Une paire de pagaies s'y trouvait heureusement, et Joe, profitant d'un courant assez rapide, se laissa dériver.

« Orientons-nous, dit-il. L'étoile polaire, qui fait honnêtement son métier d'indiquer la route du nord à tout le monde, voudra bien me venir en aide. »

Il reconnut avec satisfaction que le courant le portait vers la rive septentrionale du Tchad, et il le laissa faire. Vers deux heures du matin, il prenait pied sur un promontoire couvert de roseaux épineux qui parurent fort importuns, même à un philosophe ; mais un arbre poussait là tout exprès pour lui offrir un lit dans ses branches. Joe y grimpa pour plus de sûreté, et attendit là, sans trop dormir, les premiers rayons du jour.

Le matin venu avec cette rapidité particulière aux régions équatoriales, Joe jeta un coup d'œil sur l'arbre qui l'avait abrité pendant la nuit ; un spectacle assez inattendu le terrifia. Les branches de cet arbre étaient littéralement couvertes de serpents et de caméléons ; le feuillage disparaissait sous leurs entrelacements ; on eût dit un arbre d'une nouvelle espèce qui produisait des reptiles ; sous les premiers rayons du soleil, tout cela rampait et se tordait. Joe éprouva un vif sentiment de terreur mêlé de dégoût, et s'élança à terre au milieu des sifflements de la bande.

« Voilà une chose qu'on ne voudra jamais croire », dit-il.

Il ne savait pas que les dernières lettres du docteur Vogel avaient fait connaître cette singularité des rives du Tchad, où les reptiles sont plus nombreux qu'en aucun

L'arbre aux serpents.

pays du monde. Après ce qu'il venait de voir, Joe résolut d'être plus circonspect à l'avenir, et, s'orientant sur le soleil, il se mit en marche en se dirigeant vers le nord-est. Il évitait avec le plus grand soin cabanes, cases, huttes, tanières, en un mot tout ce qui peut servir de réceptacle à la race humaine.

Que de fois ses regards se portèrent en l'air ! Il espérait apercevoir le *Victoria*, et bien qu'il l'eût vainement cherché pendant toute cette journée de marche, cela ne diminua pas sa confiance en son maître ; il lui fallait une grande énergie de caractère pour prendre si philosophiquement sa situation. La faim se joignait à la fatigue, car à le nourrir de racines, de moelle d'arbustes, tels que le « mélé », ou des fruits du palmier doum, on ne refait pas un homme ; et cependant, suivant son estime, il s'avança d'une trentaine de milles vers l'ouest. Son corps portait en vingt endroits les traces des milliers d'épines dont les roseaux du lac, les acacias et les mimosas sont hérissés, et ses pieds ensanglantés rendaient sa marche extrêmement douloureuse. Mais enfin il put réagir contre ses souffrances, et, le soir venu, il résolut de passer la nuit sur les rives du Tchad.

Là, il eut à subir les atroces piqûres de myriades d'insectes : mouches, moustiques, fourmis longues d'un demi-pouce y couvrent littéralement la terre. Au bout de deux heures, il ne restait pas à Joe un lambeau du peu de vêtements qui le couvraient ; les insectes avaient tout dévoré ! Ce fut une nuit terrible, qui ne donna pas une heure de sommeil au voyageur fatigué ; pendant ce temps, les sangliers, les buffles sauvages, l'ajoub, sorte de lamantin assez dangereux, faisaient rage dans les buissons et sous les eaux du lac ; le concert des bêtes féroces retentissait au milieu de la nuit. Joe n'osa remuer. Sa résignation et sa patience eurent de la peine à tenir contre une pareille situation.

Enfin le jour revint ; Joe se releva précipitamment, et que l'on juge du dégoût qu'il ressentit en voyant quel animal immonde avait partagé sa couche : un crapaud ! mais un crapaud de cinq pouces de large, une bête mons-

trueuse, repoussante, qui le regardait avec de grands yeux
ronds. Joe sentit son cœur se soulever, et, reprenant
quelque force dans sa répugnance, il courut à grands pas
se plonger dans les eaux du lac. Ce bain calma un peu les
démangeaisons qui le torturaient, et, après avoir mâché
quelques feuilles, il reprit sa route avec une obstination,
un entêtement dont il ne pouvait se rendre compte ; il
n'avait plus le sentiment de ses actes, et néanmoins il
sentait en lui une puissance supérieure au désespoir.

Cependant une faim terrible le torturait ; son estomac,
moins résigné que lui, se plaignait ; il fut obligé de serrer
fortement une liane autour de son corps ; heureusement,
sa soif pouvait s'étancher à chaque pas, et, en se rappelant
les souffrances du désert, il trouvait un bonheur relatif à
ne pas subir les tourments de cet impérieux besoin.

« Où peut être le *Victoria* ? se demandait-il... Le vent
souffle du nord ! Il devrait revenir sur le lac ! Sans doute
M. Samuel aura procédé à une nouvelle installation pour
rétablir l'équilibre ; mais la journée d'hier a dû suffire à
ces travaux ; il ne serait donc pas impossible qu'aujour-
d'hui... Mais agissons comme si je ne devais jamais le
revoir. Après tout, si je parvenais à gagner une des
grandes villes du lac, je me trouverais dans la position
des voyageurs dont mon maître nous a parlé. Pourquoi ne
me tirerais-je pas d'affaire comme eux ? Il y en a qui en
sont revenus, que diable !... Allons ! courage ! »

Or, en parlant ainsi et en marchant toujours, l'intrépide
Joe tomba en pleine forêt au milieu d'un attroupement de
sauvages. Il s'arrêta à temps et ne fut pas vu. Les Nègres
s'occupaient à empoisonner leurs flèches avec le suc de
l'euphorbe, grande occupation des peuplades de ces
contrées, et qui se fait avec une sorte de cérémonie solennelle.

Joe, immobile, retenant son souffle, se cachait au
milieu d'un fourré, lorsqu'en levant les yeux, par une
éclaircie de feuillage, il aperçut le *Victoria*, le *Victoria*
lui-même, se dirigeant vers le lac, à cent pieds à peine
au-dessus de lui. Impossible de se faire entendre ! impossible de se faire voir !

Une larme lui vint aux yeux, non de désespoir, mais de reconnaissance : son maître était à sa recherche ! son maître ne l'abandonnait pas ! Il lui fallut attendre le départ des Noirs ; il put alors quitter sa retraite et courir vers les bords du Tchad.

Mais alors le *Victoria* se perdait au loin dans le ciel. Joe résolut de l'attendre : il repasserait certainement ! Il repassa, en effet, mais plus à l'est, Joe courut, gesticula, cria... Ce fut en vain ! Un vent violent entraînait le ballon avec une irrésistible vitesse !

Pour la première fois, l'énergie, l'espérance manquèrent au cœur de l'infortuné ; il se vit perdu ; il crut son maître parti sans retour ; il n'osait plus penser, il ne voulait plus réfléchir.

Comme un fou, les pieds en sang, le corps meurtri, il marcha pendant toute cette journée et une partie de la nuit. Il se traînait, tantôt sur les genoux, tantôt sur les mains ; il voyait venir le moment où la force lui manquerait et où il faudrait mourir.

En avançant ainsi, il finit par se trouver en face d'un marais, ou plutôt de ce qu'il sut bientôt être un marais, car la nuit était venue depuis quelques heures ; il tomba inopinément dans une boue tenace ; malgré ses efforts, malgré sa résistance désespérée, il se sentit enfoncer peu à peu au milieu de ce terrain vaseux ; quelques minutes plus tard il en avait jusqu'à mi-corps.

« Voilà donc la mort ! se dit-il ; et quelle mort !... »

Il se débattit avec rage ; mais ces efforts ne servaient qu'à l'ensevelir davantage dans cette tombe que le malheureux se creusait lui-même. Pas un morceau de bois qui pût l'arrêter, pas un roseau pour le retenir !... Il comprit que c'en était fait de lui !... Ses yeux se fermèrent.

« Mon maître ! mon maître ! à moi !... » s'écria-t-il.

Et cette voix, désespérée, isolée, étouffée déjà, se perdit dans la nuit.

« Mon maître ! mon maître ! à moi ! » s'écria Joe. (P. 271.)

XXXVI

UN RASSEMBLEMENT À L'HORIZON. — UNE TROUPE
D'ARABES. — LA POURSUITE. — C'EST LUI ! — CHUTE DE
CHEVAL. — L'ARABE ÉTRANGLÉ. — UNE BALLE DE KEN-
NEDY. — MANŒUVRE. — ENLÈVEMENT AU VOL. — JOE
SAUVÉ.

Depuis que Kennedy avait repris son poste d'observation sur le devant de la nacelle, il ne cessait d'observer
l'horizon avec une grande attention.

Au bout de quelque temps, il se retourna vers le docteur
et dit :

« Si je ne me trompe, voici là-bas une troupe en mouvement, hommes ou animaux ; il est encore impossible
de les distinguer. En tout cas, ils s'agitent violemment,
car ils soulèvent un nuage de poussière.

— Ne serait-ce pas encore un vent contraire, dit
Samuel, une trombe qui viendrait nous repousser au
nord ? »

Il se leva pour examiner l'horizon.

« Je ne crois pas, Samuel, répondit Kennedy ; c'est un
troupeau de gazelles ou de bœufs sauvages.

— Peut-être, Dick ; mais ce rassemblement est au
moins à neuf ou dix milles de nous, et pour mon compte,
même avec la lunette, je n'y puis rien reconnaître.

— En tout cas, je ne le perdrai pas de vue ; il y a là
quelque chose d'extraordinaire qui m'intrigue ; on dirait
parfois comme une manœuvre de cavalerie. Eh ! je ne me
trompe pas ! ce sont bien des cavaliers ! regarde ! »

Le docteur observa avec attention le groupe indiqué.

« Je crois que tu as raison, dit-il ; c'est un détachement
d'Arabes ou de Tibbous ; ils s'enfuient dans la même
direction que nous ; mais nous avons plus de vitesse et
nous les gagnons facilement. Dans une demi-heure, nous
serons à portée de voir et de juger ce qu'il faudra faire. »

Kennedy avait repris sa lunette et lorgnait attentive-

ment. La masse des cavaliers se faisait plus visible ;
quelques-uns d'entre eux s'isolaient.

« C'est évidemment, reprit Kennedy, une manœuvre ou
une chasse. On dirait que ces gens-là poursuivent quelque
chose. Je voudrais bien savoir ce qu'il en est.

— Patience, Dick. Dans peu de temps nous les rattra-
perons et nous les dépasserons même, s'ils continuent de
suivre cette route ; nous marchons avec une rapidité de
vingt milles à l'heure, et il n'y a pas de chevaux qui
puissent soutenir un pareil train. »

Kennedy reprit son observation, et, quelques minutes
après, il dit :

« Ce sont des Arabes lancés à toute vitesse. Je les distingue parfaitement. Ils sont une cinquantaine. Je vois
leurs burnous qui se gonflent contre le vent. C'est un
exercice de cavalerie ; leur chef les précède à cent pas, et
ils se précipitent sur ses traces.

— Quels qu'ils soient, Dick, ils ne sont pas à redouter,
et, si cela est nécessaire, je m'élèverai.

— Attends ! attends encore, Samuel !

« C'est singulier, ajouta Dick après un nouvel examen,
il y a quelque chose dont je ne me rends pas compte ; à
leurs efforts et à l'irrégularité de leur ligne, ces Arabes
ont plutôt l'air de poursuivre que de suivre.

— En es-tu certain, Dick ?

— Évidemment. Je ne me trompe pas ! C'est une
chasse, mais une chasse à l'homme ! Ce n'est point un
chef qui les précède, mais un fugitif.

— Un fugitif ! dit Samuel avec émotion.

— Oui !

— Ne le perdons pas de vue et attendons. »

Trois ou quatre milles furent promptement gagnés sur
ces cavaliers qui filaient cependant avec une prodigieuse
vélocité.

« Samuel ! Samuel ! s'écria Kennedy d'une voix tremblante.

— Qu'as-tu, Dick ?

— Est-ce une hallucination ? est-ce possible ?

— Que veux-tu dire ?

— Attends. »

Et le chasseur essuya rapidement les verres de la lunette et se prit à regarder.

« Eh bien ? fit le docteur.

— C'est lui, Samuel !

— Lui ! » s'écria ce dernier.

« Lui » disait tout ! Il n'y avait pas besoin de la nommer !

« C'est lui à cheval ! à cent pas à peine de ses ennemis ! Il fuit !

— C'est bien Joe ! dit le docteur en pâlissant.

— Il ne peut nous voir dans sa fuite !

— Il nous verra, répondit Fergusson en abaissant la flamme de son chalumeau.

— Mais comment ?

— Dans cinq minutes nous serons à cinquante pieds du sol ; dans quinze, nous serons au-dessus de lui.

— Il faut le prévenir par un coup de fusil !

— Non ! il ne peut revenir sur ses pas, il est coupé.

— Que faire alors ?

— Attendre.

— Attendre ! Et ces Arabes ?

— Nous les atteindrons ! Nous les dépasserons ! Nous ne sommes pas éloignés de deux milles, et pourvu que le cheval de Joe tienne encore ?

— Grand Dieu ! fit Kennedy.

— Qu'y a-t-il ? »

Kennedy avait poussé un cri de désespoir en voyant Joe précipité à terre. Son cheval, évidemment rendu, épuisé, venait de s'abattre.

« Il nous a vus, s'écria le docteur ; en se relevant il nous a fait signe !

— Mais les Arabes vont l'atteindre ! qu'attend-il ! Ah ! le courageux garçon ! Hourra ! » fit le chasseur qui ne se contenait plus.

Joe, immédiatement relevé après sa chute, à l'instant où l'un des plus rapides cavaliers se précipitait sur lui, bondissait comme une panthère, l'évitait par un écart, se jetait en croupe, saisissait l'Arabe à la gorge, de ses mains nerveuses, de ses doigts de fer, il l'étranglait, le renversait sur le sable, et continuait sa course effrayante.

Un immense cri des Arabes s'éleva dans l'air ; mais, tout entiers à leur poursuite, ils n'avaient pas vu le *Victoria* à cinq cents pas derrière eux, et à trente pieds du sol à peine ; eux-mêmes, ils n'étaient pas à vingt longueurs de cheval du fugitif.

L'un d'eux se rapprocha sensiblement de Joe, et il allait le percer de sa lance, quand Kennedy, l'œil fixe, la main ferme, l'arrêta net d'une balle et le précipita à terre.

Joe ne se retourna pas même au bruit. Une partie de la troupe suspendit sa course, et tomba la face dans la poussière à la vue du *Victoria* ; l'autre continua sa poursuite.

« Mais que fait Joe ? s'écria Kennedy, il ne s'arrête pas !

— Il fait mieux que cela, Dick ; je l'ai compris ! Il se maintient dans la direction de l'aérostat. Il compte sur notre intelligence ! Ah ! le brave garçon ! Nous l'enlèverons à la barbe de ces Arabes ! Nous ne sommes plus qu'à deux cents pas.

— Que faut-il faire ? demanda Kennedy.

— Laisse ton fusil de côté.

— Voilà, fit le chasseur en déposant son arme.

— Peux-tu soutenir dans tes bras cent cinquante livres de lest ?

— Plus encore.

— Non, cela suffira. »

Et des sacs de sable furent empilés par le docteur entre les bras de Kennedy.

« Tiens-toi à l'arrière de la nacelle, et sois prêt à jeter ce lest d'un seul coup. Mais, sur ta vie ! ne le fais pas avant mon ordre !

— Sois tranquille !

— Sans cela, nous manquerions Joe, et il serait perdu !

— Compte sur moi ! »

Le *Victoria* dominait presque alors la troupe des cavaliers qui s'élançaient bride abattue sur les pas de Joe. Le docteur, à l'avant de la nacelle, tenait l'échelle déployée, prêt à la lancer au moment voulu. Joe avait maintenu sa distance entre ses poursuivants et lui, cinquante pieds environ. Le *Victoria* les dépassa.

« Attention ! dit Samuel à Kennedy.

— Je suis prêt.

— Joe ! garde à toi !... » cria le docteur de sa voix retentissante en jetant l'échelle, dont les premiers échelons soulevèrent la poussière du sol.

À l'appel du docteur, Joe, sans arrêter son cheval, s'était retourné ; l'échelle arriva près de lui, et au moment où il s'y accrochait :

« Jette, cria le docteur à Kennedy.

— C'est fait. »

Et le *Victoria*, délesté d'un poids supérieur à celui de Joe, s'éleva à cent cinquante pieds dans les airs.

Joe se cramponna fortement à l'échelle pendant les vastes oscillations qu'elle eut à décrire ; puis faisant un geste indescriptible aux Arabes, et grimpant avec l'agilité d'un clown, il arriva jusqu'à ses compagnons qui le reçurent dans leurs bras.

Les Arabes poussèrent un cri de surprise et de rage. Le fugitif venait de leur être enlevé au vol, et le *Victoria* s'éloignait rapidement.

« Mon maître ! Monsieur Dick ! » avait dit Joe.

Et succombant à l'émotion, à la fatigue, il s'était évanoui, pendant que Kennedy, presque en délire, s'écriait :

« Sauvé ! sauvé !

— Parbleu ! » fit le docteur, qui avait repris sa tranquille impassibilité.

Joe était presque nu ; ses bras ensanglantés, son corps couvert de meurtrissures, tout cela disait ses souffrances. Le docteur pansa ses blessures et le coucha sous la tente.

Joe revint bientôt de son évanouissement, et demanda un verre d'eau-de-vie, que le docteur ne crut pas devoir lui refuser, Joe n'étant pas un homme à traiter comme tout le monde. Après avoir bu, il serra la main de ses deux compagnons et se déclara prêt à raconter son histoire.

Mais on ne lui permit pas de parler, et le brave garçon retomba dans un profond sommeil, dont il paraissait avoir grand besoin.

L'enlèvement de Joe.

Le *Victoria* prenait alors une ligne oblique vers l'ouest. Sous les efforts d'un vent excessif, il revit la lisière du désert épineux, au-dessus des palmiers courbés ou arrachés par la tempête ; et après avoir fourni une marche de près de deux cents milles depuis l'enlèvement de Joe, il dépassa vers le soir le dixième degré de longitude.

XXXVII

LA ROUTE DE L'OUEST. — LE RÉVEIL DE JOE. — SON ENTÊTEMENT. — FIN DE L'HISTOIRE DE JOE. — TAGELEL. — INQUIÉTUDES DE KENNEDY. — ROUTE AU NORD. — UNE NUIT PRÈS D'AGHADÈS.

Le vent pendant la nuit se reposa de ses violences du jour, et le *Victoria* demeura paisiblement au sommet d'un grand sycomore ; le docteur et Kennedy veillèrent à tour de rôle, et Joe en profita pour dormir vigoureusement et tout d'un somme pendant vingt-quatre heures.

« Voilà le remède qu'il lui faut, dit Fergusson ; la nature se chargera de sa guérison. »

Au jour, le vent revint assez fort, mais capricieux ; il se jetait brusquement dans le nord et le sud, mais en dernier lieu, le *Victoria* fut entraîné vers l'ouest.

Le docteur, la carte à la main, reconnut le royaume du Damerghou, terrain onduleux d'une grande fertilité, avec les huttes de ses villages faites de longs roseaux entremêlés des branchages de l'asclepia ; les meules de grains s'élevaient, dans les champs cultivés, sur de petits échafaudages destinés à les préserver de l'invasion des souris et des termites.

Bientôt on atteignit la ville de Zinder, reconnaissable à sa vaste place des exécutions ; au centre se dresse l'arbre de mort ; le bourreau veille au pied, et quiconque passe sous son ombre est immédiatement pendu !

En consultant la boussole, Kennedy ne put s'empêcher de dire :

« Voilà que nous reprenons encore la route du nord !

— Qu'importe ? Si elle nous mène à Tembouctou, nous ne nous en plaindrons pas ! Jamais plus beau voyage n'aura été accompli en de meilleures circonstances !...

— Ni en meilleure santé, riposta Joe, qui passait sa bonne figure toute réjouie à travers les rideaux de la tente.

— Voilà notre brave ami ! s'écria le chasseur, notre sauveur ! Comment cela va-t-il ?

— Mais très naturellement, monsieur Kennedy, très naturellement ! Jamais je ne me suis si bien porté ! Rien qui vous rapproprie un homme comme un petit voyage d'agrément précédé d'un bain dans le Tchad ! n'est-ce pas, mon maître ?

— Digne cœur ! répondit Fergusson en lui serrant la main. Que d'angoisses et d'inquiétudes tu nous as causées !

— Eh bien, et vous donc ! Croyez-vous que j'étais tranquille sur votre sort ? Vous pouvez vous vanter de m'avoir fait une fière peur !

— Nous ne nous entendrons jamais, Joe, si tu prends les choses de cette façon.

— Je vois que sa chute ne l'a pas changé, ajouta Kennedy.

— Ton dévouement a été sublime, mon garçon, et il nous a sauvés ; car le *Victoria* tombait dans le lac, et une fois là, personne n'eût pu l'en tirer.

— Mais si mon dévouement, comme il vous plaît d'appeler ma culbute, vous a sauvés, est-ce qu'il ne m'a pas sauvé aussi, puisque nous voilà tous les trois en bonne santé ? Par conséquent, dans tout cela, nous n'avons rien à nous reprocher.

— On ne s'entendra jamais avec ce garçon-là, dit le chasseur.

— Le meilleur moyen de s'entendre, répliqua Joe, c'est de ne plus parler de cela. Ce qui est fait est fait ! Bon ou mauvais, il n'y a pas à y revenir.

— Entêté ! fit le docteur en riant. Au moins tu voudras bien nous raconter ton histoire ?

— Si vous y tenez beaucoup ! Mais, auparavant, je vais mettre cette oie grasse en état de parfaite cuisson, car je vois que M. Dick n'a pas perdu son temps.

— Comme tu dis, Joe.

— Eh bien ! nous allons voir comment ce gibier d'Afrique se comporte dans un estomac européen. »

L'oie fut bientôt grillée à la flamme du chalumeau, et, peu après, dévorée. Joe en prit sa bonne part, comme un homme qui n'a pas mangé depuis plusieurs jours. Après le thé et les grogs, il mit ses compagnons au courant de ses aventures ; il parla avec une certaine émotion, tout en envisageant les événements avec sa philosophie habituelle. Le docteur ne put s'empêcher de lui presser plusieurs fois la main, quand il vit ce digne serviteur plus préoccupé du salut de son maître que du sien ; à propos de la submersion de l'île des Biddiomahs, il lui expliqua la fréquence de ce phénomène sur le lac Tchad.

Enfin Joe, en poursuivant son récit, arriva au moment où, plongé dans le marais, il jeta un dernier cri de désespoir.

« Je me croyais perdu, mon maître, dit-il, et mes pensées s'adressaient à vous. Je me mis à me débattre. Comment ? je ne vous le dirai pas ; j'étais bien décidé à ne pas me laisser engloutir sans discussion, quand, à deux pas de moi, je distingue, quoi ? un bout de corde fraîchement coupée ; je me permets de faire un dernier effort, et, tant bien que mal, j'arrive au câble ; je tire ; cela résiste ; je me hale, et finalement me voilà en terre ferme ! Au bout de la corde je trouve une ancre !... Ah ! mon maître ! j'ai bien le droit de l'appeler l'ancre du salut, si toutefois vous n'y voyez pas d'inconvénient. Je la reconnais ! une ancre du *Victoria* ! vous aviez pris terre en cet endroit ! Je suis la direction de la corde qui me donne votre direction, et, après de nouveaux efforts, je me tire de la fondrière. J'avais repris mes forces avec mon courage, et je marchai pendant une partie de la nuit, en m'éloignant du lac. J'arrivai enfin à la lisière d'une immense forêt. Là,

dans un enclos, des chevaux paissaient sans songer à mal.
Il y a des moments dans l'existence où tout le monde sait
monter à cheval, n'est-il pas vrai ? Je ne perds pas une
minute à réfléchir, je saute sur le dos de l'un de ces quadrupèdes, et nous voilà filant vers le nord à toute vitesse.
Je ne vous parlerai point des villes que je n'ai pas vues,
ni des villages que j'ai évités. Non. Je traverse les champs
ensemencés, je franchis les halliers, j'escalade les palissades, je pousse ma bête, je l'excite, je l'enlève ! J'arrive
à la limite des terres cultivées. Bon ! le désert ! cela me
va ; je verrai mieux devant moi, et de plus loin. J'espérais
toujours apercevoir le *Victoria* m'attendant en courant des
bordées. Mais rien. Au bout de trois heures, je tombai
comme un sot dans un campement d'Arabes ! Ah ! quelle
chasse !... Voyez-vous, monsieur Kennedy, un chasseur
ne sait pas ce qu'est une chasse, s'il n'a été chassé lui-
même ! Et cependant, s'il le peut, je lui donne le conseil
de ne pas en essayer ! Mon cheval tombait de lassitude ;
on me serre de près ; je m'abats ; je saute en croupe d'un
Arabe ! Je ne lui en voulais pas, et j'espère bien qu'il ne
me garde pas rancune de l'avoir étranglé ! Mais je vous
avais vus !... et vous savez le reste. Le *Victoria* court sur
mes traces, et vous me ramassez au vol, comme un cava-
lier fait d'une bague. N'avais-je pas raison de compter
sur vous ? Eh bien ! monsieur Samuel, vous voyez
combien tout cela est simple. Rien de plus naturel au
monde ! Je suis prêt à recommencer, si cela peut vous
rendre service encore ! Et, d'ailleurs, comme je vous le
disais, mon maître, cela ne vaut pas la peine d'en parler.

— Mon brave Joe ! répondit le docteur avec émotion.
Nous n'avions donc pas tort de nous fier à ton intelligence
et à ton adresse !

— Bah ! Monsieur, il n'y a qu'à suivre les événements, et on se tire d'affaire ! Le plus sûr, voyez-vous,
c'est encore d'accepter les choses comme elles se présentent. »

Pendant cette histoire de Joe, le ballon avait rapidement
franchi une longue étendue de pays. Kennedy fit bientôt
remarquer à l'horizon un amas de cases qui se présentait

avec l'apparence d'une ville. Le docteur consulta sa carte, et reconnut la bourgade de Tagelel dans le Damerghou.

« Nous retrouvons ici, dit-il, la route de Barth. C'est là qu'il se sépara de ses deux compagnons Richardson et Overweg. Le premier devait suivre la route de Zinder, le second celle de Maradi, et vous vous rappelez que, de ces trois voyageurs, Barth est le seul qui revit l'Europe.

— Ainsi, dit le chasseur, en suivant sur la carte la direction du *Victoria*, nous remontons directement vers le nord ?

— Directement, mon cher Dick.

— Et cela ne t'inquiète pas un peu ?

— Pourquoi ?

— C'est que ce chemin-là nous mène à Tripoli et au-dessus du grand désert.

— Oh ! nous n'irons pas si loin, mon ami ; du moins, je l'espère.

— Mais où prétends-tu t'arrêter ?

— Voyons, Dick, ne serais-tu pas curieux de visiter Tembouctou.

— Tembouctou ?

— Sans doute, reprit Joe. On ne peut pas se permettre de faire un voyage en Afrique sans visiter Tembouctou !

— Tu seras le cinquième ou sixième Européen qui aura vu cette ville mystérieuse.

— Va pour Tembouctou !

— Alors laisse-nous arriver entre le dix-septième et le dix-huitième degré de latitude, et là nous chercherons un vent favorable qui puisse nous chasser vers l'ouest.

— Bien, répondit le chasseur, mais avons-nous encore une longue route à parcourir dans le nord ?

— Cent cinquante milles au moins.

— Alors, répliqua Kennedy, je vais dormir un peu.

— Dormez, monsieur, répondit Joe ; vous-même, mon maître, imitez M. Kennedy ; vous devez avoir besoin de repos, car je vous ai fait veiller d'une façon indiscrète. »

Le chasseur s'étendit sous la tente ; mais Fergusson, sur qui la fatigue avait peu de prise, demeura à son poste d'observation.

Au bout de trois heures, le *Victoria* franchissait avec une extrême rapidité un terrain caillouteux, avec des rangées de hautes montagnes nues à base granitique ; certains pics isolés atteignaient même quatre mille pieds de hauteur ; les girafes, les antilopes, les autruches bondissaient avec une merveilleuse agilité au milieu des forêts d'acacias, de mimosas, de souahs et de dattiers ; après l'aridité du désert, la végétation reprenait son empire. C'était le pays des Kailouas qui se voilent le visage au moyen d'une bande de coton, ainsi que leurs dangereux voisins les Touareg.

À dix heures du soir, après une superbe traversée de deux cent cinquante milles, le *Victoria* s'arrêta au-dessus d'une ville importante : la lune en laissait entrevoir une partie à demi ruinée ; quelques pointes de mosquées s'élançaient çà et là frappées d'un blanc rayon de lumière ; le docteur prit la hauteur des étoiles, et reconnut qu'il se trouvait sous la latitude d'Aghadès.

Cette ville, autrefois le centre d'un immense commerce, tombait déjà en ruine à l'époque où la visita le docteur Barth.

Le *Victoria*, n'étant pas aperçu dans l'ombre, prit terre à deux milles au-dessus d'Aghadès, dans un vaste champ de millet. La nuit fut assez tranquille et disparut vers les cinq heures du matin, pendant qu'un vent léger sollicitait le ballon vers l'ouest, et même un peu au sud.

Fergusson s'empressa de saisir cette bonne fortune. Il s'enleva rapidement et s'enfuit dans une longue traînée des rayons du soleil.

Le pays des Kailouas.

XXXVIII

TRAVERSÉE RAPIDE. — RÉSOLUTIONS PRUDENTES. —
CARAVANES. — AVERSES CONTINUELLES. — GAO. — LE
NIGER. — GOLBERRY, GEOFFROY, GRAY. — MUNGO-PARK.
— LAING. — RENÉ CAILLIÉ. — CLAPPERTON. — JOHN ET
RICHARD LANDER.

La journée du 17 mai fut tranquille et exempte de tout
incident ; le désert recommençait ; un vent moyen ramenait le *Victoria* dans le sud-ouest ; il ne déviait ni à droite
ni à gauche ; son ombre traçait sur le sable une ligne
rigoureusement droite.

Avant son départ, le docteur avait renouvelé prudemment sa provision d'eau ; il craignait de ne pouvoir
prendre terre sur ces contrées infestées par les Touareg
Aouelimminien. Le plateau, élevé de dix-huit cents pieds
au-dessus du niveau de la mer, se déprimait vers le sud.
Les voyageurs, ayant coupé la route d'Aghadès à Mourzouk, souvent battue par le pied des chameaux, arrivèrent
au soir par 16° de latitude et 4° 55' de longitude, après
avoir franchi cent quatre-vingts milles d'une longue
monotonie.

Pendant cette journée, Joe apprêta les dernières pièces
de gibier, qui n'avaient reçu qu'une préparation sommaire ;
il servit au souper une brochette de bécassines fort appé-
tissantes. Le vent étant bon, le docteur résolut de continuer sa route pendant une nuit que la lune, presque pleine
encore, faisait resplendissante. Le *Victoria* s'éleva à une
hauteur de cinq cents pieds, et, pendant cette traversée
nocturne de soixante milles environ, le léger sommeil
d'un enfant n'eût même pas été troublé.

Le dimanche matin, nouveau changement dans la
direction du vent ; il porta vers le nord-ouest ; quelques
corbeaux volaient dans les airs, et, vers l'horizon, une
troupe de vautours, qui se tint fort heureusement éloignée.

La vue de ces oiseaux amena Joe à complimenter son
maître sur son idée des deux ballons.

« Où en serions-nous, dit-il, avec une seule enveloppe ? Ce second ballon, c'est comme la chaloupe d'un navire ; en cas de naufrage, on peut toujours la prendre pour se sauver.

— Tu as raison, mon ami ; seulement ma chaloupe m'inquiète un peu ; elle ne vaut pas le bâtiment.

— Que veux-tu dire ? demanda Kennedy.

— Je veux dire que le nouveau *Victoria* ne vaut pas l'ancien ; soit que le tissu en ait été trop éprouvé, soit que la gutta-percha se soit fondue à la chaleur du serpentin, je constate une certaine déperdition de gaz ; ce n'est pas grand-chose jusqu'ici, mais enfin c'est appréciable ; nous avons une tendance à baisser, et, pour me maintenir, je suis forcé de donner plus de dilatation à l'hydrogène.

— Diable ! fit Kennedy, je ne vois guère de remède à cela.

— Il n'y en a pas, mon cher Dick ; c'est pourquoi nous ferions bien de nous presser, en évitant même les haltes de nuit.

— Sommes-nous encore loin de la côte ? demanda Joe.

— Quelle côte, mon garçon ? Savons-nous donc où le hasard nous conduira ; tout ce que je puis te dire, c'est que Tembouctou se trouve encore à quatre cents milles dans l'ouest.

— Et quel temps mettrons-nous à y parvenir ?

— Si le vent ne nous écarte pas trop, je compte rencontrer cette ville mardi vers le soir.

— Alors, fit Joe en indiquant une longue file de bêtes et d'hommes qui serpentait en plein désert, nous arriverons plus vite que cette caravane. »

Fergusson et Kennedy se penchèrent et aperçurent une vaste agglomération d'êtres de toute espèce ; il y avait là plus de cent cinquante chameaux, de ceux qui pour douze mutkals d'or[1] vont de Tembouctou à Tafilet avec une charge de cinq cents livres sur le dos ; tous portaient sous la queue un petit sac destiné à recevoir leurs excréments,

---

1. Cent vingt-cinq francs.

seul combustible sur lequel on puisse compter dans le désert.

Ces chameaux des Touareg sont de la meilleure espèce ; ils peuvent rester de trois à sept jours sans boire, et deux jours sans manger ; leur vitesse est supérieure à celle des chevaux, et ils obéissent avec intelligence à la voix du khabir, le guide de la caravane. On les connaît dans le pays sous le nom de « mehari ».

Tels furent les détails donnés par le docteur, pendant que ses compagnons considéraient cette multitude d'hommes, de femmes, d'enfants, marchant avec peine sur un sable à demi mouvant, à peine contenu par quelques chardons, des herbes flétries et des buissons chétifs. Le vent effaçait la trace de leurs pas presque instantanément.

Joe demanda comment les Arabes parvenaient à se diriger dans le désert, et à gagner les puits épars dans cette immense solitude.

« Les Arabes, répondit Fergusson, ont reçu de la nature un merveilleux instinct pour reconnaître leur route ; là où un Européen serait désorienté, ils n'hésitent jamais ; une pierre insignifiante, un caillou, une touffe d'herbe, la nuance différente des sables, leur suffit pour marcher sûrement ; pendant la nuit, ils se guident sur l'étoile polaire ; ils ne font pas plus de deux milles à l'heure, et se reposent pendant les grandes chaleurs de midi ; ainsi jugez du temps qu'ils mettent à traverser le Sahara, un désert de plus de neuf cents milles. »

Mais le *Victoria* avait déjà disparu aux yeux étonnés des Arabes, qui devaient envier sa rapidité. Au soir, il passait par 2° 20' de longitude[1], et, pendant la nuit, il franchissait encore plus d'un degré.

Le lundi, le temps changea complètement ; la pluie se mit à tomber avec une grande violence ; il fallut résister à ce déluge et à l'accroissement de poids dont il chargeait le ballon et la nacelle ; cette perpétuelle averse expliquait les marais et les marécages qui composaient uniquement

_____

1. Le zéro du méridien de Paris.

la surface du pays ; la végétation y reparaissait avec les mimosas, les baobabs et les tamarins.

Tel était le Sonray avec ses villages coiffés de toits renversés comme des bonnets arméniens ; il y avait peu de montagnes, mais seulement ce qu'il fallait de collines pour faire des ravins et des réservoirs, que les pintades et les bécassines sillonnaient de leur vol ; çà et là un torrent impétueux coupait les routes ; les indigènes le traversaient en se cramponnant à une liane tendue d'un arbre à un autre ; les forêts faisaient place aux jungles dans lesquelles remuaient alligators, hippopotames et rhinocéros.

« Nous ne tarderons pas à voir le Niger, dit le docteur ; la contrée se métamorphose aux approches des grands fleuves. Ces chemins qui marchent, suivant une juste expression, ont d'abord apporté la végétation avec eux, comme ils apporteront la civilisation plus tard. Ainsi, dans son parcours de deux mille cinq cents milles, le Niger a semé sur ses bords les plus importantes cités de l'Afrique.

— Tiens, dit Joe, cela me rappelle l'histoire de ce grand admirateur de la Providence, qui la louait du soin qu'elle avait eu de faire passer les fleuves au milieu des grandes villes ! »

À midi, le *Victoria* passait au-dessus d'une bourgade, d'une réunion de huttes assez misérables, Gao, qui fut autrefois une grande capitale.

« C'est là, dit le docteur, que Barth traversa le Niger à son retour de Tembouctou ; voici ce fleuve fameux dans l'Antiquité, le rival du Nil, auquel la superstition païenne donna une origine céleste ; comme lui, il préoccupa l'attention des géographes de tous les temps ; comme celle du Nil, et plus encore, son exploration a coûté de nombreuses victimes. »

Le Niger coulait entre deux rives largement séparées ; ses eaux roulaient vers le sud avec une certaine violence ; mais les voyageurs entraînés purent à peine en saisir les curieux contours.

« Je veux vous parler de ce fleuve, dit Fergusson, et il est déjà loin de nous ! Sous les noms de Dhiouleba, de Mayo, d'Egghirreou, de Quorra, et autres encore, il parcourt une étendue immense de pays, et lutterait presque de longueur avec le Nil. Ces noms signifient tout simplement "le fleuve", suivant les contrées qu'il traverse.

Le Niger.

— Est-ce que le docteur Barth a suivi cette route ? demanda Kennedy.

— Non, Dick ; en quittant le lac Tchad, il traversa les villes principales du Bornou et vint couper le Niger à Say, quatre degrés au-dessous de Gao ; puis il pénétra au sein de ces contrées inexplorées que le Niger renferme dans son coude, et, après huit mois de nouvelles fatigues, il parvint à Tembouctou ; ce que nous ferons en trois jours à peine, avec un vent aussi rapide.

— Est-ce qu'on a découvert les sources du Niger ? demanda Joe.

— Il y a longtemps, répondit le docteur. La reconnaissance du Niger et de ses affluents attira de nombreuses explorations, et je puis vous indiquer les principales. De 1749 à 1753, Adanson reconnaît le fleuve et visite Gorée ; de 1785 à 1788, Golberry et Geoffroy parcourent les déserts de la Sénégambie et remontent jusqu'au pays des Maures, qui assassinèrent Saugnier, Brisson, Adam, Riley, Cochelet, et tant d'autres infortunés. Vient alors l'illustre Mungo-Park, l'ami de Walter Scott, Écossais comme lui. Envoyé en 1795 par la Société africaine de Londres, il atteint Bambarra, voit le Niger, fait cinq cents milles avec un marchand d'esclaves, reconnaît la rivière de Gambie et revient en Angleterre en 1797, il repart le 30 janvier 1805 avec son beau-frère Anderson, Scott le dessinateur et une troupe d'ouvriers ; il arrive à Gorée, s'adjoint un détachement de trente-cinq soldats, revoit le Niger le 19 août ; mais alors, par suite des fatigues, des privations, des mauvais traitements, des inclémences du ciel, de l'insalubrité du pays, il ne reste plus que onze vivants de quarante Européens ; le 16 novembre, les dernières lettres de Mungo-Park parvenaient à sa femme, et, un an plus tard, on apprenait par un trafiquant du pays qu'arrivé à Boussa, sur le Niger, le 23 décembre, l'infortuné voyageur vit sa barque renversée par les cataractes du fleuve, et que lui-même fut massacré par les indigènes.

— Et cette fin terrible n'arrêta pas les explorateurs ?

— Au contraire, Dick ; car alors on avait non seulement à reconnaître le fleuve, mais à retrouver les papiers du voyageur. Dès 1816, une expédition s'organise à Londres, à laquelle prend part le major Gray ; elle arrive au Sénégal, pénètre dans le Fouta-Djallon, visite les populations foullahs et mandingues, et revient en Angleterre sans autre résultat. En 1822, le major Laing explore toute la partie de l'Afrique occidentale voisine des possessions anglaises, et ce fut lui qui arriva le premier aux sources du Niger ; d'après ses documents, la source de ce fleuve immense n'aurait pas deux pieds de largeur.

— Facile à sauter, dit Joe.

— Eh ! eh ! facile ! répliqua le docteur. Si l'on s'en rapporte à la tradition, quiconque essaie de franchir cette

source en la sautant est immédiatement englouti ; qui veut
y puiser de l'eau se sent repoussé par une main invisible.

— Et il est permis de ne pas en croire un mot ?
demanda Joe.

— Cela est permis. Cinq ans plus tard, le major Laing
devait s'élancer au travers du Sahara, pénétrer jusqu'à
Tembouctou, et mourir étranglé à quelques milles au-
dessus par les Oulad-Shiman, qui voulaient l'obliger à se
faire musulman.

— Encore une victime ! dit le chasseur.

— C'est alors qu'un courageux jeune homme entreprit
avec ses faibles ressources et accomplit le plus étonnant des
voyages modernes ; je veux parler du Français René Caillié. Après diverses tentatives en 1819 et en 1824, il partit à
nouveau, le 19 avril 1827, du Rio-Nunez ; le 3 août, il
arriva tellement épuisé et malade à Timé, qu'il ne put
reprendre son voyage qu'en janvier 1828, six mois après ;
il se joignit alors à une caravane, protégé par son vêtement
oriental, atteignit le Niger le 10 mars, pénétra dans la ville
de Jenné, s'embarqua sur le fleuve et le descendit jusqu'à
Tembouctou, où il arriva le 30 avril. Un autre Français,
Imbert, en 1670, un Anglais, Robert Adams, en 1810,
avaient peut-être vu cette ville curieuse ; mais René Caillié
devait être le premier Européen qui en ait rapporté des données exactes ; le 4 mai, il quitta cette reine du désert ; le 9,
il reconnut l'endroit même où fut assassiné le major Laing ;
le 19, il arriva à El-Araouan et quitta cette ville commerçante
pour franchir, à travers mille dangers, les vastes solitudes
comprises entre le Soudan et les régions septentrionales de
l'Afrique ; enfin il entra à Tanger, et, le 28 septembre, il
s'embarqua pour Toulon ; en dix-neuf mois, malgré cent
quatre-vingts jours de maladie, il avait traversé l'Afrique
de l'ouest au nord. Ah ! si Caillié fût né en Angleterre,
on l'eût honoré comme le plus intrépide voyageur des
temps modernes, à l'égal de Mungo-Park ! Mais, en
France, il n'est pas apprécié à sa valeur[1].

---

1. Le docteur Fergusson, en sa qualité d'Anglais, exagère peut-être ;
néanmoins, nous devons reconnaître que René Caillié ne jouit pas en

— C'était un hardi compagnon, dit le chasseur. Et qu'est-il devenu ?

— Il est mort à trente-neuf ans, des suites de ses fatigues ; on crut avoir assez fait en lui décernant le prix de la Société de géographie en 1828 ; les plus grands honneurs lui eussent été rendus en Angleterre ! Au reste, tandis qu'il accomplissait ce merveilleux voyage, un Anglais concevait la même entreprise et la tentait avec autant de courage, sinon autant de bonheur. C'est le capitaine Clapperton, le compagnon de Denham. En 1829, il rentra en Afrique par la côte ouest dans le golfe de Bénin ; il reprit les traces de Mungo-Park et de Laing, retrouva dans Boussa les documents relatifs à la mort du premier, arriva le 20 août à Sakcatou, où, retenu prisonnier, il rendit le dernier soupir entre les mains de son fidèle domestique Richard Lander.

— Et que devint ce Lander ? demanda Joe fort intéressé.

— Il parvint à regagner la côte et revint à Londres, rapportant les papiers du capitaine et une relation exacte de son propre voyage ; il offrit alors ses services au gouvernement pour compléter la reconnaissance du Niger ; il s'adjoignit son frère John, second enfant de pauvres gens des Cornouailles, et tous les deux, de 1829 à 1831, ils redescendirent le fleuve depuis Boussa jusqu'à son embouchure, le décrivant village par village, mille par mille.

— Ainsi, ces deux frères échappèrent au sort commun ? demanda Kennedy.

— Oui, pendant cette exploration du moins, car en 1833 Richard entreprit un troisième voyage au Niger, et périt frappé d'une balle inconnue près de l'embouchure du fleuve. Vous le voyez donc, mes amis, ce pays, que nous traversons, a été témoin de nobles dévouements, qui n'ont eu trop souvent que la mort pour récompense ! »

France, parmi les voyageurs, d'une célébrité digne de son dévouement et de son courage.

XXXIX

LE PAYS DANS LE COUDE DU NIGER. — VUE FANTASTIQUE
DES MONTS HOMBORI. — KABRA. — TEMBOUCTOU. —
PLAN DU DOCTEUR BARTH. — DÉCADENCE. — OÙ LE CIEL
VOUDRA.

Pendant cette maussade journée du lundi, le docteur
Fergusson se plut à donner à ses compagnons mille
détails sur la contrée qu'ils traversaient. Le sol assez plat
n'offrait aucun obstacle à leur marche. Le seul souci du
docteur était causé par ce maudit vent du nord-est qui
soufflait avec rage et l'éloignait de la latitude de Tembouctou.

Le Niger, après avoir remonté au nord jusqu'à cette
ville, s'arrondit comme un immense jet d'eau et retombe
dans l'océan Atlantique en gerbe largement épanouie ;
dans ce coude, le pays est très varié, tantôt d'une fertilité
luxuriante, tantôt d'une extrême aridité ; les plaines
incultes succèdent aux champs de maïs, qui sont remplacés par de vastes terrains couverts de genêts ; toutes
les espèces d'oiseaux d'humeur aquatique, pélicans, sarcelles, martins-pêcheurs, vivent en troupes nombreuses
sur les bords des torrents et des marigots.

De temps en temps apparaissait un camp de Touareg,
abrités sous leurs tentes de cuir, tandis que les femmes
vaquaient aux travaux extérieurs, trayant leurs chamelles
et fumant leurs pipes à gros foyer.

Le *Victoria*, vers huit heures du soir, s'était avancé de
plus de deux cents milles à l'ouest, et les voyageurs furent
alors témoins d'un magnifique spectacle.

Quelques rayons de lune se frayèrent un chemin par
une fissure des nuages, et, glissant entre les raies de pluie,
tombèrent sur la chaîne des monts Hombori. Rien de plus
étrange que ces crêtes d'apparence basaltique ; elles se
profilaient en silhouettes fantastiques sur le ciel assom-
bri ; on eût dit les ruines légendaires d'une immense ville

du Moyen Âge, telles que, par les nuits sombres, les banquises des mers glaciales en présentent au regard étonné.

« Voilà un site des *Mystères d'Udolphe*, dit le docteur ; Ann Radcliff n'aurait pas découpé ces montagnes sous un plus effrayant aspect.

— Ma foi ! répondit Joe, je n'aimerais pas à me promener seul le soir dans ce pays de fantômes. Voyez-vous, mon maître, si ce n'était pas si lourd, j'emporterais tout ce paysage en Écosse. Cela ferait bien sur les bords du lac Lomond, et les touristes y courraient en foule.

— Notre ballon n'est pas assez grand pour te permettre cette fantaisie. Mais il me semble que notre direction change. Bon ! les lutins de l'endroit sont fort aimables ; ils nous soufflent un petit vent de sud-est qui va nous remettre en bon chemin. »

En effet, le *Victoria* reprenait une route plus au nord, et le 20, au matin, il passait au-dessus d'un inextricable réseau de canaux, de torrents, de rivières, tout l'enchevêtrement complet des affluents du Niger. Plusieurs de ces canaux, recouverts d'une herbe épaisse, ressemblaient à de grasses prairies. Là, le docteur retrouva la route de

Barth, quand celui-ci s'embarqua sur le fleuve pour le descendre jusqu'à Tembouctou. Large de huit cents toises, le Niger coulait ici entre deux rives riches en crucifères et en tamarins ; les troupeaux bondissants des gazelles mêlaient leurs cornes annelées aux grandes herbes, entre lesquelles l'alligator les guettait en silence.

De longues files d'ânes et de chameaux, chargés des marchandises de Jenné, s'enfonçaient sous les beaux arbres ; bientôt un amphithéâtre de maisons basses apparut à un détour du fleuve ; sur les terrasses et les toits était amoncelé tout le fourrage recueilli dans les contrées environnantes.

« C'est Kabra, s'écria joyeusement le docteur ; c'est le port de Tembouctou ; la ville n'est pas à cinq milles d'ici !

— Alors vous êtes satisfait, monsieur ? demanda Joe.

— Enchanté, mon garçon.

— Bon, tout est pour le mieux. »

En effet, à deux heures, la reine du désert, la mystérieuse Tembouctou, qui eut, comme Athènes et Rome, ses écoles de savants et ses chaires de philosophie, se déploya sous les regards des voyageurs.

Fergusson en suivait les moindres détails sur le plan tracé par Barth lui-même, et il en reconnut l'extrême exactitude.

La ville forme un vaste triangle inscrit dans une immense plaine de sable blanc ; sa pointe se dirige vers le nord et perce un coin du désert ; rien aux alentours ; à peine quelques graminées, des mimosas nains et des arbrisseaux rabougris.

Quant à l'aspect de Tembouctou, que l'on se figure un entassement de billes et de dés à jouer ; voilà l'effet produit à vol d'oiseau ; les rues, assez étroites, sont bordées de maisons qui n'ont qu'un rez-de-chaussée, construites en briques cuites au soleil, et de huttes de paille et de roseaux, celles-ci coniques, celles-là carrées ; sur les terrasses sont nonchalamment étendus quelques habitants drapés dans leur robe éclatante, la lance ou le mousquet à la main ; de femmes point, à cette heure du jour.

« Mais on les dit belles, ajouta le docteur. Vous voyez les trois tours des trois mosquées, restées seules entre un grand nombre. La ville est bien déchue de son ancienne splendeur ! Au sommet du triangle s'élève la mosquée de Sankoré avec ses rangées de galeries soutenues par des arcades d'un dessin assez pur ; plus loin, près du quartier de Sane-Gungu, la mosquée de Sidi-Yahia et quelques maisons à deux étages. Ne cherchez ni palais ni monuments. Le cheik est un simple trafiquant, et sa demeure royale un comptoir.

— Il me semble, dit Kennedy, apercevoir des remparts à demi renversés.

— Ils ont été détruits par les Foullannes en 1826 ; alors la ville était plus grande d'un tiers, car Tembouctou, depuis le XIe siècle, objet de convoitise générale, a successivement appartenu aux Touareg, aux Sonrayens, aux Marocains, aux Foullannes ; et ce grand centre de civilisation, où un savant comme Ahmed-Baba possédait au XVIe siècle une bibliothèque de seize cents manuscrits, n'est plus qu'un entrepôt de commerce de l'Afrique centrale. »

La ville paraissait livrée, en effet, à une grande incurie ; elle accusait la nonchalance épidémique des cités qui s'en vont ; d'immenses décombres s'amoncelaient dans les faubourgs et formaient avec la colline du marché les seuls accidents du terrain.

Au passage du *Victoria*, il se fit bien quelque mouvement, le tambour fut battu ; mais à peine si le dernier savant de l'endroit eut le temps d'observer ce nouveau phénomène ; les voyageurs, repoussés par le vent du désert, reprirent le cours sinueux du fleuve, et bientôt Tembouctou ne fut plus qu'un des souvenirs rapides de leur voyage.

« Et maintenant, dit le docteur, le Ciel nous conduise où il lui plaira !

— Pourvu que ce soit dans l'ouest ! répliqua Kennedy.

— Bah ! fit Joe, il s'agirait de revenir à Zanzibar par le même chemin, et de traverser l'Océan jusqu'en Amérique, cela ne m'effraierait guère !

— Il faudrait d'abord le pouvoir, Joe.

— Et que nous manque-t-il pour cela ?

— Du gaz, mon garçon ; la force ascensionnelle du ballon diminue sensiblement, et il faudra de grands ménagements pour qu'il nous porte jusqu'à la côte. Je vais même être forcé de jeter du lest. Nous sommes trop lourds.

— Voilà ce que c'est que de ne rien faire, mon maître ! À rester toute la journée étendu comme un fainéant dans son hamac, on engraisse et l'on devient pesant. C'est un voyage de paresseux que le nôtre, et, au retour, on nous trouvera affreusement gros et gras.

— Voilà bien des réflexions dignes de Joe, répondit le chasseur ; mais attends donc la fin ; sais-tu ce que le Ciel nous réserve ? Nous sommes encore loin du terme de notre voyage. Où crois-tu rencontrer la côte d'Afrique, Samuel ?

— Je serais fort empêché de te répondre, Dick ; nous sommes à la merci de vents très variables ; mais enfin je m'estimerai heureux si j'arrive entre Sierra-Leone et Portendick ; il y a là une certaine étendue de pays où nous rencontrerons des amis.

— Et ce sera plaisir de leur serrer la main ; mais suivons-nous, au moins, la direction voulue ?

— Pas trop, Dick, pas trop ; regarde l'aiguille aimantée ; nous portons au sud, et nous remontons le Niger vers ses sources.

— Une fameuse occasion de les découvrir, riposta Joe, si elles n'étaient déjà connues. Est-ce qu'à la rigueur on ne pourrait pas lui en trouver d'autres ?

— Non, Joe ; mais sois tranquille, j'espère bien ne pas aller jusque-là. »

À la nuit tombante, le docteur jeta les derniers sacs de lest ; le *Victoria* se releva ; le chalumeau, quoique fonctionnant à pleine flamme, pouvait à peine le maintenir ; il se trouvait alors à soixante milles dans le sud de Tembouctou, et, le lendemain, il se réveillait sur les bords du Niger, non loin du lac Debo.

XL

INQUIÉTUDES DU DOCTEUR FERGUSSON. — DIRECTION
PERSISTANTE VERS LE SUD. — UN NUAGE DE SAUTE-
RELLES. — VUE DE JENNÉ. — VUE DE SÉGO. — CHANGE-
MENT DE VENT. — REGRETS DE JOE.

Le lit du fleuve était alors partagé par de grandes îles
en branches étroites d'un courant fort rapide. Sur l'une
d'entre elles s'élevaient quelques cases de bergers ; mais
il fut impossible d'en faire un relèvement exact, car la
vitesse du *Victoria* s'accroissait toujours. Malheureusement, il inclinait encore plus au sud et franchit en
quelques instants le lac Debo.

Fergusson chercha à diverses élévations, en forçant
extrêmement sa dilatation, d'autres courants dans l'atmosphère, mais en vain. Il abandonna promptement cette
manœuvre, qui augmentait encore la déperdition de son
gaz, en le pressant contre les parois fatiguées de l'aérostat.

Il ne dit rien, mais il devint fort inquiet. Cette obstination du vent à le rejeter vers la partie méridionale de
l'Afrique déjouait ses calculs. Il ne savait plus sur qui ni
sur quoi compter. S'il n'atteignait pas les territoires
anglais ou français, que devenir au milieu des barbares
qui infestaient les côtes de Guinée ? Comment y attendre
un navire pour retourner en Angleterre ? Et la direction
actuelle du vent le chassait sur le royaume de Dahomey,
parmi les peuplades les plus sauvages, à la merci d'un
roi qui, dans les fêtes publiques, sacrifiait des milliers de
victimes humaines ! Là, on serait perdu.

D'un autre côté, le ballon se fatiguait visiblement, et le
docteur le sentait lui manquer ! Cependant, le temps se
levant un peu, il espéra que la fin de la pluie amènerait
un changement dans les courants atmosphériques.

Il fut donc désagréablement ramené au sentiment de la
situation par cette réflexion de Joe :

« Bon ! disait celui-ci, voici la pluie qui va redoubler,

et cette fois, ce sera le déluge, s'il faut en juger par ce nuage qui s'avance !

— Encore un nuage ! dit Fergusson.

— Et un fameux ! répondit Kennedy.

— Comme je n'en ai jamais vu, répliqua Joe, avec des arêtes tirées au cordeau.

— Je respire, dit le docteur en déposant sa lunette. Ce n'est pas un nuage.

— Par exemple ! fit Joe.

— Non ! c'est une nuée !

— Eh bien ?

— Mais une nuée de sauterelles.

— Ça, des sauterelles !

— Des milliards de sauterelles qui vont passer sur ce pays comme une trombe, et malheur à lui, car si elles s'abattent, il sera dévasté !

— Je voudrais bien voir cela !

— Attends un peu, Joe ; dans dix minutes, ce nuage nous aura atteints, et tu en jugeras par tes propres yeux. »

Fergusson disait vrai ; ce nuage épais, opaque, d'une étendue de plusieurs milles, arrivait avec un bruit assourdissant, promenant sur le sol son ombre immense ; c'était une innombrable légion de ces sauterelles auxquelles on a donné le nom de criquets. À cent pas du *Victoria*, elles s'abattirent sur un pays verdoyant ; un quart d'heure plus tard, la masse reprenait son vol, et les voyageurs pouvaient encore apercevoir de loin les arbres, les buissons entièrement dénudés, les prairies comme fauchées. On eût dit qu'un subit hiver venait de plonger la campagne dans la plus profonde stérilité.

« Eh bien, Joe ?

— Eh bien ! monsieur, c'est fort curieux, mais fort naturel. Ce qu'une sauterelle ferait en petit, des milliards le font en grand.

— C'est une effrayante pluie, dit le chasseur, et plus terrible encore que la grêle par ses dévastations.

— Et il est impossible de s'en préserver, répondit Fergusson ; quelquefois les habitants ont eu l'idée d'incendier des forêts, des moissons même pour arrêter le vol de

Un nuage de sauterelles.

ces insectes ; mais les premiers rangs, se précipitant dans les flammes, les éteignaient sous leur masse, et le reste de la bande passait irrésistiblement. Heureusement, dans ces contrées, il y a une sorte de compensation à leurs ravages ; les indigènes recueillent ces insectes en grand nombre et les mangent avec plaisir.

— Ce sont les crevettes de l'air », dit Joe, qui, « pour s'instruire », ajouta-t-il, regretta de n'avoir pu en goûter.

Le pays devint plus marécageux vers le soir ; les forêts firent place à des bouquets d'arbres isolés ; sur les bords du fleuve, on distinguait quelques plantations de tabac et des marais gras de fourrages. Dans une grande île apparut alors la ville de Jenné, avec les deux tours de sa mosquée de terre, et l'odeur infecte qui s'échappait de millions de nids d'hirondelles accumulés sur ses murs. Quelques cimes de baobabs, de mimosas et de dattiers perçaient entre les maisons ; même à la nuit, l'activité paraissait très grande. Jenné est en effet une ville fort commerçante ; elle fournit à tous les besoins de Tembouctou ; ses barques sur le fleuve, ses caravanes par les chemins ombragés, y transportent les diverses productions de son industrie.

« Si cela n'eût pas dû prolonger notre voyage, dit le docteur, j'aurais tenté de descendre dans cette ville ; il doit s'y trouver plus d'un Arabe qui a voyagé en France ou en Angleterre, et auquel notre genre de locomotion n'est peut-être pas étranger. Mais ce ne serait pas prudent.

— Remettons cette visite à notre prochaine excursion, dit Joe en riant.

— D'ailleurs, si je ne me trompe, mes amis, le vent a une légère tendance à souffler de l'est ; il ne faut pas perdre une pareille occasion. »

Le docteur jeta quelques objets devenus inutiles, des bouteilles vides et une caisse de viande qui n'était plus d'aucun usage ; il réussit à maintenir le *Victoria* dans une zone plus favorable à ses projets. À quatre heures du matin, les premiers rayons du soleil éclairaient Sego, la capitale du Bambarra, parfaitement reconnaissable aux quatre villes qui la composent, à ses mosquées mauresques, et au va-et-vient incessant des bacs qui transportent les habitants dans les divers quartiers. Mais les voyageurs ne furent pas plus vus qu'ils ne virent ; ils fuyaient rapidement et directement dans le nord-ouest, et les inquiétudes du docteur se calmaient peu à peu.

« Encore deux jours dans cette direction, et avec cette vitesse nous atteindrons le fleuve du Sénégal.

— Et nous serons en pays ami ? demanda le chasseur.

— Pas tout à fait encore ; à la rigueur, si le *Victoria* venait à nous manquer, nous pourrions gagner des établissements français ! Mais puisse-t-il tenir pendant quelques centaines de milles, et nous arriverons sans fatigues, sans craintes, sans dangers, jusqu'à la côte occidentale.

— Et ce sera fini ! fit Joe. Eh bien, tant pis ! Si ce n'était le plaisir de raconter, je ne voudrais plus jamais mettre pied à terre ! Pensez-vous qu'on ajoute foi à nos récits, mon maître ?

— Qui sait, mon brave Joe ? Enfin, il y aura toujours un fait incontestable ; mille témoins nous auront vus partir d'un côté de l'Afrique ; mille témoins nous verront arriver à l'autre côté.

— En ce cas, répondit Kennedy, il me paraît difficile de dire que nous n'avons pas traversé !

— Ah ! monsieur Samuel ! reprit Joe avec un gros soupir, je regretterai plus d'une fois mes cailloux en or massif ! Voilà qui aurait donné du poids à nos histoires et de la vraisemblance à nos récits. À un gramme d'or par auditeur, je me serais composé une jolie foule pour m'entendre et même pour m'admirer ! »

XLI

LES APPROCHES DU SÉNÉGAL. — LE « VICTORIA » BAISSE
DE PLUS EN PLUS. — ON JETTE, ON JETTE TOUJOURS. — LE
MARABOUT AL-HADJI. — MM. PASCAL, VINCENT, LAM-
BERT. — UN RIVAL DE MAHOMET. — LES MONTAGNES DIF-
FICILES. — LES ARMES DE KENNEDY. — UNE MANŒUVRE
DE JOE. — HALTE AU-DESSUS D'UNE FORÊT.

Le 27 mai, vers neuf heures du matin, le pays se présenta sous un nouvel aspect : les rampes longuement étendues se changeaient en collines qui faisaient présager de
prochaines montagnes ; on aurait à franchir la chaîne qui
sépare le bassin du Niger du bassin du Sénégal et détermine l'écoulement des eaux soit au golfe de Guinée, soit
à la baie du cap Vert.

Jusqu'au Sénégal, cette partie de l'Afrique est signalée
comme dangereuse. Le docteur Fergusson le savait par
les récits de ses devanciers ; ils avaient souffert mille privations et couru mille dangers au milieu de ces Nègres
barbares ; ce climat funeste dévora la plus grande partie
des compagnons de Mungo-Park. Fergusson fut donc plus
que jamais décidé à ne pas prendre pied sur cette contrée
inhospitalière.

Mais il n'eut pas un moment de repos ; le *Victoria* bais-
sait d'une manière sensible ; il fallut jeter encore une
foule d'objets plus ou moins inutiles, surtout au moment
de franchir une crête. Et ce fut ainsi pendant plus de cent
vingt milles ; on se fatigua à monter et à descendre ; le
ballon, ce nouveau rocher de Sisyphe, retombait incessamment ; les formes de l'aérostat peu gonflé s'efflan-
quaient déjà ; il s'allongeait, et le vent creusait de vastes
poches dans son enveloppe détendue.

Kennedy ne put s'empêcher d'en faire la remarque.

« Est-ce que le ballon aurait une fissure ? dit-il.

— Non, répondit le docteur ; mais la gutta-percha s'est
évidemment ramollie ou fondue sous la chaleur, et l'hydrogène fuit à travers le taffetas.

— Comment empêcher cette fuite ?

— C'est impossible. Allégeons-nous ; c'est le seul moyen ; jetons tout ce qu'on peut jeter.

— Mais quoi ? fit le chasseur en regardant la nacelle déjà fort dégarnie.

— Débarrassons-nous de la tente, dont le poids est assez considérable. » Joe, que cet ordre concernait, monta au-dessus du cercle qui réunissait les cordes du filet ; de là, il vint facilement à bout de détacher les épais rideaux de la tente, et il les précipita au-dehors.

« Voilà qui fera le bonheur de toute une tribu de Nègres, dit-il ; il y a là de quoi habiller un millier d'indigènes, car ils sont assez discrets sur l'étoffe. »

Le ballon s'était relevé un peu, mais bientôt il devint évident qu'il se rapprochait encore du sol.

« Descendons, dit Kennedy, et voyons ce que l'on peut faire à cette enveloppe.

— Je te le répète, Dick, nous n'avons aucun moyen de la réparer.

— Alors comment ferons-nous ?

— Nous sacrifierons tout ce qui ne sera pas complètement indispensable ; je veux à tout prix éviter une halte dans ces parages ; les forêts dont nous rasons la cime en ce moment ne sont rien moins que sûres.

— Quoi ! des lions ? des hyènes ? fit Joe avec mépris.

— Mieux que cela, mon garçon, des hommes, et des plus cruels qui soient en Afrique.

— Comment le sait-on ?

— Par les voyageurs qui nous ont précédés ; puis les Français, qui occupent la colonie du Sénégal, ont eu forcément des rapports avec les peuplades environnantes ; sous le gouvernement du colonel Faidherbe, des reconnaissances ont été poussées fort en avant dans le pays ; des officiers, tels que MM. Pascal, Vincent, Lambert, ont rapporté des documents précieux de leurs expéditions. Ils ont exploré ces contrées formées par le coude du Sénégal, là où la guerre et le pillage n'ont plus laissé que des ruines.

— Que s'est-il donc passé ?

Joe détachant la tente de la nacelle.

— Le voici. En 1854, un marabout du Fouta sénéga-
lais, Al-Hadji, se disant inspiré comme Mahomet, poussa
toutes les tribus à la guerre contre les infidèles, c'est-à-
dire les Européens. Il porta la destruction et la désolation
entre le fleuve Sénégal et son affluent la Falémé. Trois
hordes de fanatiques guidées par lui sillonnèrent le pays
de façon à n'épargner ni un village ni une hutte, pillant
et massacrant ; il s'avança même dans la vallée du Niger,
jusqu'à la ville de Sego, qui fut longtemps menacée. En
1857, il remontait plus au nord et investissait le fort de
Médine, bâti par les Français sur les bords du fleuve ; cet
établissement fut défendu par un héros, Paul Holl, qui
pendant plusieurs mois, sans nourriture, sans munitions
presque, tint jusqu'au moment où le colonel Faidherbe
vint le délivrer. Al-Hadji et ses bandes repassèrent alors
le Sénégal, et revinrent dans le Kaarta continuer leurs
rapines et leurs massacres ; or, voici les contrées dans
lesquelles il s'est enfui et réfugié avec ses hordes de bandits, et je vous affirme qu'il ne ferait pas bon tomber
entre ses mains.

— Nous n'y tomberons pas, dit Joe, quand nous
devrions sacrifier jusqu'à nos chaussures pour relever le
Victoria.

— Nous ne sommes pas éloignés du fleuve, dit le docteur ; mais je prévois que notre ballon ne pourra nous
porter au-delà.

— Arrivons toujours sur les bords, répliqua le chasseur, ce sera cela de gagné.

— C'est ce que nous essayons de faire, dit le docteur ;
seulement, une chose m'inquiète.

— Laquelle ?

— Nous aurons des montagnes à dépasser, et ce sera
difficile, puisque je ne puis augmenter la force ascensionnelle de l'aérostat, même en produisant la plus grande
chaleur possible.

— Attendons, fit Kennedy, et nous verrons alors.

— Pauvre *Victoria* ! fit Joe, je m'y suis attaché comme
le marin à son navire ; je ne m'en séparerai pas sans
peine ! Il n'est plus ce qu'il était au départ, soit ! mais il

ne faut pas en dire du mal ! Il nous a rendu de fiers services, et ce sera pour moi un crève-cœur de l'abandonner.

— Sois tranquille, Joe ; si nous l'abandonnons, ce sera malgré nous. Il nous servira jusqu'à ce qu'il soit au bout de ses forces. Je lui demande encore vingt-quatre heures.

— Il s'épuise, fit Joe en le considérant, il maigrit, sa vie s'en va. Pauvre ballon !

— Si je ne me trompe, dit Kennedy, voici à l'horizon les montagnes dont tu parlais, Samuel.

— Ce sont bien elles, dit le docteur après les avoir examinées avec sa lunette ; elles me paraissent fort élevées, nous aurons du mal à les franchir.

— Ne pourrait-on les éviter ?

— Je ne pense pas, Dick ; vois l'immense espace qu'elles occupent : près de la moitié de l'horizon !

— Elles ont même l'air de se resserrer autour de nous, dit Joe ; elles gagnent sur la droite et sur la gauche.

— Il faut absolument passer par-dessus. »

Ces obstacles si dangereux paraissaient approcher avec une rapidité extrême, ou, pour mieux dire, le vent très fort précipitait le *Victoria* vers des pics aigus. Il fallait s'élever à tout prix, sous peine de les heurter.

« Vidons notre caisse à eau, dit Fergusson ; ne réservons que le nécessaire pour un jour.

— Voilà ! dit Joe.

— Le ballon se relève-t-il ? demanda Kennedy.

— Un peu, d'une cinquantaine de pieds, répondit le docteur, qui ne quittait pas le baromètre des yeux. Mais ce n'est pas assez. »

En effet, les hautes cimes arrivaient sur les voyageurs à faire croire qu'elles se précipitaient sur eux ; ils étaient loin de les dominer ; il s'en fallait de plus de cinq cents pieds encore. La provision d'eau du chalumeau fut également jetée au-dehors ; on n'en conserva que quelques pintes ; mais cela fut encore insuffisant.

« Il faut pourtant passer, dit le docteur.

— Jetons les caisses, puisque nous les avons vidées, dit Kennedy.

— Jetez-les.

— Voilà ! fit Joe. C'est triste de s'en aller morceau par morceau.

— Pour toi, Joe, ne va pas renouveler ton dévouement de l'autre jour ! Quoi qu'il arrive, jure-moi de ne pas nous quitter.

— Soyez tranquille, mon maître, nous ne nous quitterons pas. »

Le *Victoria* avait regagné en hauteur une vingtaine de toises, mais la crête de la montagne le dominait toujours. C'était une arête assez droite qui terminait une véritable muraille coupée à pic. Elle s'élevait encore de plus de deux cents pieds au-dessus des voyageurs.

« Dans dix minutes, se dit le docteur, notre nacelle sera brisée contre ces roches, si nous ne parvenons pas à les dépasser !

— Eh bien, monsieur Samuel ? fit Joe.

— Ne conserve que notre provision de pemmican, et jette toute cette viande qui pèse. »

Le ballon fut encore délesté d'une cinquantaine de livres ; il s'éleva très sensiblement, mais peu importait, s'il n'arrivait pas au-dessus de la ligne des montagnes. La situation était effrayante ; le *Victoria* courait avec une grande rapidité ; on sentait qu'il allait se mettre en pièces ; le choc serait terrible en effet.

Le docteur regarda autour de lui dans la nacelle.

Elle était presque vide.

« S'il le faut, Dick, tu te tiendras prêt à sacrifier tes armes.

— Sacrifier mes armes ! répondit le chasseur avec émotion.

— Mon ami, si je te le demande, c'est que ce sera nécessaire.

— Samuel ! Samuel !

— Tes armes, tes provisions de plomb et de poudre peuvent nous coûter la vie.

— Nous approchons ! s'écria Joe, nous approchons ! »

Dix toises ! La montagne dépassait le *Victoria* de dix toises encore.

Joe prit les couvertures et les précipita au-dehors. Sans

en rien dire à Kennedy, il lança également plusieurs sacs de balles et de plomb.

Le ballon remonta, il dépassa la cime dangereuse, et son pôle supérieur s'éclaira des rayons du soleil. Mais la nacelle se trouvait encore un peu au-dessous des quartiers de rocs, contre lesquels elle allait inévitablement se briser.

« Kennedy ! Kennedy ! s'écria le docteur, jette tes armes, ou nous sommes perdus.

— Attendez, monsieur Dick ! fit Joe, attendez ! »

Et Kennedy, se retournant, le vit disparaître au-dehors de la nacelle.

« Joe ! Joe ! cria-t-il.

— Le malheureux ! » fit le docteur.

La crête de la montagne pouvait avoir en cet endroit une vingtaine de pieds de largeur, et de l'autre côté, la pente présentait une moindre déclivité. La nacelle arriva juste au niveau de ce plateau assez uni ; elle glissa sur un sol composé de cailloux aigus qui criaient sous son passage.

« Nous passons ! nous passons ! nous sommes passés ! » cria une voix qui fit bondir le cœur de Fergusson.

L'intrépide garçon se soutenait par les mains au bord inférieur de la nacelle ; il courait à pied sur la crête, délestant ainsi le ballon de la totalité de son poids ; il était même obligé de le retenir fortement, car il tendait à lui échapper.

Lorsqu'il fut arrivé au versant opposé, et que l'abîme se présenta devant lui, Joe, par un vigoureux effort du poignet, se releva, et s'accrochant aux cordages, il remonta auprès de ses compagnons.

« Pas plus difficile que cela, fit-il.

— Mon brave Joe ! mon ami ! dit le docteur avec effusion.

— Oh ! ce que j'en ai fait, répondit celui-ci, ce n'est pas pour vous ; c'est pour la carabine de M. Dick ! Je lui devais bien cela depuis l'affaire de l'Arabe ! J'aime à payer mes dettes, et maintenant nous sommes quittes, ajouta-t-il en présentant au chasseur son arme de prédilec-

Pas plus difficile que cela ! (P. 310.)

tion. J'aurais eu trop de peine à vous voir vous en séparer. »

Kennedy lui serra vigoureusement la main sans pouvoir dire un mot.

Le *Victoria* n'avait plus qu'à descendre ; cela lui était facile ; il se retrouva bientôt à deux cents pieds du sol, et fut alors en équilibre. Le terrain semblait convulsionné ; il présentait de nombreux accidents fort difficiles à éviter pendant la nuit avec un ballon qui n'obéissait plus. Le soir arrivait rapidement, et, malgré ses répugnances, le docteur dut se résoudre à faire halte jusqu'au lendemain.

« Nous allons chercher un lieu favorable pour nous arrêter, dit-il.

— Ah ! répondit Kennedy, tu te décides enfin ?

— Oui, j'ai médité longuement un projet que nous allons mettre à exécution ; il n'est encore que six heures du soir, nous aurons le temps. Jette les ancres, Joe. »

Joe obéit, et les deux ancres pendirent au-dessous de la nacelle.

« J'aperçois de vastes forêts, dit le docteur ; nous allons courir au-dessus de leurs cimes, et nous nous accrocherons à quelque arbre. Pour rien au monde, je ne consentirais à passer la nuit à terre.

— Pourrons-nous descendre ? demanda Kennedy.

— À quoi bon ? Je vous répète qu'il serait dangereux de nous séparer. D'ailleurs, je réclame votre aide pour un travail difficile. »

Le *Victoria*, qui rasait le sommet de forêts immenses, ne tarda pas à s'arrêter brusquement ; ses ancres étaient prises ; le vent tomba avec le soir, et il demeura presque immobile au-dessus de ce vaste champ de verdure formé par la cime d'une forêt de sycomores.

XLII

COMBAT DE GÉNÉROSITÉ. — DERNIER SACRIFICE. — L'AP-
PAREIL DE DILATATION. — ADRESSE DE JOE. — MINUIT.
— LE QUART DU DOCTEUR. — LE QUART DE KENNEDY.
— IL S'ENDORT. — L'INCENDIE. — LES HURLEMENTS.
— HORS DE PORTÉE.

Le docteur Fergusson commença par relever sa position d'après la hauteur des étoiles ; il se trouvait à vingt-
cinq milles à peine du Sénégal.

« Tout ce que nous pouvons faire, mes amis, dit-il
après avoir pointé sa carte, c'est de passer le fleuve ; mais
comme il n'y a ni pont ni barques, il faut à tout prix le
passer en ballon ; pour cela, nous devons nous alléger
encore.

— Mais je ne vois pas trop comment nous y parvien-
drons, répondit le chasseur qui craignait pour ses armes ;
à moins que l'un de nous se décide à se sacrifier, à rester
en arrière... et, à mon tour, je réclame cet honneur.

— Par cxemple ! répondit Joe ; est-ce que je n'ai pas
l'habitude...

— Il ne s'agit pas de se jeter, mon ami, mais de regagner à pied la côte d'Afrique ; je suis bon marcheur, bon
chasseur...

— Je ne consentirai jamais ! répliqua Joe.

— Votre combat de générosité est inutile, mes braves
amis, dit Fergusson ; j'espère que nous n'en arriverons
pas à cette extrémité ; d'ailleurs, s'il le fallait, loin de
nous séparer, nous resterions ensemble pour traverser ce
pays.

— Voilà qui est parlé, fit Joe ; une petite promenade
ne nous fera pas de mal.

— Mais auparavant, reprit le docteur, nous allons
employer un dernier moyen pour alléger notre *Victoria*.

— Lequel ? fit Kennedy ; je serais assez curieux de le
connaître.

— Il faut nous débarrasser des caisses du chalumeau,

de la pile de Bunsen et du serpentin ; nous avons là près de neuf cents livres bien lourdes à traîner par les airs.

— Mais, Samuel, comment ensuite obtiendras-tu la dilatation du gaz ?

— Je ne l'obtiendrai pas ; nous nous en passerons.

— Mais enfin...

— Écoutez-moi, mes amis ; j'ai calculé fort exactement ce qui nous reste de force ascensionnelle ; elle est suffisante pour nous transporter tous les trois avec le peu d'objets qui nous restent ; nous ferons à peine un poids de cinq cents livres, en y comprenant nos deux ancres que je tiens à conserver.

— Mon cher Samuel, répondit le chasseur, tu es plus compétent que nous en pareille matière ; tu es le seul juge de la situation ; dis-nous ce que nous devons faire, et nous le ferons.

— À vos ordres, mon maître.

— Je vous répète, mes amis, quelque grave que soit cette détermination, il faut sacrifier notre appareil.

— Sacrifions-le ! répliqua Kennedy.

— À l'ouvrage ! » fit Joe.

Ce ne fut pas un petit travail ; il fallut démonter l'appareil pièce par pièce ; on enleva d'abord la caisse de mélange, puis celle du chalumeau, et enfin la caisse où s'opérait la décomposition de l'eau ; il ne fallut pas moins de la force réunie des trois voyageurs pour arracher les récipients du fond de la nacelle dans laquelle ils étaient fortement encastrés ; mais Kennedy était si vigoureux, Joe si adroit, Samuel si ingénieux, qu'ils en vinrent à bout ; ces diverses pièces furent successivement jetées au-dehors, et elles disparurent en faisant de vastes trouées dans le feuillage des sycomores.

« Les Nègres seront bien étonnés, dit Joe, de rencontrer de pareils objets dans les bois ; ils sont capables d'en faire des idoles ! »

On dut ensuite s'occuper des tuyaux engagés dans le ballon, et qui se rattachaient au serpentin. Joe parvint à couper à quelques pieds au-dessus de la nacelle les articulations de caoutchouc ; mais quant aux tuyaux, ce fut plus difficile, car ils étaient retenus par leur extrémité supérieure et fixés par des fils de laiton au cercle même de la soupape.

Ce fut alors que Joe déploya une merveilleuse adresse ; les pieds nus, pour ne pas érailler l'enveloppe, il parvint à l'aide du filet, et malgré les oscillations, à grimper jusqu'au sommet extérieur de l'aérostat ; et là, après mille difficultés, accroché d'une main à cette surface glissante, il détacha les écrous extérieurs qui retenaient les tuyaux. Ceux-ci alors se détachèrent aisément, et furent retirés par l'appendice inférieur, qui fut hermétiquement refermé au moyen d'une forte ligature.

Le *Victoria*, délivré de ce poids considérable, se redressa dans l'air et tendit fortement la corde de l'ancre.

À minuit, ces divers travaux se terminaient heureusement, au prix de bien des fatigues ; on prit rapidement un repas fait de pemmican et de grog froid, car le docteur n'avait plus de chaleur à mettre à la disposition de Joe.

Celui-ci, d'ailleurs, et Kennedy tombaient de fatigue.

« Couchez-vous, et dormez, mes amis, leur dit Fergusson ; je vais prendre le premier quart ; à deux heures, je réveillerai Kennedy ; à quatre heures, Kennedy réveillera Joe ; à six heures, nous partirons, et que le Ciel veille encore sur nous pendant cette dernière journée ! »

Sans se faire prier davantage, les deux compagnons du docteur s'étendirent au fond de la nacelle, et s'endormirent d'un sommeil aussi rapide que profond.

La nuit était paisible ; quelques nuages s'écrasaient contre le dernier quartier de la lune, dont les rayons indécis rompaient à peine l'obscurité. Fergusson, accoudé sur le bord de la nacelle, promenait ses regards autour de lui ; il surveillait avec attention le sombre rideau de feuillage qui s'étendait sous ses pieds en lui dérobant la vue du sol ; le moindre bruit lui semblait suspect, et il cherchait à s'expliquer jusqu'au léger frémissement des feuilles.

Il se trouvait dans cette disposition d'esprit que la solitude rend plus sensible encore, et pendant laquelle de vagues terreurs vous montent au cerveau. À la fin d'un pareil voyage, après avoir surmonté tant d'obstacles, au moment de toucher le but, les craintes sont plus vives, les émotions plus fortes, le point d'arrivée semble fuir devant les yeux.

D'ailleurs, la situation actuelle n'offrait rien de rassurant, au milieu d'un pays barbare, et avec un moyen de transport qui, en définitive, pouvait faire défaut d'un moment à l'autre. Le docteur ne comptait plus sur son ballon d'une façon absolue ; le temps était passé où il le manœuvrait avec audace parce qu'il était sûr de lui.

Sous ces impressions, le docteur crut saisir parfois quelques rumeurs indéterminées dans ces vastes forêts ; il crut même voir un feu rapide briller entre les arbres ; il regarda vivement, et porta sa lunette de nuit dans cette direction ; mais rien n'apparut, et il se fit même comme un silence plus profond.

Fergusson avait sans doute éprouvé une hallucination ; il écouta sans surprendre le moindre bruit ; le temps de son quart étant alors écoulé, il réveilla Kennedy, lui recommanda une vigilance extrême, et prit place aux côtés de Joe qui dormait de toutes ses forces.

Kennedy alluma tranquillement sa pipe, tout en frottant ses yeux, qu'il avait de la peine à tenir ouverts ; il s'accouda dans un coin, et se mit à fumer vigoureusement pour chasser le sommeil.

Le silence le plus absolu régnait autour de lui ; un vent léger agitait la cime des arbres et balançait doucement la nacelle, invitant le chasseur à ce sommeil qui l'envahissait malgré lui ; il voulut y résister, ouvrit plusieurs fois les paupières, plongea dans la nuit quelques-uns de ces regards qui ne voient pas, et enfin, succombant à la fatigue, il s'endormit.

Combien de temps fut-il plongé dans cet état d'inertie ? Il ne put s'en rendre compte à son réveil, qui fut brusquement provoqué par un pétillement inattendu.

Il se frotta les yeux, il se leva. Une chaleur intense se projetait sur sa figure. La forêt était en flammes.

« Au feu ! au feu ! s'écria-t-il », sans trop comprendre l'événement.

Ses deux compagnons se relevèrent.

« Qu'est-ce donc ? demanda Samuel.

— L'incendie ! fit Joe... Mais qui peut... »

En ce moment des hurlements éclatèrent sous le feuillage violemment illuminé.

« Ah ! les sauvages ! s'écria Joe. Ils ont mis le feu à la forêt pour nous incendier plus sûrement !

— Les Talibas ! les marabouts d'Al-Hadji, sans doute ! » dit le docteur.

Un cercle de feu entourait le *Victoria* ; les craquements du bois mort se mêlaient aux gémissements des branches vertes ; les lianes, les feuilles, toute la partie vivante de cette végétation se tordait dans l'élément destructeur ; le regard ne saisissait qu'un océan de flammes ; les grands arbres se dessinaient en noir dans la fournaise, avec leurs branches couvertes de charbons incandescents ; cet amas enflammé, cet embrasement se réfléchissait dans les nuages, et les voyageurs se crurent enveloppés dans une sphère de feu.

« Fuyons ! s'écria Kennedy ! à terre ! c'est notre seule chance de salut ! »

Mais Fergusson l'arrêta d'une main ferme, et, se précipitant sur la corde de l'ancre, il la trancha d'un coup de hache. Les flammes, s'allongeant vers le ballon, léchaient déjà ses parois illuminées ; mais le *Victoria*, débarrassé de ses liens, monta de plus de mille pieds dans les airs.

Des cris épouvantables éclatèrent sous la forêt, avec de violentes détonations d'armes à feu ; le ballon, pris par un courant qui se levait avec le jour, se porta vers l'ouest.

Il était quatre heures du matin.

XLIII

LES TALIBAS. — LA POURSUITE. — UN PAYS DÉVASTÉ. — VENT MODÉRÉ. — LE « VICTORIA » BAISSE. — LES DERNIÈRES PROVISIONS. — LES BONDS DU « VICTORIA ». — DÉFENSE À COUPS DE FUSIL. — LE VENT FRAÎCHIT. — LE FLEUVE DU SÉNÉGAL. — LES CATARACTES DE GOUINA. — L'AIR CHAUD. — TRAVERSÉE DU FLEUVE.

« Si nous n'avions pas pris la précaution de nous alléger hier soir, dit le docteur, nous étions perdus sans ressources.

— Voilà ce que c'est que de faire les choses à temps, répliqua Joe ; on se sauve alors, et rien n'est plus naturel.

— Nous ne sommes pas hors de danger, répliqua Fergusson.

— Que crains-tu donc ? demanda Dick. Le *Victoria* ne peut pas descendre sans ta permission, et quand il descendrait ?

— Quand il descendrait ! Dick, regarde ! »

La lisière de la forêt venait d'être dépassée, et les voyageurs purent apercevoir une trentaine de cavaliers, revêtus du large pantalon et du burnous flottant ; ils étaient armés, les uns de lances, les autres de longs mousquets ; ils suivaient au petit galop de leurs chevaux vifs et ardents la direction du *Victoria*, qui marchait avec une vitesse modérée.

À la vue des voyageurs, ils poussèrent des cris sauvages, en brandissant leurs armes ; la colère et les menaces se lisaient sur leurs figures basanées, rendues plus féroces par une barbe rare, mais hérissée ; ils traversaient sans peine ces plateaux abaissés et ces rampes adoucies qui descendent au Sénégal.

« Ce sont bien eux ! dit le docteur, les cruels Talibas, les farouches marabouts d'Al-Hadji ! J'aimerais mieux me trouver en pleine forêt, au milieu d'un cercle de bêtes fauves, que de tomber entre les mains de ces bandits.

— Ils n'ont pas l'air accommodant ! fit Kennedy, et ce sont de vigoureux gaillards !

— Heureusement, ces bêtes-là, ça ne vole pas, répondit Joe ; c'est toujours quelque chose.

— Voyez, dit Fergusson, ces villages en ruine, ces huttes incendiées ! voilà leur ouvrage ; et là où s'étendaient de vastes cultures, ils ont apporté l'aridité et la dévastation.

— Enfin, ils ne peuvent nous atteindre, répliqua Kennedy, et si nous parvenons à mettre le fleuve entre eux et nous, nous serons en sûreté.

— Parfaitement, Dick ; mais il ne faut pas tomber, répondit le docteur en portant ses yeux sur le baromètre.

— En tout cas, Joe, reprit Kennedy, nous ne ferons pas mal de préparer nos armes.

— Cela ne peut pas nuire, monsieur Dick ; nous nous trouverons bien de ne pas les avoir semées sur notre route.

— Ma carabine ! s'écria le chasseur, j'espère ne m'en séparer jamais. »

Et Kennedy la chargea avec le plus grand soin ; il lui restait de la poudre et des balles en quantité suffisante.

« À quelle hauteur nous maintenons-nous ? demanda-t-il à Fergusson.

— À sept cent cinquante pieds environ ; mais nous n'avons plus la faculté de chercher des courants favorables, en montant ou en descendant ; nous sommes à la merci du ballon.

— Cela est fâcheux, reprit Kennedy ; le vent est assez médiocre, et si nous avions rencontré un ouragan pareil à celui des jours précédents, depuis longtemps ces affreux bandits seraient hors de vue.

— Ces coquins-là nous suivent sans se gêner, dit Joe, au petit galop ; une vraie promenade.

— Si nous étions à bonne portée, dit le chasseur, je m'amuserais à les démonter les uns après les autres.

— Oui-da ! répondit, Fergusson ; mais ils seraient à bonne portée aussi, et notre *Victoria* offrirait un but trop facile aux balles de leurs longs mousquets ; or, s'ils le déchiraient, je te laisse à juger quelle serait notre situation. »

La poursuite des Talibas continua toute la matinée. Vers onze heures du matin, les voyageurs avaient à peine gagné une quinzaine de milles dans l'ouest.

Le docteur épiait les moindres nuages à l'horizon. Il craignait toujours un changement dans l'atmosphère. S'il venait à être rejeté vers le Niger, que deviendrait-il ? D'ailleurs, il constatait que le ballon tendait à baisser sensiblement ; depuis son départ, il avait déjà perdu plus de trois cents pieds, et le Sénégal devait être éloigné d'une douzaine de milles ; avec la vitesse actuelle, il lui fallait compter encore trois heures de voyage.

En ce moment, son attention fut attirée par de nouveaux cris ; les Talibas s'agitaient en pressant leurs chevaux.

Le docteur consulta le baromètre, et comprit la cause de ces hurlements :

« Nous descendons, fit Kennedy.

— Oui, répondit Fergusson.

— Diable ! » pensa Joe.

Au bout d'un quart d'heure, la nacelle n'était pas à cent cinquante pieds du sol, mais le vent soufflait avec plus de force.

Les Talibas enlevèrent leurs chevaux, et bientôt une décharge de mousquets éclata dans les airs.

« Trop loin, imbéciles ! s'écria Joe ; il me paraît bon de tenir ces gredins-là à distance. »

Et, visant l'un des cavaliers les plus avancés, il fit feu ; le Taliba roula à terre ; ses compagnons s'arrêtèrent et le *Victoria* gagna sur eux.

« Ils sont prudents, dit Kennedy.

— Parce qu'ils se croient assurés de nous prendre, répondit le docteur ; et ils y réussiront, si nous descendons encore ! Il faut absolument nous relever !

— Que jeter ? demanda Joe.

— Tout ce qui reste de provision de pemmican ! C'est encore une trentaine de livres dont nous nous débarrasserons !

— Voilà, monsieur ! » fit Joe en obéissant aux ordres de son maître.

La nacelle, qui touchait presque le sol, se releva au milieu des cris des Talibas ; mais, une demi-heure plus tard, le *Victoria* redescendait avec rapidité ; le gaz fuyait par les pores de l'enveloppe.

Bientôt la nacelle vint raser le sol ; les Nègres d'Al-Hadji se précipitèrent vers elle ; mais, comme il arrive en pareille circonstance, à peine eut-il touché terre, que le *Victoria* se releva d'un bond pour s'abattre de nouveau un mille plus loin.

« Nous n'échapperons donc pas ! fit Kennedy avec rage.

— Jette notre réserve d'eau-de-vie, Joe, s'écria le docteur, nos instruments, tout ce qui peut avoir une pesanteur quelconque, et notre dernière ancre, puisqu'il le faut ! »

Défense à coups de fusil.

Joe arracha les baromètres, les thermomètres ; mais tout cela était peu de chose, et le ballon, qui remonta un instant, retomba bientôt vers la terre. Les Talibas volaient sur ses traces et n'étaient qu'à deux cents pas de lui.

« Jette les deux fusils ! s'écria le docteur.

— Pas avant de les avoir déchargés, du moins », répondit le chasseur.

Et quatre coups successifs frappèrent dans la masse des cavaliers ; quatre Talibas tombèrent au milieu des cris frénétiques de la bande.

Le *Victoria* se releva de nouveau ; il faisait des bonds d'une énorme étendue, comme une immense balle élastique rebondissant sur le sol. Étrange spectacle que celui de ces infortunés cherchant à fuir par des enjambées gigantesques, et qui, semblables à Antée, paraissaient reprendre une force nouvelle dès qu'ils touchaient terre ! Mais il fallait que cette situation eût une fin. Il était près de midi. Le *Victoria* s'épuisait, se vidait, s'allongeait ; son enveloppe devenait flasque et flottante ; les plis du taffetas distendu grinçaient les uns sur les autres.

« Le Ciel nous abandonne, dit Kennedy, il faudra tomber ! »

Joe ne répondit pas, il regardait son maître.

« Non ! dit celui-ci, nous avons encore plus de cent cinquante livres à jeter.

— Quoi donc ? demanda Kennedy, pensant que le docteur devenait fou.

— La nacelle ! répondit celui-ci. Accrochons-nous au filet ! Nous pouvons nous retenir aux mailles et gagner le fleuve ! Vite ! vite ! »

Et ces hommes audacieux n'hésitèrent pas à tenter un pareil moyen de salut. Ils se suspendirent aux mailles du filet, ainsi que l'avait indiqué le docteur, et Joe, se retenant d'une main, coupa les cordes de la nacelle ; elle tomba au moment où l'aérostat allait définitivement s'abattre.

« Hourra ! hourra ! » s'écria-t-il, pendant que le ballon délesté remontait à trois cents pieds dans l'air.

Les Talibas excitaient leurs chevaux ; ils couraient

ventre à terre ; mais le *Victoria*, rencontrant un vent plus actif, les devança et fila rapidement vers une colline qui barrait l'horizon de l'ouest. Ce fut une circonstance favorable pour les voyageurs, car ils purent la dépasser, tandis que la horde d'Al-Hadji était forcée de prendre par le nord pour tourner ce dernier obstacle.

Les trois amis se tenaient accrochés au filet ; ils avaient pu le rattacher au-dessous d'eux, et il formait comme une poche flottante.

Soudain, après avoir franchi la colline, le docteur s'écria :

« Le fleuve ! le fleuve ! le Sénégal ! »

À deux milles, en effet, le fleuve roulait une masse d'eau fort étendue ; la rive opposée, basse et fertile, offrait une sûre retraite et un endroit favorable pour opérer la descente.

« Encore un quart d'heure, dit Fergusson, et nous sommes sauvés ! »

Mais il ne devait pas en être ainsi ; le ballon vide retombait peu à peu sur un terrain presque entièrement dépourvu de végétation. C'étaient de longues pentes et des plaines rocailleuses ; à peine quelques buissons, une herbe épaisse et desséchée sous l'ardeur du soleil.

Le *Victoria* toucha plusieurs fois le sol et se releva ; ses bonds diminuaient de hauteur et d'étendue ; au dernier, il s'accrocha par la partie supérieure du filet aux branches élevées d'un baobab, seul arbre isolé au milieu de ce pays désert.

« C'est fini, fit le chasseur.

— Et à cent pas du fleuve », dit Joe.

Les trois infortunés mirent pied à terre, et le docteur entraîna ses deux compagnons vers le Sénégal.

En cet endroit, le fleuve faisait entendre un mugissement prolongé ; arrivé sur les bords, Fergusson reconnut les chutes de Gouina ! Pas une barque sur la rive ; pas un être animé.

Sur une largeur de deux mille pieds, le Sénégal se précipitait d'une hauteur de cent cinquante, avec un bruit retentissant. Il coulait de l'est à l'ouest, et la ligne de

Les cataractes de Gouina.

rochers qui barrait son cours s'étendait du nord au sud. Au milieu de la chute se dressaient des rochers aux formes étranges, comme d'immenses animaux antédiluviens pétrifiés au milieu des eaux.

L'impossibilité de traverser ce gouffre était évidente ; Kennedy ne put retenir un geste de désespoir.

Mais le docteur Fergusson, avec un énergique accent d'audace, s'écria :

« Tout n'est pas fini !

— Je le savais bien », fit Joe avec cette confiance en son maître qu'il ne pouvait jamais perdre.

La vue de cette herbe desséchée avait inspiré au docteur une idée hardie. C'était la seule chance de salut. Il ramena rapidement ses compagnons vers l'enveloppe de l'aérostat.

« Nous avons au moins une heure d'avance sur ces bandits, dit-il ; ne perdons pas de temps, mes amis ; ramassez une grande quantité de cette herbe sèche ; il m'en faut cent livres au moins.

— Pour quoi faire ? demanda Kennedy.

— Je n'ai plus de gaz ; eh bien ! je traverserai le fleuve avec de l'air chaud !

— Ah ! mon brave Samuel ! s'écria Kennedy, tu es vraiment un grand homme ! »

Joe et Kennedy se mirent au travail, et bientôt une énorme meule fut empilée près du baobab.

Pendant ce temps, le docteur avait agrandi l'orifice de l'aérostat en le coupant dans sa partie inférieure ; il eut soin préalablement de chasser ce qui pouvait rester d'hydrogène par la soupape ; puis il empila une certaine quantité d'herbe sèche sous l'enveloppe, et il y mit le feu.

Il faut peu de temps pour gonfler un ballon avec de l'air chaud ; une chaleur de cent quatre-vingts degrés[1] suffit à diminuer de moitié la pesanteur de l'air qu'il renferme en le raréfiant ; aussi le *Victoria* commença à reprendre sensiblement sa forme arrondie ; l'herbe ne

---

1. 100° centigrades.

manquait pas ; le feu s'activait par les soins du docteur, et l'aérostat grossissait à vue d'œil.

Il était alors une heure moins le quart.

En ce moment, à deux milles dans le nord, apparut la bande de Talibas ; on entendait leurs cris et le galop des chevaux lancés à toute vitesse.

« Dans vingt minutes ils seront ici, fit Kennedy.

— De l'herbe ! de l'herbe ! Joe. Dans dix minutes nous serons en plein air !

— Voilà, monsieur. »

Le *Victoria* était aux deux tiers gonflé.

« Mes amis ! accrochons-nous au filet, comme nous l'avons fait déjà.

— C'est fait », répondit le chasseur.

Au bout de dix minutes, quelques secousses du ballon indiquèrent sa tendance à s'enlever. Les Talibas approchaient ; ils étaient à peine à cinq cents pas.

« Tenez-vous bien, s'écria Fergusson.

— N'ayez pas peur, mon maître ! n'ayez pas peur ! »

Et du pied le docteur poussa dans le foyer une nouvelle quantité d'herbe.

Le ballon, entièrement dilaté par l'accroissement de température, s'envola en frôlant les branches du baobab.

« En route ! » cria Joe.

Une décharge de mousquets lui répondit ; une balle même lui laboura l'épaule ; mais Kennedy, se penchant et déchargeant sa carabine d'une main, jeta un ennemi de plus à terre.

Des cris de rage impossibles à rendre accueillirent l'enlèvement de l'aérostat, qui monta à près de huit cents pieds. Un vent rapide le saisit, et il décrivit d'inquiétantes oscillations, pendant que l'intrépide docteur et ses compagnons contemplaient le gouffre des cataractes ouvert sous leurs yeux.

Dix minutes après, sans avoir échangé une parole, les intrépides voyageurs descendaient peu à peu vers l'autre rive du fleuve.

Là, surpris, émerveillé, effrayé, se tenait un groupe d'une dizaine d'hommes qui portaient l'uniforme français. Qu'on juge de leur étonnement quand ils virent ce ballon s'élever de la rive droite du fleuve. Ils n'étaient pas éloignés de croire à un phénomène céleste. Mais leurs chefs, un lieutenant de marine et un enseigne de vaisseau, connaissaient par les journaux d'Europe l'audacieuse tentative du docteur Fergusson, et ils se rendirent tout de suite compte de l'événement.

Le ballon, se dégonflant peu à peu, retombait avec les hardis aéronautes retenus à son filet ; mais il était douteux qu'il pût atteindre la terre ; aussi les Français se précipitèrent dans le fleuve, et reçurent les trois Anglais entre leurs bras, au moment où le *Victoria* s'abattait à quelques toises de la rive gauche du Sénégal.

« Le docteur Fergusson ! s'écria le lieutenant.

— Lui-même, répondit tranquillement le docteur, et ses deux amis. »

Les Français emportèrent les voyageurs au-delà du fleuve, tandis que le ballon à demi dégonflé, entraîné par un courant rapide, s'en alla comme une bulle immense s'engloutir avec les eaux du Sénégal dans les cataractes de Gouina.

« Pauvre *Victoria* ! » fit Joe.

Le docteur ne put retenir une larme ; il ouvrit ses bras, et ses deux amis s'y précipitèrent sous l'empire d'une grande émotion.

XLIV

CONCLUSION. — LE PROCÈS-VERBAL. — LES ÉTABLISSE-
MENTS FRANÇAIS. — LE POSTE DE MÉDINE. — LE « BASI-
LIC ». — SAINT-LOUIS. — LA FRÉGATE ANGLAISE. —
RETOUR À LONDRES.

L'expédition qui se trouvait sur le bord du fleuve avait
été envoyée par le gouverneur du Sénégal ; elle se compo-

Le poste de Gouina.

sait de deux officiers, MM. Dufraisse, lieutenant d'infan-
terie de marine, et Rodamel, enseigne de vaisseau ; d'un
sergent et de sept soldats. Depuis deux jours, ils s'occupaient de reconnaître la situation la plus favorable pour
l'établissement d'un poste à Gouina, lorsqu'ils furent
témoins de l'arrivée du docteur Fergusson.

On se figure aisément les félicitations et les embrasements dont furent accablés les trois voyageurs. Les Français, ayant pu contrôler par eux-mêmes l'accomplissement de cet audacieux projet, devenaient les témoins naturels de Samuel Fergusson.

Aussi le docteur leur demanda-t-il tout d'abord de constater officiellement son arrivée aux cataractes de Gouina.

« Vous ne refuserez pas de signer au procès-verbal ? demanda-t-il au lieutenant Dufraisse.

— À vos ordres », répondit ce dernier.

Les Anglais furent conduits à un poste provisoire établi sur le bord du fleuve ; ils y trouvèrent les soins les plus attentifs et des provisions en abondance. Et c'est là que fut rédigé en ces termes le procès-verbal qui figure aujourd'hui dans les archives de la Société géographique de Londres :

« Nous, soussignés, déclarons que ledit jour nous avons vu arriver suspendus au filet d'un ballon le docteur Fergusson et ses deux compagnons Richard Kennedy et Joseph Wilson [1] ; lequel ballon est tombé à quelques pas de nous dans le lit même du fleuve, et, entraîné par le courant, s'est abîmé dans les cataractes de Gouina. En foi de quoi nous avons signé le présent procès-verbal, contradictoirement avec les susnommés, pour valoir ce que de droit. — Fait aux cataractes de Gouina, le 24 mai 1862.

    « SAMUEL FERGUSSON, RICHARD KENNEDY, JOSEPH WILSON ; DUFRAISSE, lieutenant d'infanterie de marine ; RODAMEL, enseigne de vaisseau ; DUFAYS, sergent ; FLIPPEAU, MAYOR, PÉLISSIER, LOROIS, RASCAGNET, GUILLON, LEBEL, soldats. »

Ici finit l'étonnante traversée du docteur Fergusson et de ses braves compagnons, constatée par d'irrécusables témoignages ; ils se trouvaient avec des amis au milieu

---

1. Dick est le diminutif de Richard, et Joe celui de Joseph.

de tribus plus hospitalières et dont les rapports sont fréquents avec les établissements français.

Ils étaient arrivés au Sénégal le samedi 24 mai, et, le 27 du même mois, ils atteignaient le poste de Médine, situé un peu plus au nord sur le fleuve.

Là, les officiers français les reçurent à bras ouverts, et déployèrent envers eux toutes les ressources de leur hospitalité ; le docteur et ses compagnons purent s'embarquer presque immédiatement sur le petit bateau à vapeur le *Basilic*, qui descendait le Sénégal jusqu'à son embouchure.

Quatorze jours après, le 10 juin, ils arrivèrent à Saint-Louis, où le gouverneur les reçut magnifiquement ; ils étaient complètement remis de leurs émotions et de leurs fatigues. D'ailleurs Joe disait à qui voulait l'entendre :

« C'est un piètre voyage que le nôtre, après tout, et si quelqu'un est avide d'émotions, je ne lui conseille pas de l'entreprendre ; cela devient fastidieux à la fin, et, sans les aventures du lac Tchad et du Sénégal, je crois véritablement que nous serions morts d'ennui ! »

Une frégate anglaise était en partance ; les trois voyageurs prirent passage à bord ; le 25 juin, ils arrivaient à Portsmouth, et le lendemain à Londres.

Nous ne décrirons pas l'accueil qu'ils reçurent à la Société royale de Géographie, ni l'empressement dont ils furent l'objet ; Kennedy repartit aussitôt pour Édimbourg avec sa fameuse carabine ; il avait hâte de rassurer sa vieille gouvernante.

Le docteur Fergusson et son fidèle Joe demeurèrent les mêmes hommes que nous avons connus. Cependant, il s'était fait en eux un changement à leur insu.

Ils étaient devenus deux amis.

Les journaux de l'Europe entière ne tarirent pas en éloges sur les audacieux explorateurs, et le *Daily Telegraph* fit un tirage de neuf cent soixante-dix-sept mille exemplaires le jour où il publia un extrait du voyage.

Le docteur Fergusson fit en séance publique à la Société royale de Géographie le récit de son expédition aéronautique, et il obtint pour lui et ses deux compagnons

la médaille d'or destinée à récompenser la plus remarquable exploration de l'année 1862.

Le voyage du docteur Fergusson a eu tout d'abord pour
résultat de constater de la manière la plus précise les faits
et les relèvements géographiques reconnus par MM. Barth,
Burton, Speke et autres. Grâce aux expéditions actuelles de
MM. Speke et Grant, de Heuglin et Munzinger, qui
remontent aux sources du Nil ou se dirigent vers le centre
de l'Afrique, nous pourrons avant peu contrôler les
propres découvertes du docteur Fergusson dans cette
immense contrée comprise entre les quatorzième et
trente-troisième degrés de longitude.

Table

I. La fin d'un discours très applaudi. — Présentation du docteur Samuel Fergusson. — « Excelsior. » — Portrait en pied du docteur. — Un fataliste convaincu. — Dîner au « Traveller's club ». — Nombreux toasts de circonstance. 5

II. Un article du « Daily Telegraph ». — Guerre de journaux savants. — M. Petermann soutient son ami le docteur Fergusson. — Réponse du savant Koner. — Paris engagés. — Diverses propositions faites au docteur. 13

III. L'ami du docteur. — D'où datait leur amitié. — Dick Kennedy à Londres. — Proposition inattendue, mais point rassurante. — Proverbe peu consolant. — Quelques mots du martyrologe africain. — Avantages d'un aérostat. — Le secret du docteur Fergusson. 16

IV. Explorations africaines. — Barth, Richardson, Overweg, Werne, Brun-Rollet, Peney, Andrea Debono, Miani, Guillaume Lejean, Bruce, Krapf et Rebmann, Maizan, Roscher, Burton et Speke. 25

V. Rêves de Kennedy. — Articles et pronoms au pluriel. — Insinuations de Dick. — Promenade sur la carte d'Afrique. — Ce qui reste entre les deux pointes du compas. — Expéditions actuelles. — Speke et Grant. — Krapf, de Decken, de Heuglin. . 30

Table 334

VI. Un domestique impossible. — Il aperçoit les satellites de Jupiter. — Dick et Joe aux prises. — Le doute et la croyance. — Le pesage. — Joe-Wellington. — Il reçoit une demi-couronne...................................... 36

VII. Détails géométriques. — Calcul de la capacité du ballon. — L'aérostat double. — L'enveloppe. — La nacelle. — L'appareil mystérieux. — Les vivres. — L'addition finale. 42

VIII. Importance de Joe. — Le commandant du « Resolute ». — L'arsenal de Kennedy. — Aménagements. — Le dîner d'adieu. — Le départ du 21 février. — Séances scientifiques du docteur. — Duveyrier, Livingstone. — Détails du voyage aérien. — Kennedy réduit au silence...................... 47

IX. On double le cap. — Le gaillard d'avant. — Cours de cosmographie par le professeur Joe. — De la direction des ballons. — De la recherche des courants atmosphériques. — Ευρηχα.................................... 54

X. Essais antérieurs. — Les cinq caisses du docteur. — Le chalumeau à gaz. — Le calorifère. — Manière de manœuvrer. — Succès certain............................... 59

XI. Arrivée à Zanzibar. — Le consul anglais. — Mauvaises dispositions des habitants. — L'île Koumbeni. — Les faiseurs de pluie. — Gonflement du ballon. — Départ du 18 avril. — Dernier adieu. — Le « Victoria »... 64

XII. Traversée du détroit. — Le Mrima. — Propos de Dick et proposition de Joe. — Recette pour le café. — L'Uzaramo. — L'infortuné Maizan. — Le mont Duthumi. — Les cartes du docteur. — Nuit sur un nopal. 73

Table 335

XIII. Changement de temps. — Fièvre de Kennedy. — La médecine du docteur. — Voyage par terre. — Le bassin d'Imengé. — Le mont Rubeho. — À six mille pieds. — Une halte de jour.. 84

XIV. La forêt de gommiers. — L'antilope bleue. — Le signal de ralliement. — Un assaut inattendu. — Le Kanyemé. — Une nuit en plein air. — Le Mabunguru. — Jihoue-la-Mkoa. — Provision d'eau. — Arrivée à Kazeh. 91

XV. Kazeh. — Le marché bruyant. — Apparition du « Victoria ». — Les Wanganga. — Les fils de la lune. — Promenade du docteur. — Population. — Le tembé royal. — Les femmes du sultan. — Une ivresse royale. — Joe adoré. — Comment on danse dans la lune. — Revirement. — Deux lunes au firmament. — Instabilité des grandeurs divines. 101

XVI. Symptômes d'orage. — Le pays de la Lune. — L'avenir du continent africain. — La machine de la dernière heure. — Vue du pays au soleil couchant. — Flore et faune. — L'orage. — La zone de feu. — Le ciel étoilé. 112

XVII. Les montagnes de la Lune. — Un océan de verdure. — On jette l'ancre. — L'éléphant remorqueur. — Feu nourri. — Mort du pachyderme. — Le four de campagne. Repas sur l'herbe. — Une nuit à terre. 122

XVIII. Le Karagwah. — Le lac Ukéréoué. — Une nuit dans une île. — L'équateur. — Traversée du lac. — Les cascades. — Vue du pays. — Les sources du Nil. — L'île Benga. — La signature d'Andrea Debono. — Le pavillon aux armes d'Angleterre..... 132

Table 336

XIX.   Le Nil. — La montagne tremblante. —
       Souvenir du pays. — Les récits des
       Arabes. — Les Nyam-Nyam. —
       Réflexions sensées de Joe. — Le « Victo-
       ria » court des bordées. — Les ascensions
       aérostatiques. — Madame Blanchard. 144

XX.   La bouteille céleste. — Les figuiers-pal-
       miers. — Les « mammoth trees ». —
       L'arbre de guerre. — L'attelage ailé. —
       Combats de deux peuplades. — Massacre.
       — Intervention divine. 150

XXI.   Rumeurs étranges. — Une attaque noc-
       turne. — Kennedy et Joe dans l'arbre. —
       Deux coups de feu. — « À moi ! à moi ! ».
       — Réponse en français. — Le matin. —
       Le missionnaire. — Le plan de sauvetage. 157

XXII. La gerbe de lumière. — Le missionnaire.
       — Enlèvement dans un rayon de lumière.
       — Le prêtre lazariste. — Peu d'espoir. —
       Soins du docteur. — Une vie d'abnéga-
       tion. — Passage d'un volcan. 165

XXIII. Colère de Joe. — La mort d'un juste. —
       La veillée du corps. — Aridité. — L'ense-
       velissement. — Les blocs de quartz. —
       Hallucination de Joe. — Un lest précieux.
       — Relèvement des montagnes aurifères.
       — Commencement des désespoirs de Joe. 175

XXIV. Le vent tombe. — Les approches du
       désert. — Le décompte de la provision
       d'eau. — Les nuits de l'équateur. —
       Inquiétudes de Samuel Fergusson. — La
       situation telle qu'elle est. — Énergiques
       réponses de Kennedy et de Joe. — Encore
       une nuit. 183

Table 337

XXV. Un peu de philosophie. — Un nuage à l'horizon. — Au milieu d'un brouillard. — Le ballon inattendu. — Les signaux. — Vue exacte du « Victoria ». — Les palmiers. — Traces d'une caravane. — Le puits au milieu du désert.............................. 191

XXVI. Cent treize degrés. — Réflexions du docteur. — Recherche désespérée. — Le chalumeau s'éteint. — Cent vingt-deux degrés. — La contemplation du désert. — Une promenade dans la nuit. — Solitude. — Défaillance. — Projets de Joe. — Il se donne un jour encore. 198

XXVII. Chaleur effrayante. — Hallucinations. — Les dernières gouttes d'eau. — Nuit de désespoir. — Tentative de suicide. — Le simoun. — L'oasis. — Lion et lionne. 206

XXVIII. Soirée délicieuse. — La cuisine de Joe. — Dissertation sur la viande crue. — Histoire de James Bruce. — Le bivac. — Les rêves de Joe. — Le baromètre baisse. — Le baromètre remonte. — Préparatifs de départ. — L'ouragan............................... 212

XXIX. Symptômes de végétation. — Idée fantaisiste d'un auteur français. — Pays magnifique. — Le royaume d'Adamova. — Les explorations de Speke et Burton reliées à celles de Barth. — Les monts Atlantika. — Le fleuve Benoué. — La ville d'Yola. — Le bagelé. — Le mont Mendif............. 219

XXX. Mosfeia. — Le cheik. — Denham, Clapperton, Oudney. — Vogel. — La capitale du Loggoum. — Toole. — Calme au-dessus du Kernak. — Le gouverneur et sa cour. — L'attaque. — Les pigeons incendiaires. 227

Table 338

XXXI. Départ dans la nuit. — Tous les trois. — Les instincts de Kennedy. — Précautions. — Le cours du Shari. — Le lac Tchad. — L'eau du lac. — L'hippopotame. — Une balle perdue. 237

XXXII. La capitale du Bornou. — Les îles des Biddiomahs. — Les gypaètes. — Les inquiétudes du docteur. — Ses précautions. — Une attaque au milieu des airs. — L'enveloppe déchirée. — La chute. — Dévouement sublime. — La côte septentrionale du lac. 242

XXXIII. Conjectures. — Rétablissement de l'équilibre du « Victoria ». — Nouveaux calculs du docteur Fergusson. — Chasse de Kennedy. — Exploration complète du lac Tchad. — Tangalia. — Retour. — Lari. 250

XXXIV. L'ouragan. — Départ forcé. — Perte d'une ancre. — Tristes réflexions. — Résolution prise. — La trombe. — La caravane engloutie. — Vent contraire et favorable. — Retour au sud. — Kennedy à son poste. 257

XXXV. L'histoire de Joe. — L'île des Biddiomahs. — L'adoration. — L'île engloutie. — Les rives du lac. — L'arbre aux serpents. — Voyage à pied. — Souffrances. — Moustiques et fourmis. — La faim. — Passage du « Victoria ». — Disparition du « Victoria ». — Désespoir. — Le marais. — Un dernier cri. 262

XXXVI. Un rassemblement à l'horizon. — Une troupe d'Arabes. — La poursuite. — C'est lui ! — Chute de cheval. — L'Arabe étranglé. — Une balle de Kennedy. — Manœuvre. — Enlèvement au vol. — Joe sauvé. 272

Table 339

XXXVII.La route de l'ouest. — Le réveil de Joe. — Son entêtement. — Fin de l'histoire de Joe. — Tagelel. — Inquiétudes de Kennedy. — Route au nord. — Une nuit près d'Aghadès.. 279

XXXVIII.Traversée rapide. — Résolutions prudentes. — Caravanes. — Averses continuelles. — Gao. — Le Niger. — Golberry, Geoffroy, Gray. — Mungo-Park. — Laing. — René Caillié. — Clapperton. — John et Richard Lander.............................. 286

XXIX. Le pays dans le coude du Niger. — Vue fantastique des monts Hombori. — Kabra. — Tembouctou. — Plan du docteur Barth. — Décadence. — Où le ciel voudra. 294

XL. Inquiétudes du docteur Fergusson. — Direction persistante vers le sud. — Un nuage de sauterelles. — Vue de Jenné. — Vue de Ségo. — Changement de vent. — Regrets de Joe. 299

XLI. Les approches du Sénégal. — Le « Victoria » baisse de plus en plus. — On jette, on jette toujours. — Le Marabout Al-Hadji. — MM. Pascal, Vincent, Lambert. — Un rival de Mahomet. — Les montagnes difficiles. — Les armes de Kennedy. — Une manœuvre de Joe. — Halte au-dessus d'une forêt. 304

XLII. Combat de générosité. — Dernier sacrifice. — L'appareil de dilatation. — Adresse de Joe. — Minuit. — Le quart du docteur. — Le quart de Kennedy. — Il s'endort. — L'incendie. — Les hurlements. — Hors de portée................... 313

Table 340

XLIII. Les Talibas. — La poursuite. — Un pays dévasté. — Vent modéré. — Le « Victoria » baisse. — Les dernières provisions. — Les bonds du « Victoria ». — Défense à coups de fusil. — Le vent fraîchit. — Le fleuve du Sénégal. — Les cataractes de Gouina. — L'air chaud. — Traversée du fleuve. 318

XLIV. Conclusion. — Le procès-verbal. — Les établissements français. — Le poste de Médine. — Le « Basilic ». — Saint-Louis. — La frégate anglaise. — Retour à Londres. 329

JULES VERNE
1828-1905

I

Jules Verne a écrit quatre-vingts romans (ou longues nouvelles), publié plusieurs grands ouvrages de vulgarisation comme *Géographie illustrée de la France et de ses colonies* (1868), *Histoire des grands voyages et des grands voyageurs* (1878), *Christophe Colomb* (1883), et fait représenter, seul ou en collaboration, une quinzaine de pièces de théâtre. Sa célébrité est plus que centenaire puisqu'elle date des années 1863-1865 qui furent celles de la publication de : *Cinq semaines en ballon, Voyage au centre de la Terre, De la Terre à la Lune*, ses trois premiers grands romans. Dans un siècle qui compte des génies comme Balzac, Dickens, Dumas père, Tolstoï, Dostoïevski, Tourgueniev, Flaubert, Stendhal, George Eliot, Zola — pour ne citer que dix noms parmi ceux des grands maîtres de ce siècle du roman — il apparaît un peu en marge, comme un prodigieux artisan en matière de fictions, comme un enchanteur aux charmes inépuisables et, dans une certaine mesure, comme un voyant, capable d'imaginer, un demi-siècle (ou un siècle) avant leur naissance, quelques-unes des plus étonnantes conquêtes de la science.

On a tout dit sur ce sujet et il est même arrivé qu'on mette du mystère là où il n'y en avait pas, qu'on auréole l'écrivain de pouvoirs surnaturels, qu'on en fasse un magicien. Il est plus véridique de le voir comme un homme de son temps, sensible à la richesse de découvertes scientifiques dont il s'informe avec un soin constant et scrupuleux ; comme un travailleur infatigable, attelé quotidiennement pendant près d'un demi-siècle à *faire passer* dans le roman, en les prolongeant par une extrapolation foisonnante, les conquêtes et les découvertes des savants de son époque. Son extrapolation rejoint certes l'avenir, mais elle ne prévoit pas tous les cheminements de la science. Jules Verne est un poète du XIXᵉ siècle, non pas un ingénieur du XXᵉ. La radio, les rayons X, le cinéma, l'automobile, qu'il a vus naître, ne jouent pas dans son œuvre un rôle important. Et on peut remarquer, par exemple, que le moteur même du *Nautilus*, et le canon qui envoie des astronautes vers la lune, sont des machines de théâtre. Mais un de ses plus beaux romans, *Les Cinq Cents Millions de la Bégum*, évoque le premier satellite artificiel, et le *Nautilus* précède de dix ans les sous-marins de l'ingénieur Laubeuf...

Jules Verne ne fournit pas les moyens techniques qui permettraient la réalisation des engins modernes : il évoque l'existence et les pouvoirs de ceux-ci. Il n'est pas un surhomme — mais Edison lui-même, « vrai » savant, n'a pas prévu l'avenir de ses propres découvertes... Les bouleversements que peut apporter la science pure échappent à la prévision, et nos auteurs de science-fiction, ne sont sans doute

pas plus proches de l'an 2100 que Jules Verne n'était proche, en 1875 ou 1880, du monde d'aujourd'hui travaillé par la science nucléaire...

Il était quelqu'un d'autre : un créateur qui ne fait pas concurrence à la science mais en incarne la poésie puissante, parfois terrible, dans des mythes fascinants ; un créateur qui, aux écoutes d'un monde que les chemins de fer et les paquebots transforment, pressent des aventures où l'homme et la machine vont devenir un couple au destin fabuleux. Il est sur le seuil d'un monde.

D'un monde, non pas de l'univers dans sa totalité. Il n'est pas métaphysicien ; ses astronautes n'emportent pas l'âme de Pascal dans leur voyage à travers le champ stellaire ; ni sociologue : c'est déraison que de chercher dans *Michel Strogoff* une analyse « cachée » des forces révolutionnaires russes au XIXᵉ siècle. Mais, conteur, romancier-dramaturge, créateur de fictions, il relaie et développe, avec une verve et une santé inépuisables, un génie qu'eut aussi le grand Dumas père. Celui-ci nourrissait son œuvre en la conduisant dans le passé, Jules Verne vibre et crée à l'intersection du présent et de l'avenir.

II

Il naquit à Nantes le 8 février 1828. Son père, Pierre Verne, fils d'un magistrat de Provins, s'était rendu acquéreur en 1825 d'une étude d'avoué et avait épousé en 1827 Sophie Allotte de la Fuÿe, d'une famille nantaise aisée qui

comptait des navigateurs et des armateurs. Jules Verne eut un frère : Paul (1829-1897) et trois sœurs : Anna, Mathilde et Marie. À six ans, il prend ses premières leçons de la veuve d'un capitaine au long cours et à huit entre avec son frère au petit séminaire de Saint-Donatien. En 1839, ayant acheté l'engagement d'un mousse, il s'embarque sur un long-courrier en partance pour les Indes. Rattrapé à Paimbœuf par son père, il avoue être parti pour rapporter à sa cousine Caroline Tronson un collier de corail. Mais, rudement lancé, il promet : « Je ne voyagerai plus qu'en rêve. »

À la rentrée scolaire de 1844, il est inscrit au lycée de Nantes où il fera sa rhétorique et sa philosophie. Ses baccalauréats passés, et comme son père lui destine sa succession, il commence son droit. Sans cesser d'aimer Caroline, et tout en écrivant ses premières œuvres : des sonnets et une tragédie en vers ; un théâtre de marionnettes refuse la tragédie, que le cercle de famille n'applaudit pas, et dont on ignore tout, même le titre.

Caroline se marie en 1847, au grand désespoir de Jules Verne. Il passe son premier examen de droit à Paris où il ne demeure que le temps nécessaire. L'année suivante, il compose une autre œuvre dramatique, assez libre celle-là, qu'on lit en petit comité au *Cercle de la cagnotte*, à Nantes. Le théâtre l'attire et le théâtre, c'est Paris. Il obtient de son père l'autorisation d'aller terminer ses études de droit dans la capitale où il débarque, pour la seconde fois, le 12 novembre 1848. Il n'a pas oublié les dédains de Caroline et écrit à un de ses amis, le musicien Aristide Hignard (qui sera son collaborateur au théâtre) : « ... je pars puisqu'on n'a pas voulu de moi, mais les uns et les autres ver-

ront de quel bois était fait ce pauvre jeune homme qu'on appelle Jules Verne. »

À Paris il s'installe, avec un autre jeune Nantais en cours d'études, Édouard Bonamy, dans une maison meublée, rue de l'Ancienne-Comédie. Avide de tout savoir, mais bridé par une pension calculée au plus près du strict nécessaire, il joue au naturel, avec Bonamy, *L'Habit vert* de Musset et Augier : ne possédant à eux deux qu'une tenue de soirée complète, les deux étudiants vont dans le monde alternativement. Avide de tout lire, Jules Verne jeûnera trois jours pour s'acheter le théâtre de Shakespeare...

Il écrit, et naturellement pour le théâtre. Avec d'autant plus de confiance qu'il a fait la connaissance de Dumas père et assisté, au Théâtre-Historique[1] dans la loge même de l'écrivain, à l'une des premières représentations de *La Jeunesse des mousquetaires* (21 février 1849).

En 1849 il mène de front trois sujets, dont deux semblent venir de Dumas lui-même : *La Conspiration des poudres, Drame sous la Régence*, et une comédie en vers en un acte : *Les Pailles rompues*. C'est le troisième sujet qui plaît à Dumas : la pièce voit les feux de la rampe au Théâtre-His-

---

1. Fondé par Dumas, inauguré le 20 février 1847, le Théâtre-Historique avait été construit sur le boulevard du Temple, à un emplacement qu'on peut situer approximativement, place de la République, entre les Magasins Réunis et le terre-plein qui leur fait face. Déclaré en faillite le 20 décembre 1850, il sera exploité sous le nom de Théâtre-Lyrique et détruit en 1863, un an après les autres théâtres du boulevard de Crime, en application des plans du préfet Haussmann.

torique le 12 juin 1850. On la jouera douze fois — et elle sera présentée le 7 novembre au théâtre Graslin à Nantes. Succès d'estime que suit la composition de deux pièces : *Les Savants* et *Qui me rit* qui ne seront pas représentées. Mais le droit n'est pas oublié et Jules Verne passe sa thèse (1850). Selon le vœu de son père il devrait alors s'inscrire au barreau de Nantes ou prendre sa charge d'avoué. Fermement, l'écrivain refuse : la seule carrière qui lui convienne est celle des lettres.

Il ne quitte pas Paris et, pour boucler son budget, doit donner des leçons. Sans cesser d'écrire : en 1852 il publie dans *Le Musée des familles* : « Les premiers navires de la marine mexicaine » et « Un voyage en ballon » qui figurera plus tard dans le volume *Le Docteur Ox* sous le titre *Un drame dans les airs*, deux récits où déjà se devine le futur auteur des *Voyages extraordinaires*. La

même année il devient secrétaire d'Edmond Seveste[1] qui en 1851 a installé, dans les murs du Théâtre-Historique, l'Opéra-National, dénommé en avril 1852 et pour dix ans le Théâtre-Lyrique.

En avril 1852, Jules Verne publie dans *Le Musée des familles* sa première longue nouvelle : *Martin Paz*, récit historique où la rivalité ethnique des Espagnols, des Indiens et des métis au Pérou se mêle à une intrigue sentimentale. L'écrivain de vingt-quatre ans possède déjà cette ouverture historico-géographique qui fera de lui un des visionnaires de son époque.

Le 20 avril 1853, sur la scène — qu'il connaît bien maintenant — du Théâtre-Lyrique, Jules Verne voit représenter *Le Colin-Maillard*, une opérette en un acte dont il a écrit le livret avec Michel Carré et dont son ami Aristide Hignard a composé la musique. Quarante représentations : c'est presque un succès — et la pièce est imprimée chez Michel-Lévy. L'année suivante, peu après la mort de Jules Seveste, il quitte le Théâtre-Lyrique et se met au travail, dans son petit logement du boulevard Bonne-Nouvelle ; il publie la première version de *Maître Zaccharius* (1854) puis *Un hivernage dans les glaces* (1855) sans cesser d'écrire pour le théâtre. En 1856 il fait la connaissance de celle qu'il épousera le 10 janvier 1857 : Honorine-Anne-Hébé Morel, née

---

1. Celui-ci mourut en février 1852. Son frère cadet Jules lui succéda, mais mourut en 1854 du choléra apporté par les combattants de Crimée.

du Fraysne de Viane, veuve de vingt-six ans, mère de deux fillettes. Jules Verne, grâce aux relations de son beau-père et à un apport de Pierre Verne (50 000 francs) entre à la Bourse de Paris comme associé de l'agent de change Eggly. Il s'installe alors boulevard Montmartre puis rue de Sèvres. L'œuvre de sa vie continue de se nourrir d'immenses lectures et aussi de ses premiers grands voyages (Angleterre et Écosse 1859, Norvège et Scandinavie 1861) sans qu'il renonce pour autant à l'expression dramatique : il donne en 1860, aux Bouffes-Parisiens, dirigés par Offenbach, une opérette mise en musique par Hignard : *Monsieur de Chimpanzé*, et en 1861 au Vaudeville, une comédie écrite en collaboration avec Charles Wallut : *Onze jours de siège*. La même année, le 3 août 1861, naît Michel Verne, qui sera son unique enfant.

1862 : il présente à l'éditeur Hetzel *Cinq semaines en ballon* et signe un contrat qui l'engage pour les vingt années suivantes. Sa vraie carrière va commencer : le roman, qui paraît en décembre 1862, remporte un succès triomphal, en France d'abord puis dans le monde. Jules Verne peut abandonner la Bourse sans inquiétude. Hetzel lui demande en effet une collaboration régulière à un nouveau magazine, le *Magasin d'éducation et de récréation*. C'est dans les colonnes de ce journal, et dès le premier numéro (20 mars 1864), que paraîtront *Les Aventures du capitaine Hatteras*, avant leur publication en volume. La même année verra la sortie en librairie de *Voyage au centre de la Terre* que suivra en 1865 *De la Terre à la Lune* (avec ce sous-titre pour nous savoureux : *Trajet direct en 97 heures 20 minutes*).

C'est le grave *Journal des débats* qui a publié en feuilleton *De la Terre à la Lune* puis *Autour de la Lune* : le public de Jules Verne, dès l'origine de sa carrière, est double ; un public d'adolescents qui fait le succès du *Magasin d'éducation et récréation* ; un public d'adultes que le « jeu » scientifique de l'écrivain passionne. Le physicien et astronome Jules Janssen, le mathématicien Joseph Bertrand refont les calculs de Jules Verne — et vérifient, dit-on (il serait sans doute imprudent de ne pas placer ici un point d'interrogation), l'exactitude des courbes, paraboles et hyperboles qui définissent le trajet du boulet-wagon de *De la Terre à la Lune*. Et ceux d'entre les lecteurs du *Journal des débats* que l'astronomie ne passionne pas sont sensibles à la verve d'un Jules Verne, qui met dans son roman beaucoup de la légèreté aimable d'un vaudevilliste boulevardier... Il n'est pas superflu de noter, à ce moment où s'ouvre pour l'écrivain sa carrière véritable, qu'elle l'éclaire alors d'une lumière de gaieté et de fantaisie proche de celle qui règne et régnera chez ses confrères des théâtres — les Labiche, Meilhac et Halévy, Gondinet et bien d'autres moins connus : Jules Verne, qu'on le considère comme un auteur dramatique (homme de théâtre plutôt) ou comme romancier, appartient au Second Empire d'Offenbach autant qu'au XIXᵉ siècle de la science. Il est parisien (et même Parisien) et cosmopolite ; il se plaît dans son époque et avec ses amis, manifestant dans sa vie comme dans ses livres une cordialité généreuse, à peine ironique, qui est, pour le fond, celle-là même des hommes de lettres et de théâtre dont les livres et les répliques ont coloré une part du Second Empire. Et il n'est pas douteux que le succès de Jules Verne trouve sa source dans cette bonne humeur railleuse, cette allégresse surveillée autant que dans le foisonnement de son imagination. À dix-sept ans, on le lit et on l'aime comme un guide fraternel, explorateur de contrées inconnues ; on peut le retrouver plus tard sous les apparences, à peine désuètes, d'un camarade de cercle disert d'un conteur inlassable, à l'invention fertile, au jugement rapide, véridique, sagement ironique. Reconnaître ces deux Jules Verne, c'est comprendre une des raisons de sa durable présence. Son succès est populaire, dans ce sens qu'il se nourrit d'une approbation générale, voire d'une manière d'affection dont les racines sont profondes. On l'aime moins gravement que d'autres, sans doute : Balzac, Hugo, Tolstoï, Flaubert, Zola nous tiennent et nous gouvernent. Jules Verne est un compagnon d'une autre race, et sa voix est moins haute mais elle est pleine et juste.

Et surtout, peut-être, elle s'installe dans une durée, dans un monde. Il y a en effet un monde de Jules Verne, extraordinaire et fraternel, ouvert sur l'imaginaire et d'une puissante ressemblance avec le réel. Ce monde il l'explore avec une rigueur inlassable

dans la série des *Voyages extraordinaires* que nous venons de voir naître, et qui se poursuivra durant quarante années. Les jalons sont des titres connus : *Les Enfants du capitaine Grant* (1867), *Vingt mille lieues sous les mers* (1869), *Le Tour du monde en quatre-vingts jours* (1873), *L'Île mystérieuse* (1874), *Michel Strogoff* (1876), *Les Indes noires* (1877), *Un capitaine de quinze ans* (1878), *Les Tribulations d'un Chinois en Chine* (1879), *Les Cinq Cents Millions de la Bégum* (1879), *Le Rayon vert* (1882), *Kéraban le têtu* (1883), *L'Archipel en feu* (1884), *Mathias Sandorf* (1885), *Robur le Conquérant* (1886), *Deux ans de vacances* (1888), *Le Château des Carpathes* (1892), *L'Île à hélice* (1895), *Face au drapeau* (1896), *Le Superbe Orénoque* (1898), *Un drame en Livonie* (1904), *Maître du monde* (1904).

On ne peut citer toutes les œuvres ; mais le rapprochement de vingt d'entre elles suffit à évoquer les grands moments d'une réussite quasi continue que l'écrivain, on le sait, avait préparée (sinon prévue) de longue main. Cette préparation explique sinon la fécondité de Jules Verne, du moins une solidité que l'abondance menacera rarement : s'il n'a pas écrit seulement des romans de premier ordre, il n'a rien publié d'indifférent. Il avait une conscience artisanale (on en a la preuve, maintes fois répétée, dans ses lettres) et une dure exigence envers lui-même. Ses années de grande production sont, pour l'essentiel, organisées selon le travail en cours. Voyages, lectures, composition, se succèdent et surtout s'enchaînent.

En 1866, après ses premiers succès, il loua une maison au Crotoy, dans l'estuaire de la Somme, et bientôt acheta son premier bateau baptisé du prénom de son fils : le *Saint-Michel*. C'est une simple chaloupe de pêche, que quelques aménagements rendront propre à la navigation de plaisance ; un lieu de travail aussi ; un instrument de travail et de connaissance concrète : croisières sur la Manche, descente et remontée de Seine, c'est dans ces petits voyages que naissent peu à peu les voyages extraordinaires. Jules Verne ne se contente pas longtemps des fleuves et des côtes. En avril 1867, il part pour les États-Unis avec son frère Paul à bord du *Great-Eastern*, grand navire à roues construit pour la pose du câble téléphonique transocéanien. Et au retour il se plonge dans *Vingt mille lieues sous les mers* dont il écrit une grande partie à bord du *Saint-Michel*, qu'il nomme son « cabinet de travail flottant ».

En 1870-1871, Jules Verne est mobilisé comme garde-côte au Crotoy, ce qui ne l'empêche pas d'écrire : quand la maison Hetzel reprendra son activité, il aura quatre livres devant lui. En 1872 il s'installe à Amiens, ville natale et familiale de sa femme. Deux ans plus tard il achètera un hôtel particulier et un vrai yacht : le *Saint-Michel II. Le Tour du monde en quatre-vingts jours*, qu'il a porté à la scène avec la collaboration d'Adolphe d'Ennery, remporte un triomphe à la Porte-Saint-Martin (8 novembre 1874) où il sera joué pendant deux ans. Livres, croisières, vie bourgeoise : c'est un équilibre où le travail joue le premier rôle.

Le travail et l'argent : Jules Verne sait fort bien gérer le patrimoine littéraire que représentent ses romans — et leurs « suites ». La période de 1872 à 1886, disent ceux qui furent les témoins de sa vie, fut l'apogée de sa gloire et de sa fortune.

Au calendrier des romans et des pièces (*Le Docteur Ox*, musique d'Offenbach sur un livret de Philippe Gille et Arnold Mortier, 1877 ; *Les Enfants du capitaine Grant*, avec Adolphe d'Ennery, 1878 ; *Michel Strogoff*, id. 1880 ; *Voyage à travers l'impossible, id.* 1882 ; *Mathias Sandorf*, de William Busnach et Georges Maurens, 1887), il faut épingler quelques dates. Le grand bal travesti donné à Amiens en

1877 au cours duquel l'astro-naute-photographe Nadar — vieil ami de Jules Verne et modèle de Michel Ardan, auquel il a donné par anagramme son nom — jaillit de l'obus de *De la Terre à la Lune*... L'achat d'un nouveau yacht, le *Saint-Michel III*... La rencontre en 1878 du jeune Aristide Briand, élève au lycée de Nantes[1], ses croisières en Norvège, Irlande, Écosse (1880), dans la mer du Nord et la Baltique (1881), en Méditerranée (1884). Son élection au conseil municipal d'Amiens sur une liste radicale que quelques biographes baptisent abusivement « ultra-rouge » (1889). Il a perdu son père en 1871, sa mère en 1887. Son frère Paul disparaîtra en 1897[2]. En 1902, il est atteint de la cataracte...

« Ma vie est pleine, aucune place pour l'ennui. C'est à peu près tout ce que je demande », a-t-il écrit dans les années de gloire et de santé.

En 1886-1887, après un drame dont on connaît peu de choses[3] et la vente de son yacht, il renonce à sa vie libre et voyageuse, et jette l'ancre à Amiens où il prend très au sérieux ses fonctions municipales. Le romancier et l'administrateur sont satisfaits l'un de l'autre. « Paris ne me reverra plus », écrit-il en 1892 à l'une de ses sœurs. 1884-1905 : les biographes de Jules Verne le montrent mélancolique, silencieux et citent ces lignes d'une lettre à son frère (1er août 1894) : « Toute gaieté m'est devenue insupportable, mon caractère est profondément altéré, et j'ai reçu des coups dont je ne me remettrai jamais. » Mais à cette citation on pourrait en opposer d'autres, sans ombres. Et il est aventureux, pour le moins, de colorer tragiquement les dernières années de Jules Verne. Il travailla jusqu'à ce qu'il ne puisse plus tenir une plume. « Quand je ne travaille pas, je ne me sens plus vivre », dit-il en présence de l'écrivain italien De Amicis. Et il travaille, se passionnant pour *Les Aventures d'Arthur Gordon Pym* d'Edgar Poe, l'un des auteurs qu'il admire le plus, depuis cinquante ans. Et il écrit la suite des aventures du héros américain : *Le Sphinx des glaces*. Il écrira encore dix livres, avant de mourir le 24 mars 1905, dans sa maison d'Amiens.

---

1. Jules Verne a nommé Briant un des personnages de *Deux ans de vacances*. On a commenté cette ressemblance des noms. Cf. Marcel Moré : *Le Très Curieux Jules Verne*, Gallimard, 1960. **2.** Il avait publié chez Hetzel un livre sur les croisières accomplies avec son frère à bord du *Saint-Michel III : De Rotterdam à Copenhague* (1881). **3.** Il fut blessé de deux balles de revolver par un jeune homme qu'on a dit atteint de fièvre cérébrale (?).

Composition réalisée par NORD COMPO

Imprimé en France sur Presse Offset par

BRODARD & TAUPIN

GROUPE CPI

La Flèche (Sarthe).
N° d'imprimeur : 26771 – Dépôt légal Éditeur : 53496-12/2004
Édition 24
LIBRAIRIE GÉNÉRALE FRANÇAISE – 31, rue de Fleurus – 75278 Paris cedex 06.
ISBN : 2 - 253 - 00590 - 8